KB050146

HEAVEN

헤븐

초판 1쇄 발행 2023년 4월 28일

지은이   가와카미 미에코
옮긴이   이지수

펴낸이   김현태
펴낸곳   책세상
등록   1975년 5월 21일 제2017-000226호
주소   서울시 마포구 잔다리로 62-1, 3층(04031)
전화   02-704-1251   팩스   02-719-1258
이메일   editor@chaeksesang.com
광고·제휴 문의   creator@chaeksesang.com
홈페이지   chaeksesang.com
페이스북   /chaeksesang   트위터   @chaeksesang
인스타그램   @chaeksesang   네이버포스트   bkworldpub

ISBN 979-11-5931-918-1 03830

• 잘못되거나 파손된 책은 구입하신 서점에서 교환해드립니다.
• 책값은 뒤표지에 있습니다.

헤븐

가와카미 미에코 지음 | 이지수 옮김

책세상

게다가 무엇보다, 이것은 누구라도 할 수 있는 일이다.

눈을 감기만 하면 된다.

그러면 인생의 저편이다.

―루이 페르디낭 셀린,《밤 끝으로의 여행》

1

4월이 끝나가는 어느 날, 필통을 열자 작게 접힌 쪽지가 연필과 연필 사이에 세워둔 것처럼 꽂혀 있었다.

펼쳐봤더니 샤프로 적은 글이 보였다.

'우리는 한편이야.'

물고기 잔가시 같은 연한 글씨였고, 그것 말고는 아무것도 쓰여 있지 않았다.

나는 얼른 쪽지를 필통에 다시 넣은 뒤, 숨을 고르고 잠시 기다렸다가 되도록 자연스럽게 주위를 둘러봤다. 늘 그렇듯 반 아이들이 장난치는 소리와 요란하게 떠드는 소리만 들리는, 여느 때와 다름없는 쉬는 시간이었다. 나는 마음을 진정하기 위해 교과서와 공책의 모서리를 몇 번이나 가지런히 맞추고 시간을 들여 천천히 연필을 깎았다. 그러는 사이에 3교시를 알리는 종이 울렸다. 덜컹덜컹 의자 움직이는 소리가 들리고, 선생님이 들어와 수업이 시작되었다.

쪽지는 틀림없이 못된 장난일 것이다. 하지만 왜 새삼 그 애들이 이런 종잡을 수 없는 짓을 하는지 이해가 안 갔다. 나는 속으로 한숨을 내쉬고는 평소처럼 울적한 기분에 잠겼다.

편지가 필통에 들어 있었던 것은 처음뿐이고, 그다음부터는 손을 넣으면 곧바로 알 수 있도록 책상 서랍 속에 테이프로 붙여둔 것을 드문드문 받았다. 나는 편지를 발견할 때마다 온몸이 오싹해지며 소름이 돋아 주의 깊게 주변을 둘러봤는데, 그런 나의 반응을 누군가가 보고 있는 게 아닐까 싶었다. 어떻게 행동해야 할지 알 수 없었고 이루 말할 수 없는 불안에 사로잡혔다.

'어제 비 왔을 때 뭐 했어?', '가보고 싶은 나라는 어디야?'처럼 질문형의 짧은 문장이 엽서만 한 종이에 쓰여 있을 뿐이었다. 나는 그것을 늘 화장실에서 읽었고, 버리려 해도 어디에 버려야 할지 몰라 어쩔 수 없이 학생 수첩의 표지와 남색 커버 사이에 숨겨뒀다.

편지와 관련된 변화는 전혀 보이지 않았다.

나는 여느 때처럼 니노미야 패거리의 짐을 들어주고, 당연하다는 듯이 걷어차이고, 리코더로 얻어맞고, 강제로 운동장을 달렸다. 그러는 와중에도 편지는 왔고 문장은 조금씩 길어졌다. 여전히 내 이름도 보낸 사람의 이름도 쓰여 있지 않았지만, 편지의 글씨를 보고 있으면 '혹시 이 편지는 니노미야 일당과 전혀 관계없는 것이 아닐까?' 하는 생각이 문득 들 때도 있었다. 하지만 그건 어리석은 추측이다. 이리저리 머리를 굴리다 보면 그런 생각은 완전히 사라지고 기분이 더욱 침울해졌다.

그래도 아침에 학교에 와서 편지가 있나 확인하는 것은 점차 나의 작은 습관이 되었다. 아무도 없는 아침의 교실은 쥐 죽은 듯 고요했고, 희미하게 기름 냄새가 났으며, 그 속에서 작은 글씨로 쓰인 문장을 읽는 것이 기뻤다. 덫일지도 모른다는 생각은 분명 있었지만, 어찌 된 일인지 불안 속에서도 아주 조금은 안심해도 좋을 듯한 기분을 안겨주는 무언가가 그 편지에 있었던 것이다.

5월이 되자마자 온 편지에는 '만나고 싶어. 학교 마치고 5시에서 7시까지 여기서 기다릴게'라고 적혀 있었다. 날짜도 있었다. 귓속에서 심장이 크게 뛰는 소리가 또렷이 들렸고, 눈을 감아도 머릿속에 글씨가 떠오를 정도로 그 편지를 반복해 읽었다. 손으로 간략하게 그린 지도도 들어 있었다. 나는 하루 대부분을 그 편지에 어떻게 대응할지 궁리하며 보냈고, 연휴 동안에도 너무 그 일만 생각한 탓에 머리가 아프고 입맛이 없어질 정도였다. 그러나 내가 약속 장소에 해맑게 나가면 거기에는 니노미야와 그 부하들이 있어서 평소보다 호된 꼴을 당하리라는 것은 의심의 여지가 없는 듯했다. 무언가를 기대하며 그 자리에 나간 나를 숨어서 기다리다가 붙잡아 또 새로운 괴롭힘 거리를 찾아낼 테고, 그러면 더욱 나쁜 사태에 빠질 거라고 생각했다.

하지만 나는 그 편지를 무시할 수 없었다.

약속 당일은 아무것도 손에 잡히지 않았다.

나는 교실에서 하루 종일, 최대한 주의 깊게 니노미야 일당의 행동을 관찰했지만 특별한 변화를 느끼지는 못했다. 그러고 있었더니 부하 중 하나가 실내화를 던지며 말했다.

"야 인마, 뭘 봐?"

실내화는 얼굴에 맞고 바닥으로 떨어졌다. 주위 오라기에 시키는 대로 했다.

하교 시간이 다가올수록 긴장감이 점점 커져서 속이 메슥거릴 정도였다. 겨우 마지막 수업을 마치고 뛰다시피 해서 집으로 돌아왔다. 거의 달리다시피 하며 정말로 나갈 건지, 어떻게 해야 할지 자문했지만 아무리 생각해도 결국 어쩌면 좋을지는 알 수 없었다. 뭘 하든 잘못될 듯한 예감이 강하게 들었다.

엄마는 집에 온 나를 보더니 "왔니?" 하고는 그대로 소파에 앉아 텔레비전을 봤다. 나는 "다녀왔습니다" 하고 대답했다. 텔레비전에서 뉴스를 전하는 목소리 말고는 아무 소리도 나지 않았다. 집 안은 어디를 잘라내어 봐도 평소와 조금도 다름없이 조용했다.

"오늘은 낮부터 이것저것 준비했어."

엄마가 말했다.

나는 냉장고에서 자몽 주스 팩을 꺼내 유리컵에 따르고 선 채로 마셨다. 엄마는 나를 보더니 앉아서 마시라고 했다. 얼마 뒤 발톱인지 손톱인지를 깎는 소리가 들렸다.

"저녁밥 때문에?"

내가 물었다.

"응. 맛있는 냄새나지? 태어나서 처음으로 요리용 실로 고기를 묶어봤네."

오랜만에 아빠가 집에 오나 싶었지만 그에 관해서는 아무것도 묻지 않았다.

"얼른 먹고 싶니?"

"아니. 이제부터 도서관에 좀 다녀올 거니까 그렇게 빨리 안 먹어도 돼."

내가 사는 동네에는 몇백 미터나 이어지는 긴 가로수 길이 있다.

나는 그 가로수 길을 지나 학교를 다녔다. 만나기로 한 장소는 그 길 한가운데쯤에서 왼쪽으로 꺾어 가면 나오는, 공원이라고도 할 수 없는 작은 공터였다.

집에서 네 시에 나와버린 탓에 그곳에 도착했을 때는 아무도 없었다. 우선 가슴을 쓸어내렸다. 거기에는 타이어를 옆으로 눕혀 만든 벤치와 콘크리트로 만든 고래가 있었고, 그 사이에 과자 상자와 비닐 봉투가 여기저기 파묻힌 4.5평 남짓한 모래터가 있었다.

말라붙은 개똥인지 고양이 똥인지에 모래가 튀김옷처럼 달라붙어 그 위에서 뒹굴고 있는 것이 보였다. 똥은 세면 셀수록 늘어나서 이 모래밭 전체에 발에 차일 정도로 묻혀 있는 게 아닐까 싶었다. 그것을 물끄러미 바라보자니 조금 있다 내가 저것을 먹게 되지 않을까 하는 예감이 스쳤고, 그렇게 생각하자 목구멍 안쪽이 조금씩 뜨거워졌다. 똥 생각을 떨쳐내려고 크게 한숨을 내뱉어봤지만 그만큼 몸이 무거워지는 느낌이었다.

고래의 입속은 나 정도 몸집이면 두 사람은 들어갈 수 있는 동굴 형태였고, 원래의 페인트 색깔이 무엇인지 모를 정도로 칠이 벗겨졌으며, 등과 머리 부분에는 검은색 매직펜으로 쓴 낙서가 여러 개 있었다. 그곳은 낡은 아파트 단지의 그늘이라서 땅은 넌더리가 날 정도로 까맣고 축축했다.

나는 가로수 길로 돌아가 시간을 죽이기로 했다.

철제 벤치에 앉아 크게 숨을 토해낸 다음 천천히 들이마셨다. 여기에 온 것은 잘못이었다고 몇 번이나 생각했다. 하지만 안 오면 안 오는 대로 결국 니노미야 일당의 뜻에 따르지 않았다는 이유로 심한 꼴을 당할 테니, 뭘 선택하든 마찬가지라고 스스로를 타일렀다.

나는 한숨을 내쉬고 멍하니 고개를 들었다. 얼마 전까지만 해도 거뭇거뭇한 가지밖에 없던 나무에 초록색 잎이 매달려 있었고, 바람이 불자 그에 맞춰 흔들리는 소리가 들렸다. 나는 안경을 벗고 눈을 비빈 뒤 가로수 길을 바라봤다. 깊이가 없는, 변함없이 단조로운 풍경이었다. 그리고 평소에 하던 대로 눈 앞의 풍경을 그림연극의 그림처럼 네모나게 잘라내어, 눈을 깜빡일 때마다 한 장씩 넘겨 발치에 버렸다.

잠시 후 거의 아무 생각도 하지 못한 채 약속 장소로 돌아가자 누군가가 등을 돌리고 타이어에 앉아 있는 모습이 보였다. 교복을 입은 소녀였다. 나는 순간적으로 영문을 알 수 없어서, 또 누가 있나 싶어 곧바로 주위를 둘러봤지만 다른 사람의 기척은 들리지 않았다.

나는 주뼛주뼛 다가갔다. 고래 앞 부근에서 멈춰 서자 내 발소리를 듣고 소녀가 고개를 홱 돌렸다. 같은 반의 고지마라는 아이였다. 고지마는 일어서서 나를 보고 고개를 살짝 숙였다. 나도 반사적으로 고개를 숙였다.

"편지."

고지마는 키가 작고 피부가 가무잡잡하며 조용한 학생이다. 블라우스는 늘 주름이 잔뜩 져 있고 교복은 꾀죄죄했다. 자세도 항상 비뚤어진 것처럼 보였다. 숱이 많은 새까만 머리카락은 심한 곱슬인 탓에 끝이 사방으로 구불거리며 튀어나와 있었다. 코밑에 언제나 때 묻은 듯한 콧수염 같은 것이 희미하게 자라 있어서 그걸로 늘 놀림받았고, 집이 가난하고 더럽다는 이유로 반 여자애들이 따돌리는 아이였다.

"올 줄 몰랐는데. 기분 나빴어?"

고지마가 맥없는 표정으로 웃었다.

순간적으로 말문이 막혀서 나는 고개를 가로저었다. 한동안 둘 다 잠자코 서 있었다.

"앉지 그래?"

고지마의 말에 고개를 끄덕이기는 했지만 좀처럼 앉을 수 없었다.

"딱히 할 말이 있는 건 아니지만 이런저런 이야기를 해보고 싶어서. 나랑 너 말이야. 그런 게 나한테도 너한테도 필요하지 않을까, 쭉 그렇게 생각했어."

군데군데 머뭇거리며 고지마가 말했다. 고지마의 목소리를 제대로 듣는 것도, 말하는 모습을 보는 것도 처음인 듯했다. 얼굴을 정면에서 본 것도 이번이 처음이었다. 여자애랑 이런 식으로 이야기를 나누는 것도 처음이었다. 손바닥과 온몸에서 땀이 나기 시작했고, 어디를 봐야 할지 알 수 없었다.

"와줘서 고마워."

고지마의 목소리는 높지도 낮지도 않았고, 소리가 퍼지는 한가운데에 심지 같은 것이 쿡 박혀 있는 것처럼 단단했다. 나는 몇 번인가 고개를 끄덕였다. 그러는 나를 보고 고지마도 조금 안심하는 것 같았다.

"이 공원 이름 뭔지 알아?"

나는 고개를 가로저었다.

"고래 공원이라고 해. 봐, 그거 고래잖아. 그래봤자 그렇게 부르는 건 나뿐이지만."

고지마는 그렇게 말하며 웃었다. 고래 공원, 하고 나는 속으로 중얼거려봤다.

"방금 전에도 말했지만 난 너랑 전부터 쭉 얘기해보고 싶었어. 그래서 그런 편지를 보낸 거야. 분명 안 올 줄 알았는데, 사실 나 지금 깜짝 놀랐어."

고지마는 코를 만지며 아까보다 빠른 어투로 말했다.

나는 다시 고개를 끄덕였다.

"친구가 됐으면 해."

고지마는 나의 얼굴을 보며 말했다.

"네가 괜찮다면 말이지만."

고지마가 무슨 말을 하는지 알 수 없었지만 나는 반사적으로 고개를 끄덕였다. 그러나 대답을 한 뒤에야 친구가 된다는 건 무슨 뜻인가, 애초에 무엇이 친구인가 등등 여러 의문이 한꺼번에 떠올랐다. 하지만 나는 그에 대해 아무것도 물을 수 없었다. 솟구치던 땀이 모여 등을 타고 흐르는 것이 느껴졌다. 그래도 고지마는 나의 대답을 듣고 무척이나 기쁜 듯이 웃더니, 한숨을 내쉬고는 "잘됐다"고 말했다. 그리고 타이어에서 일어나 치마 뒤쪽을 양손으로 털었다. 치마에는 원래 주름이 잡혀 있지 않던 다른 자리에 커다란 주름이 몇 개나 생겨 있었다. 교복 재킷 주머니는 뭐가 가득 들어 있는 탓에 부자연스럽게 불룩했고, 휴지 조각 같은 것이 튀어나와 있는 게 보였다.

"기빠민."

고지마는 웃는 얼굴 그대로 한숨을 섞어 그렇게 말하더니 자신의 발치를 봤다. '기빠…?' 나는 속으로 짧게 따라 말하며, 무슨 뜻인지 물어보고 싶었지만 그런 건 어느 타이밍에 어떤 식으로 물어야 할지 몰라 결국 잠자코 있었다.

"편지, 또 써도 돼?"

"좋아."

내가 말했다. 그런데 이상하게 쉰 목소리가 나서 얼굴이 화끈거렸다.

"그리고, 보내도 돼?"

"응."

나는 고개를 끄덕였다.

"답장 써줄 거야?"

"응."

나는 짧게 대답하고는 이번에는 알맞은 음량으로 말한 것에 안도했다.

그런 다음 둘 다 한동안 말없이 가만히 있었다. 어딘가 멀리서 까마귀 우는 소리가 들렸다.

"이제 갈까?"

고지마는 그렇게·말하고 입술을 흐물흐물 구부리며 잠시 나를 물끄러미 바라본 다음, 손을 슬쩍 들더니 휙 돌아서서 달리는 듯한 잰걸음으로 가로수 길과 이어진 길로 사라졌다.

고지마는 도중에 한 번도 뒤를 돌아보지 않았다. 그 뒷모습이 나의 눈 속에서 두 개로 겹치며 눈 깜짝할 사이에 작아졌다. 나는 이럴 경우 남의 뒷모습을 대체 언제까지 바라보아야 할까 생각하며, 결국 고지마가 완전히 사라질 때까지 계속 보고 있었다. 고지마의 네모난 치맛단이 종아리 한가운데쯤에 부딪쳐 묵직하게 흔들리던 모습이 오랫동안 눈에 남아 있었다. 고지마가 완전히 사라진 뒤에도 그 네모난 치맛단의 뭉툭한 움직임만은 남아 있었다.

✿

"어이, 사팔뜨기!"

어느 날 방과 후, 지긋지긋한 심정으로 돌아보자 니노미야의 부하 하나가 내 목을 잡고 그대로 교실에 다시 처넣었다. 늘 있는 일이었다. 교실 한가운데에는 니노미야가 있었고, 평소처럼 책상에 걸터앉아 나를 보더니 "어서 와" 하며 웃었다. 그런 다음 "코에 분필을 넣고, 우리가 딱 1분 동안 너무 웃겨서 사족을 못 쓸 정도로 재밌는 그림을 칠판에 그려" 하고 명령했다. 니노미야의 제안에 부하들이 와르르 웃었고, 그중 하나가 나를 칠판 앞까지 끌고 가자 니노미야와 나머지 무리도 칠판으로 다가왔다.

니노미야와 나는 같은 초등학교를 나왔다.

그 시절부터 니노미야는 이미 반의 중심적 존재였다. 우리 학년에서 운동을 가장 잘했고 머리도 좋았으며 누가 봐도 잘생겼다고 생각할 만큼 용모가 단정했다. 언제나 혼자만 색깔이 다른 스웨터를 입었고, 머리카락을 어깨에 닿도록 길렀다. 또 다방면으로 영향력을 끼치는 세 살 위의 형이 있었는데, 이 형제는 학교에서도 유명했다. 그것만으로도 니노미야는 특별한 분위기를 풍겼고, 주위는 늘 니노미야와 사이좋게 지내려는 아이들로 북적였다. 중학교에 들어온 뒤로는 긴 머리를 하나로 묶고 우스갯소리를 하며 같은 반 여자애들을 웃겼다. 여자애들뿐만 아니라 니노미야가 농담을 하면 그 자리에 있는 모두가 웃었다. 성적은 언제나 최상위권이었고 1학년 때부터 입시 학원을 다녔다. 반 아이들은 물론이고 선생님도 니노미야는 인정해주는 분위기였다.

"얼른 그려."

나는 입을 다문 채 꼼짝도 못 하고 있었다.

"진짜 너는 발전이 없는 녀석이야. 우리랑 이만큼 오랫동안 놀았는데 말이야."

니노미야는 그렇게 말하더니 손을 펼치며 어이가 없다는 시늉을 했고, 그것을 보고 주변 아이들은 또 재밌어 죽겠다는 듯 몸을 비틀며 웃어댔다. 그 패거리가 뭉쳐 있는 곳에서 조금 떨어진 뒤편에 모모세가 팔짱을 끼고 서 있는 것이 보였다.

모모세는 중학교에서 만난 아이였다. 나와는 1학년 때도 같은 반이었다. 모모세 역시 니노미야와 비슷하게 공부를 잘했고, 니노미야와 같은 입시 학원에 다닌다고 들었다. 나는 모모세와 말을 해본 적이 없었다. 모모세는 학교에서도 늘 니노미야와 함께 있었지만 말수가 적었고, 반 아이들과 함께 떠드는 모습은 본 적이 없다. 자세한 이유는 모르겠으나 체육 시간에는 언제나 견학만 했다. 니노미야만큼은 아니었지만 모모세 또한 누가 봐도 핸섬한 부류에 속하는 얼굴이었고, 둘 다 나보다 키가 10센티도 넘게 컸다. 모모세는 언제나 뭘 생각하는지 전혀 알 수 없는 표정을 짓고 있었다. 괴롭힐 때도 나에게 직접 무언가를 하지는 않고 늘 조금 떨어진 곳에서 팔짱을 끼고 서서 쳐다보는 느낌이었다.

"우리도 바쁘고, 시간도 없으니까."

니노미야가 말했다.

"오늘은 거기 있는 분필 세 개를 전부 먹으면 용서해줄게."

니노미야는 먼저 분필 두 개를 하나씩 콧구멍 깊숙이 넣으라고 말했다. 그리고 남은 하나를 눈앞에서 흔들며 "야, 사팔뜨기, 너 꼭 잘 먹겠습니다, 한 뒤에 먹어라" 하며 내 무릎을 발등으로 세게 걷어찼다.

걷어찰 때도, 때릴 때도, 넘어뜨릴 때도, 니노미야 일당은 언제나 몸에 상처가 남지 않도록 교묘하게 힘 조절을 했다. 집에 돌아가 몸에 아무런 흔적도 없는 것을 보고 니노미야 일당은 이런 기술을 대체 어디서 배우는 걸까 생각하기도 했다.

무릎과 허벅지를 걷어차던 발은 점점 위치를 바꿔 운동화 고무 밑창으로 배가 얼마나 부드러운지 확인하듯 나를 밟아 뭉개고 이리저리 밀쳐댔다. 벽에 부딪쳐 비틀대다 책상에 쓰러지면 그때마다 요란한 소리가 났다. 늘 있는 일이다, 대단치 않은 일이야, 하고 속으로 거듭 중얼거리며 그 시간이 지나가기를 기다렸다.

머리카락을 쥐여 잡혀 일어선 나는 양쪽 콧구멍에 분필이 쑤셔 박힌 채 남은 분필 하나를 억지로 쥐고 그 끝을 앞니로 깨물었다.

그런 나를 보고 니노미야 패거리는 깔깔거렸다.

여태까지 연못 물이나 변기 물, 금붕어, 토끼우리의 채소 찌꺼기 같은 것을 먹은 적은 있지만 분필은 처음이었다. 냄새도 맛도 없었다. 얼른 먹으라는 니노미야의 목소리가 들려서 나는 눈을 감고 우둑우둑 소리를 내며 입속에서 분필을 분질러 나갔다. 여하튼 입안에 있는 것을 잘게 부수자고만 생각했다. 우둑거리는 소리가 났고, 부러진 분필의 뾰족한 끝이 뺨 안쪽을 찔렀다. 어쨌거나 턱을 움직이며 삼킬 수 있는 크기가 된 것부터 차례차례, 아무 생각 하지 않고 입안에 흩어진 분필 조각을 삼켜나갔다.

그렇게 세 개를 다 먹자 누군가가 "밀키스다, 밀키스" 하고 떠들어대며 물감이 말라붙은 플라스틱 컵에 뿌옇게 더러워진 물을 담아 가져와 나에게 건넸다. 분필 가루를 녹인 물이었다. 나는 벽으로 떠밀린 채 녀석들이 얼굴에 갖다대는 대로 그것을 삼켰다. 삼키면서 구역질이 치솟아 다음 순간 전부 토하고 말았다. 코와 눈에서도 콧물과 눈물이 흘러나와 바닥에 손을 짚고 콜록거렸다. 니노미야 패거리는 "야, 사팔뜨기, 너 뭐하는 짓이야?" 하며 나에게서 물러서면서도 그 모습을 보고 손뼉을 치며 즐거워했고, 토한 건 핥아먹으라며 내 머리를 바닥에 찍어 눌렀다. 웃는 얼굴이 몇 개나 늘어서 있었다.

그날부터 나와 고지마는 편지를 주고받았다.

누군가에게 편지를 쓰는 것은 처음이었기 때문에 뭘 어떻게 쓰면 좋을지 전혀 몰랐지만, 방금 깎은 연필로 머릿속에 떠오르는 것을 썼다 지웠다 하며 간신히 완성했다. 그러나 아무리 열심히 써도 내용은 언제나 한 장을 넘지 않았다. 늘 실없는 이야기밖에 쓰지 않는 편지였지만, 그래도 우리는 조금씩 서로에 대해 알아갔다. 아무에게도 들키지 않도록 나는 아침 일찍 고지마의 책상 서랍에 편지를 붙였고, 다음 날 아침에는 고지마의 답장을 받아 그것을 화장실에서 읽었다. 그렇게 하자고 정한 건 아니었지만 둘 다 편지에는 학교에 대해서도 괴롭힘에 대해서도 쓰지 않았다.

나는 편지를 다 쓰면 안경을 벗고 왼쪽 눈에 갖다대어 거기에 늘어선 글씨를 몇 번이나 되풀이해서 읽어봤다. 몇 번씩 거듭 읽다 보면 눈 안쪽과 머리 한쪽이 쿡쿡 쑤셨다.

내 눈은 사시였다.

왼쪽 눈에 비치는 윤곽에 오른쪽 눈이 간신히 주워 담은 윤곽이 겹쳐 모든 것이 흐릿하게 두 겹으로 보였다. 그 때문에 뭘 보든 깊이를 느끼지 못했고 바로 앞에 있는 것을 만질 때도 거리를 잘 파악할 수 없었다. 손가락 끝이나 손바닥으로 무언가를 만질 때도 제대로 만지고 있는지, 바르게 만지고 있는지 모르겠다는 감촉이 늘 남아 있었다.

✖ 안녕. 오늘도 네가 준 편지를 여러 번 되풀이해서 읽었어. 고지마 너는 샤프를 쓰는구나. 나는 연필을 써.
지난번 편지의 질문에 대답할게. 좋아하는 책도 장르도 딱히 없지만 취미는 독서인 것 같아. 그럼 또 쓸게.

✖ 헬로. 답장 고마워. 오늘은 엄청난 비가 쏟아졌지. 우산에 닿는 빗소리가 굉장했어. 찢어지는 줄 알았다니까. 집에 오는 길에 요코하마 상고 옆길을 지날 때 트럭이 대단한 기세로 달려와서 물웅덩이의 물을 전부 뒤집어썼어. 꼭 만화처럼 말이야. 그럴 때 말풍선에는 무슨 말을 넣어야 할까? 나는 글씨도 내용도 잘 쓰는지는 모르겠지만, 그것과 별개로 편지 쓰는 걸 좋아해. 답장 기다릴게.

✖ 안녕. 그나저나 나는 이 편지를 밤에 쓰고 있어. 바람이 세게 부네.
늘 생각하는 거지만 글을 쓰는 건 어렵지. 어쩌면 말하는 것보다 어려울지도 몰라. 연습하면 잘하게 될까? 열심히 써볼게. 이런 글이지만 한 시간도 넘게 책상 앞에 앉아 있었어. 그럼 또 쓸게.

※ 헬로. 답장 땡큐. 중간고사 성적이 나와서 충격을 감출 수 없어. 아슬아슬하게 총점 360점쯤 돼. 네 성적은 안 물을게. 분명 나보다 훨씬 좋을 테니까! 그러고 보니 네가 생각해준 말풍선, 꽤 근사하더라. 다음에 또 비가 올 때 지난번처럼 트럭이 달려와 물을 뒤집어쓰면 한번 말해볼게.

그런데 오늘 이 편지는 두 번째 도전이야. 한 번 쓰다가 잘 안 써져서 그 뒤로 자수를 했어. 크로스 스티치라는 간단한 기법인데, 아무 생각 없이 엑스 자로 바늘을 놀리기만 하면 되거든. 사실은 쿠션 커버라도 만들까 했는데 가장 중요한 솜이 없더라고. 크로스용 천이 있어서 작은 꽃 같은 것을 잔뜩 수놓고 있어. 난 자수도 꽤 좋아해서 지금 나의 즐거움은 편지 쓰기와 자수 두 가지야. 답장 기다리고 있을게.

◈ 안녕. 잘 지냈어? 지난번 편지에서 잘 표현하지 못한 목소리 말인데, 이제 알았어. 연필이야.

6B 연필심은 잘 안 부러져서 자주 사용하는데, 그걸로 글씨를 쓰다가 깨달았어. 네 목소리랑 6B 연필의 심이 아주 비슷해. 이번에도 역시 잘 표현할 자신이 없지만, 부드러운데도 진하고 심이 있다는 점이 닮은 것 같아. 알아듣기 힘들었다면 미안해. 하지만 일단 써둘게.

지금은 저녁 8시 반. 이제부터 백지도 그리기 숙제를 할 거야. 그럼 또 쓸게.

✖ 헬로, 헬로. 좋은 밤이야. 하지만 네가 이걸 읽는 건 분명 아침이 겠지. 그쪽 날씨는 어때? 여기는 비가 오고 있어. 아직 장마철이 아 닌데도 눅눅한 밤이야. 비가 오니까 말이지.

그나저나 몇 번을 물어봐도 너는 좋아하는 책이 뭔지 알려주지 않 네! 혹시 비밀주의자니? 나는 책이란 걸 제대로 읽어본 적이 없어서 그냥 궁금했던 거야. 지금까지 읽은 책은… 딱히 생각나는 게 없네. 초등학교 때 학급문고에 있었던 중국 역사책 같은 걸 읽어본 적이 있는 정도야. 그것도 방금 생각났고. 이 편지를 안 썼다면 나는 평생 그 기억을 떠올리지 못했을 거야.

근데 책 읽는 거 재밌어? 처음부터 이 질문을 한다는 걸 까먹고 있 었네. 독서가 즐겁니? 나는 국어 교과서만 해도 벅차지만, 또 뭔가 재밌는 게 있으면 알려줘. 너도 그렇다고 했지만, 나 역시 집에 있어 도 할 일이 전혀 없어. 그렇게 할 일이 아무것도 없으면, 이상한 말이 지만 무언가와 싸우고 있는 기분이 들어. 가만가만 싸우고 있는 듯 한, 그런 기분이 드는 거야. '이건 언제까지 계속될까?' 하면서 이불 속에서 싸우고 있어. 걸어가면서도 싸우고, 그런 걸 생각하고 있어. 중학교 생활이 끝나려면 앞으로 1년 반이나 남았고, 그 뒤 평범하게 진학하면 고등학교 생활이 또다시 3년이나 이어지겠지. 똑같은 일이 앞으로 몇 년이나 계속되는 거야. 이거 엄청나지 않니? 나는 엄청난 일이라고 생각해.

그때쯤이면 어떻게 되어 있을까. 그런 것도 생각하지. 하지만 다들 이야기하는 것처럼, 어쩌면 1999년에 정말로 세계가 멸망해버릴지도 모르잖아. 근데 멸망하지 않더라도 딱히 바뀌지 않을 것 같기도 해. 그나저나 오늘은 제안할 게 하나 있어. 싫으면 싫다고 얘기해줘.

가슴이 두근거리지만 써볼게. 다음 달 둘째 주 수요일에 다시 한번 만나지 않을래? 요전에 우리가 고래 공원에서 만난 것도 수요일이었잖아. 기념 삼아 그렇게 하는 거 어때? 싫어도 싫다고 말하지 말아줘. 아냐, 말해도 돼. 답장 기다릴게.

✠ 안녕. 오늘은 한여름 같은 하루였지. 벌써 5월이 끝나가네. 먼저 편지지 고마워. 기뻤어. 지금 쓰고 있는 게 다 떨어지면 그걸 쓸게.

비상계단에서 만나자는 말에 찬성해줘서 고마워. 잘 표현이 안 되지만, 그쪽이 마음 편하게 만날 수 있을 것 같거든. 아무도 안 오고, 조용하고, 바람이 불어서 기분 좋은 곳이야. 엘리베이터로 꼭대기까지 올라가서 오른쪽 문을 열면 계단이 있어. 아마 금방 알 수 있을 거야. 맨 위에서 기다릴게. 약속한 수요일까지 앞으로 2주일 남았네. 기대된다. 그럼.

　나는 당연히도 예전과는 완전히 다른 마음으로 고지마를 의식하게 되었다.

　전부터 그런 상황을 알고는 있었지만 여자애들이 고지마를 괴롭히는 것을 보거나 듣는 게 점점 힘들어졌다. 내가 괴롭힘당하는 모습을 고지마가 보고 있다고 생각하는 것도 힘들었다. 그런 건 듣기 싫어도 같은 교실에 있으면 귀에 들어오고, 볼 생각이 없어도 눈에 들어오는 법이다.

　나는 여전히 사팔뜨기라고 조롱당했고, 니노미야 패거리에게 불려가 의미 없는 명령을 받거나 떠밀려 넘어졌고, 쉬는 시간에는 시키는 대로 운동장 트랙을 전력 질주했다. 니노미야와 부하들은 교실에서 그 모습을 보며 평소처럼 웃어댔다. 고지마가 냄새난다는 둥 기분 나쁘다는 둥 갖가지 말로 매도당하고, 심부름 셔틀이 되어 무언가를 사러 가는 장면도 나는 몇 번이나 봤다. 나처럼 걷어차이는 모습을 본 적도 있었다. 목욕시키자고 크게 소리를 지르며 수조에 고지마의 머리를 밀어넣는 것을 보기도 했다.

　편지 속의 고지마는 밝고 생기가 넘쳐서 학교에서 보는 고지마와는 영 딴사람으로 느껴졌다. 학교에서 고지마를 볼 때마다 가슴이 아팠지만, 괴롭기만 할 뿐 할 수 있는 건 아무것도 없었다. 그저 내가 그 장면을 보고 있다는 사실을 고지마는 몰랐으면 하는 마음에, 항상 그쪽으로부터 눈을 돌리며 안 보는 척을 계속할 뿐이었다.

❄

학교에서는 작년과 마찬가지로 합창 대회를 비롯한 자잘한 행사를 준비하고 있었다.

몇몇 수업 시간이 그 준비에 할당되어서 그만큼 니노미야 일당이 나를 괴롭히는 시간이 늘었다. 복도도 교정도 방과 후까지 활기찬 분위기로 가득했지만, 나는 그 속에서 늘 그렇듯 시키는 대로 니노미야 일당에게 복종하며 걷어차일 뿐이었다. 점심시간에는 빵 심부름을 했고, 점심밥은 늘 홀로 먹었다. 고지마도 혼자였다.

"네 눈은 너무 징그러우니까 벌을 줘야겠어."

어느 토요일, 수업과 학급 회의 시간이 끝난 뒤 니노미야가 자로 내 머리를 두들기며 그렇게 말했다. 평소의 토요일이라면 동아리가 없는 학생은 곧바로 하교해야 하지만, 그날 오후는 합창 대회 연습을 하거나 의상 준비를 하는 등 학교에 자유롭게 남아서 작업을 해도 괜찮았다. 니노미야는 "내가 됐다고 할 때까지 청소 도구함에 들어가 있어" 하고 명령했다.

"한 공간에 있기만 해도 불쾌하니까."

니노미야는 책상에 걸터앉아 까만 고무줄을 입에 물고 머리를 묶으며 말했다.

"그렇지? 내 말 맞잖아?"

반에서 눈에 띄지 않는 여자애 그룹은 니노미야가 말을 걸자 그것만으로 얼굴을 붉히고 미소 지으며 수줍게 고개를 끄덕였다.

"봐. 사팔뜨기는 거기 있기만 해도 모두의 의욕을 꺾는단 말이야."

나는 줄넘기 줄로 손을 묶이고 걸레로 입이 틀어막힌 채 청소 도구함에 들어갔다.

"너, 그거 떨어트리지 마. 떨어트리면 일주일 동안 계속할 거야."

니노미야가 그렇게 말하자 부하 중 하나가 나를 떠밀었고, 느긋한 소리를 내며 철제문이 닫혔다.

청소 도구함에 갇힌 것은 처음이 아니었다. 먼지 냄새로 가득한 옅은 어둠은 오히려 내가 잘 아는 것이라는 기분조차 들었다. 이럴 때 나는 아무것도 생각하지 않고 그저 숫자를 세고는 했다. 100까지 세면 다시 1로 되돌아가며, 머리를 텅 비우고 그냥 그것만 되풀이했다. 이번이 몇 번째 100일까 하는 생각도, 시간이 얼마나 지났을까 하는 생각도 하지 않았다. 정말로 아무것도 생각하지 않고, 아무것도 느끼지 않고, 아무것도 떠올리지 않으려고 하며 그저 숫자를 머릿속으로 읊어나가는 것만 반복했다. 머릿속에 숫자를 늘어놓는 내 목소리에 섞여 반 아이들이 떠드는 소리와 노래를 연습하는 소리가 계속 들렸다.

얼마나 여기 있었는지 모르겠지만, 정신을 차리고 보니 교실은 조용해져 있었다. 나는 못 견디게 화장실에 가고 싶었고, 요의를 참을 때마다 몇 번이나 닭살이 돋았다. 상황을 살피기 위해 숨을 죽이고 귀를 기울여봤는데 아무 목소리도 들리지 않았다. 청소 도구함에 갇힌 뒤로 한 시간은 족히 지난 것 같다. 사실은 두 시간, 혹은 그보다 더 많이 지났을지도 모르지만 나로서는 알 길이 없었다.

오줌이 마려워서 아랫배가 슬슬 아팠다. 니노미야에게 들켜 또 심한 꼴을 당할 것을 생각하면 이대로 여기서 싸는 편이 나을지도 모른다는 생각조차 들었지만, 결심을 하고 발로 살그머니 청소 도구함 문을 밀어봤다. 조금 더 힘을 줬더니 금속음이 들리며 문이 열렸고, 나는 쏟아지는 빛 때문에 눈을 가늘게 떴다. 교실에는 아무도 없었다. 주뼛주뼛 복도로 나가 운동장을 내려다보자 아까까지 교실에서 떠들던 낯익은 남학생과 여학생이 괴상한 소리를 내며 공놀이를 하는 모습이 보였다. 거기에 니노미야가 있는지 확인하고 싶었지만 보이지 않았다.

나는 손목에 묶인 줄넘기 줄을 풀고 아무도 없는 복도를 걸어 화장실로 향했다. 복통을 달래기 위해 칸에 들어가 한동안 가만히 앉아 있었다. 멋대로 나온 것을 들키면 어떻게 될까? 무슨 짓을 당할까? 그런 생각들이 떠올랐다가 사라졌다. 마음 깊은 곳에서 진절머리가 났다. 이런 상상에 따라붙는 괴로움은 아무리 시간이 지나도 익숙해지지 않았다. 그래도 화장실에 가고 싶었다고 말하면 조금은 이해해주지 않을까, 어쩌면 니노미야는 나에 대해 까맣게 잊고 벌써 집에 갔을지도 몰라, 그런 생각만 머릿속을 맴돌았다.

조금이라도 다른 것을 생각하고 싶어서 나는 고지마와 만날 날을 상상해봤다. 나는 그날을 매우 기대하고 있었다. 앞으로 열흘만 지나면 약속한 둘째 주 수요일이 된다. 고지마의 편지를 꺼내서 다시 읽었다. 전부 들고 다니는 건 무리였지만, 나는 그중에서도 마음에 드는 몇 통을 처음 그랬던 것처럼 학생 수첩의 표지와 커버 사이에 끼워서 가지고 다녔다. 나머지 편지는 내 방 책장의 사전 상자 속에 넣어뒀다. 방에서도 나는 곧잘 고지마의 편지를 다시 읽었다.

청소 도구함에 갇힐 때 고지마의 모습이 보이지 않던데, 오늘은 무사히 집에 갔을까? 고지마의 뻣뻣해 보이는 머리카락이 눈앞에 떠올랐다. 그러자 합창 대회 연습을 할 때 입 냄새가 지독하다며 아이들이 고지마의 입에 검 테이프를 붙였던 일이 자동으로 생각나 가슴이 아팠다. 몸집 큰 어느 여학생이 웃으면서 그것을 힘껏 잡아 뜯던 장면도 떠올랐다. "여기만 때가 벗겨졌잖아"라던 말까지 떠오르고 말았다. 나는 한숨을 내쉬며 편지를 원래 있던 자리로 되돌려놓았다. 그리고 괴롭힘당하는 나를 보면 고지마도 이런 기분이 들곤 할까, 그런 생각을 했다. 그건 고통스러운 일이었다.

그때 사람 목소리가 점점 크게 들려서 누군가가 화장실로 들어오는 것을 알았다. 나는 무의식중에 숨을 멈추고 꼼짝하지 않았다. 순간 망설였지만 들키지 않도록 화장실 문의 잠금장치를 풀었고, 열리지 않도록 손으로 살짝 누르며 그 자세 그대로 숨을 죽였다.

남학생의 목소리였다.

처음에는 그게 누구인지 몰랐지만, 말투의 느낌이 조금 달라진 탓일 뿐 니노미야의 목소리라는 사실을 금세 깨달았다. 심장 소리가 주변에 들리는 게 아닌가 싶을 만큼 크게 쿵쿵거려서, 나는 그것을 진정시키기 위해 여하튼 이를 꽉 깨물었다. 머릿속에서 여러 생각이 맹렬한 스피드로 깜빡거렸고 숨을 잘 쉴 수 없었다.

문밖에는 니노미야 말고 또 다른 누군가가 한 명 더 있는 듯했다.

상대는 목소리가 작은 탓도 있어서, 남자라는 것은 알았지만 누구의 목소리인지 알 수 없었다. 니노미야가 쿡쿡 웃으며 "있잖아", "좀 더 제대로 해줘", "전혀 아니라니까" 하는 것은 알아들을 수 있었다. 니노미야와 상대방은 화장실에서 이야기만 할 뿐, 용변을 보는 소리는 나지 않았다. "알지도 못하는 주제에"라는 말이 들렸다. 잘 표현할 수 없지만 그것은 묘하게 위화감이 드는, 어리광 부리는 것 같기도 하고 얕잡아 보는 것 같기도 한 말투였다. 상대도 그에 대해 몇 마디 대꾸했지만 뭐라고 하는지 알아들을 수 없었고, 대체 무슨 대화를 나누는 건지 짐작조차 가지 않았다. 수도꼭지를 틀어서 손을 씻는 소리가 들렸고, 다시 니노미야의 웃음소리가 나더니 그 뒤로 갑자기 조용해졌다. 무슨 일이 일어났나 해서 귀를 기울이자 다시 니노미야가 웃는 소리가 들렸다. 나는 칸 안에서 죽을 듯한 느낌이었다. 눈을 꼭 감고 나는 여기에 없다, 여기에는 아무도 없다, 하고 생각하려 했다. 얼마 후 두 사람의 목소리가 멀어져 화장실을 나갔다는 것을 알았다. 나는 한동안 그대로 꼼짝 않고 있다가 그들의 인기척이 완전히 사라진 후에 교실까지 뛰어 돌아가, 니노미야가 없다는 것을 확인하고서 가방을 가지고 학교에서 나왔다.

✽

6월 첫 주가 끝나고 둘째 주 수요일이 되어, 나는 편지로 약속한 대로 비상계단에서 고지마를 만날 수 있었다. 고지마는 나를 보고 살짝 손을 들었다. 나도 마찬가지로 손을 들었다.

얼마나 긴장될까 상상했는데, 놀랍게도 나는 전혀 긴장하지 않았다. 왠지 얼마 전에도 이렇게 만났던 듯한 기분이 들었다. 그것이 편지 덕분인지 아닌지는 알 수 없지만, 만약 편지의 효과라면 편지란 대단하구나 싶었다.

"여기 자주 오니?"

"응, 가끔 와."

바람이 지나가자 몸이 두둥실 떠올라 고지마가 기쁜 듯이 웃었다. 고지마의 뺨에는 희미하게 때가 끼어 있었고 교복은 주름투성이였다. 겉모습은 학교에서 보는 고지마와 완전히 똑같았으며 뻣뻣한 머리카락은 마치 살아 있는 생물처럼 보였다. 처진 눈썹 아래의 두 눈은 반짝반짝 빛을 내며 나를 바라보았고, 생글생글 웃고 있었다. 둘이서 난간에 기대 얼굴을 내밀고 거리를 내려다보자 또다시 강한 바람이 불어와 고지마가 즐겁다는 듯이 웃었다. 바람 소리에 고지마의 웃음소리가 섞여 한동안 귓속에서 울렸다.

우리는 콘크리트 계단에 아래위로 앉아 정말로 자연스럽게 이야기를 나눴다. 몇 시간이라도 그럴 수 있을 것 같았다. 서로의 소소한 이야기를 천을 짜나가듯 나누다 보니 무척 평온한 기분이 들었다. 고지마도 아주 편안해 보였다.

나는 국어 공책을 가져갔다. 고지마가 부탁했기 때문이다.

"별로 잘 쓰지는 못했어."

"괜찮아, 볼래."

고지마는 손을 뻗으며 말했다.

"재미없을걸. 게다가 내 글씨라면 편지에서 봤잖아."

나의 말에 고지마는 세로로 쓴 글씨가 보고 싶은 거라고 대꾸했다.

내가 공책을 꺼내자 고지마는 그것을 재빨리 휙 빼앗더니 다른 손으로 가방 속에서 자신의 공책을 꺼내어 내 무릎 위에 툭 얹었다.

"맞교환이야."

고지마의 글씨는 편지와 마찬가지로 샤프로 쓰여 있었고, 연하고 작았다. 여러 내용이 자잘하게 적혀 있었다. 고지마는 내 공책을 두 손으로 들고 펼쳐서 무릎 위에 두고는 흥미진진한 듯 얼굴 가까이 가져갔다. 그렇게 한동안 열심히 보더니 "흠" 하며 눈썹을 과장되게 위로 치켜들어 고개를 끄덕이고, "대충 알겠어" 하며 생긋 웃었다. 내가 뭘 대충 알았냐고 묻자 "비밀" 하며 일어서서는 크게 입을 벌리고 한 차례 하품을 했다. 입속의 빨간 것이 전부 보이는 듯해서 나는 무의식중에 눈을 돌렸다.

하늘 멀리 어딘가에서, 그런 침묵을 밀어 올리는 듯한 희미한 천둥소리가 울렸다. 고지마는 "천둥" 하고 조그맣게 말한 뒤 난간 위에 턱을 괸 채 얼굴만 내 쪽으로 빙그르 돌렸다. 그것은 아주 느긋한 동작이었다.

"천둥이네."

나도 대답했다.

"저기, 얼마 전에 커튼이랑 문고본이랑, …칠판지우개 손잡이 끈 같은 게 이것저것 잘려 있다고 떠들썩했던 적 있잖아."

고지마가 나에게 말했다.

"그랬지." 나는 거의 반사적으로 대답했다.

4월 말쯤 학급 비품과 아이들의 학용품 같은 것이 조금씩 잘린 채 발견되어 작은 소동이 일어난 적이 있었다. 꽤 오래된 일이라고 생각했지만 4월은 겨우 두 달쯤 전이었다. 처음에는 커튼 자락이 잘린 것이 발견되었고, 그런 다음 한 여학생의 체육복 주머니 가장자리가 잘린 채 발견되었다. 그러고 나서 문고본 표지, 칠판지우개 손잡이 끈, 빗자루 끝이 2센티 정도 잘려서 짧아진 것이 잇달아 발견되었다.

그런 식으로 누군가가 흔적을 발견할 때마다 반 전체가 야단스레 흥분했다. 전부 확실하게 잘려 있는 게 아니라 가위 끝으로 고작 몇 센티만 자른 정도였다. 잘린 형태는 모두 같아 보였다. 그런 일이 몇 번인가 이어져 한동안은 다들 범인 찾기에 열을 올렸지만 증거도 없으니 결국 누가 한 짓인지 모르는 채로 끝났고, 그러다가 다들 완전히 질려서 2주일쯤 지난 무렵에는 까맣게 잊어버렸다. 나는 그때 누군가가 거짓말을 해서 내가 한 짓으로 몰아가지 않을까, 그런 걱정만 하며 침울한 기분으로 지냈던 것을 떠올렸다. 하지만 그 사건은 나조차 고지마가 말하기 전까지 잊고 있었다.

"그거, 내가 했어."

"정말이야?"

나는 조금 놀라며 물었다.

"아무도 몰랐지?"

"응."

고지마는 고개를 끄덕였다. 그런 다음 한동안 운동화 앞코를 바라보다가 말했다.

"왜 그랬는지 안 물어볼 거야?"

"왜 그랬는데?"

나는 물어보았다.

"딱히 물어봐주기를 바라는 건 아냐."

그렇게 말하며 고지마는 작게 웃었다.

"게다가 딱 부러지게 대답할 수 있는 이유 따위 없는걸. 근데 뭐든 괜찮은 건 아니지만, 왠지 가위로 물건을 싹둑싹둑 자르고 있으면 말이지, 잘 설명이 안 되지만, 그제야 겨우 보통의 행동을 할 수 있을 듯한 기분이 들어."

"보통의 행동?"

"응."

"마음이 안정된다는 거야?"

"굳이 따지자면 안정되는 거랑은 반대야."

"반대라면 불안한 기분 말이야? 그게 보통이라는 거니?"

"아니."

고지마는 운동화 뒤축을 탁탁 쳤다.

"난 있지, 뭐라고 말하면 좋을까. 대체로 늘 불안해서 견딜수가 없어. 오들오들 떨고 있거든. 집에서도, 학교에서도. 하지만 뭔가 조금이라도 좋은 일이 생기잖아? 가령 너랑 이렇게 이야기할 때나 편지를 쓸 때 말이지. 그건 나한테 아주 좋은 일이야. 그래서 아주 조금 안심하게 돼. 이 안심은 나한텐 기쁜 일이고. 그렇지만 평소에 느끼는 그 불안도, 이 안심도, 역시 자연스러운 게 아니라 둘 다 특별한 거라고 여기고 싶나 봐, 아마도. …그야 안심되는 시간은 아주 잠깐이고, 게다가 인생의 대부분이 불안으로 이루어져 있다고 해서 그걸 나의 '보통'으로 삼고 싶지는 않잖아? 그러니까 불안도 아니고 안심도 아닌, 양쪽 다 아닌 부분이 나한테 분명 있다면 그걸 내 표준으로 삼고 싶을 뿐인지도 몰라."

그렇게 말하고 고지마는 입술을 맞붙였다.

"표준."

나는 따라 말했다.

"그래. 그래서 그 표준을 꼭 붙들고 '내 표준은 이거야' 할 만한 걸 내가 똑바로 알지 못하면, 뭐랄까, 모든 게 정말 엉망이될 듯한 기분이 들어."

"그럼 가위로 물건을 자를 때 그 표준이 찾아온다는 거네?"

"맞아. 머릿속으로 표준, 표준, 하고 읊으면서 싹둑싹둑 자르거든. 그 한순간만큼은 불안이나 안심 같은 게 어디에도 존재하지 않는 듯한 기분이 들어. 가위 끝으로 표준이 찾아오는 거지."

고지마는 그렇게 말하며 웃었다.

"근데 이제 그만뒀구나?"

내가 물었다. 몇몇 물건에서 잘린 흔적이 발견되어 소동이 일어난 것은 고작 며칠간이었고, 그 뒤로는 딱 끊겨서 잠잠해졌기 때문이다.

"애초에 학교에서 했던 게 웃긴 거지."

고지마는 한숨을 내쉬며 말했다.

"이건 엄청 설명하기 힘든 개인적인 일인데, 그런 식으로 남의 물건에 하거나 다른 애들 눈에 띄는 장소에서 한 게 잘못이었어."

나는 고개를 끄덕였다.

"대체로 집에서는 말이야, 성이 안 차긴 해도 종이를 잘라. 무난하게. 종이 같은 건 잘라봤자 아무도 이상하게 여기지 않고, 끝나면 곧장 버릴 수 있으니까. 하지만 진짜 자르는 맛이 있는 건, 자르는 맛이랄까, 좋은 표준은… 그렇게 간단히 버릴 수 있는 종이 같은 게 아니라 뭐랄까, 좀 더 굉장히… 더욱 절대적이고 중요한 것에서 오는 듯한, 그런 기분이 들어. 잘은 모르겠지만."

나는 그 말을 듣고 조금 생각해봤다.

"절대적이고 중요한 것이라면, 예를 들어 뭘까?"

으음, 하고 고지마는 않는 소리를 냈다.

"그러게. 그게 뭔지는 모르겠어."

그렇게 말하며 고지마는 눈썹 언저리를 손가락으로 북북 문질렀다. 실제로 북북 소리가 났다.

"손톱은? 손톱이라면 얼마든지 있잖아."

"손톱 같은 건 시시해."

나의 말에 고지마는 따분하다는 듯이 대꾸했다.

"그러니까 전체를 싹둑 잘라버리는 게 아니라 일부만 조금, 아주 조금만 자르는 게 중요하다고. 너, 자세히 봤어? 학교 물건도 전부 끄트머리만 잘려 있었잖아? 그거, 전부 완벽하게 같은 길이야. 커다랗게 싹둑싹둑 요란스레 잘라서 그 물건을 못 쓰게 되면 틀린 거야. 기능 자체를 훼손시키는 게 목적이 아니거든."

"기능을 훼손시켜?"

"그래. 가령 커튼이라면 뭐랄까, 커튼의 커튼성을 헤치지 않을 정도의 가위질이어야만 해. …그렇지만 손톱도 뭐, 자른다고 해서 손톱 자체가 없어지는 건 아니니까 조건이야 맞지만… 그래도 손톱은 조금만 자른 채로 놔두면 어딘가에 잘 걸려서 엄청 위험하거든. 우리 할머니랑 할아버지도 손톱에 조그만 상처가 났는데 방치한 적이 있어. 그랬더니 거기로 세균이 들어가서, 파상풍 중에서도 최고로, 최악으로 심한 걸로 발전했지. 그 상처가 말이야. 그래서 세균이 온몸으로 퍼졌고 마지막에는 머리로 푸슉 가버려서, 간질을 일으켜 침을 흘리면서, 칭칭 묶여서 죽었다니까."

"간질이 뭐야?" 하고 나는 물었다.

"간질이란 말이지."

고지마가 대답했다.

"몰라? 유명한 거. 인간 광견병이랑 디스템퍼*랑 뇌타박상 같은 걸 전부 합친 듯한 엄청난 거야."

"진짜 그것 때문에 돌아가셨어?"

나는 반쯤 웃으며 물었다.

"당연히 진짜지. 그래서 돌아가신 거야. 모두."

고지마는 내 미간 근처를 힘껏 노려보며 말했다.

"그런 이유로, 아쉽지만 손톱은 안 돼. 뭔가 좀 더 다른 좋은

* 개가 잘 걸리는 급성 전염병.

게 아니고서야."

우리는 그 외에도 실로 다양한 것에 대해 이야기를 나누었다. 무당벌레의 무늬에 대해, 자전거 안장의 높이와 스노글로브에 대해. 돈이 부족하면 그만큼 찍어내서 양을 늘리면 될 텐데 왜 안 되는지에 대해. 그리고 세계의 종말에 대해. 얼마든지 이야기할 수 있을 것 같았지만 시간은 눈 깜짝할 사이에 흘렀다. 우리는 잠자코 하늘을 바라보았다. 서쪽 하늘이 노을에 물들며 하루가 끝나려 했다. 무언가의 뒤를 쫓듯 까마귀 우는 소리가 이어졌다. 나는 고지마와 헤어지기가 힘들었다. 또 만날 수 있을지 물어보고 싶었지만 좀처럼 그러지 못했다. "그럼 안녕" 하며 고지마는 몇 번이나 계단 끝에서 장난스레 얼굴을 내밀었다. 나는 그때마다 웃었다. 고지마는 마지막으로 손을 크게 흔들더니 내 시야에서 사라졌다.

❊

내가 지금의 엄마를 처음 만난 것은 여섯 살이 되던 해 겨울이었다.

그때까지 나는 친할머니와 함께 살고 있었는데, 할머니가 돌아가시자 얼마 뒤 엄마가 우리 집에 왔다. 아빠는 새엄마라는 말도, 이제부터 같이 살 거라는 말도 하지 않았다. 그날부터 엄마가 집에 있는 것이 당연해졌고, 밥을 만들어줬고, 그걸 같이 먹게 되었다.

"잘 부탁해."

엄마가 난처한 표정으로 나에게 불쑥 말한 것은 함께 살기 시작한 지 1년도 넘은 때였다. 우리는 마주 앉아 제철 생선을 먹고 있었다. 텔레비전에서는 수많은 캥거루 무리가 석양을 향해 달리는 모습이 흘러나왔고, 우리는 그것을 바라보고 있었다. 잠시 후 뭐라고 말하면 좋을지 몰라서 "나도 잘 부탁해" 하고 대답하고는 그대로 말없이 생선을 먹었다.

엄마는 그때와 전혀 달라지지 않은 것처럼 보였다. 7년 전과 똑같은 헤어스타일에 살은 찌지도 빠지지도 않았고, 엇비슷하게 생긴 치마를 입었고, 양말은 늘 발목 언저리에서 같은 두께로 접혀 있었다.

"왜 그러니?"

엄마가 청소기 코드를 되감으며 나를 보고 말했다.

나는 "아무것도 아니야" 하고 대답했다. 그러고 나서 수영장이 개장한 것과 시험이 시작된다는 것을 이야기했다.

"어떤데?"

엄마는 딱히 관심도 없는 말투로 물었다.

"수영장? 아니면 시험?"

"음, 시험."

"그냥 그래. 평소랑 똑같겠지."

"어렵니?"

"어려운 것도 있어."

"흠."

엄마는 어깨를 돌리며 말했다.

"하지만 20점 같은 점수는 싫잖아. 그럴 거면 차라리 빵점이 기분 좋지."

그러더니 엄마는 나를 보지 않고 웃었다.

"그쪽이 후련하잖니."

"빵점도 받기 어려워. 과목에 따라서는 이름을 까먹고 안 쓰면 그렇게 되는 경우도 있는 것 같지만" 하고 나는 대답했다.

"뭐, 잘 모르겠지만 열심히 하렴."

엄마는 그렇게 말하고는 청소기를 들고 일어섰다.

"시험 끝나면 여름방학이지?"

"응."

그러더니 문득 생각난 듯 내 얼굴을 보며, 무척이나 의아해 하는 표정으로 물었다.

"…있잖아, 청소기 코드에는 아마도 여기서 끝이라는 뜻으로 빨간 테이프가 붙어 있잖아. 근데 그 앞에 노란 테이프도 붙어 있거든. 노란 테이프는 무슨 뜻인 거 같아? 빨간 거 하나로 충분한 것 같은데."

"정말이네" 하고 나는 대답했다.

엄마는 납득이 안 가는 표정 그대로 부엌에 들어갔다.

6월 말에는 세찬 비가 한꺼번에 내렸다. 매일이 찜통더위여서 환기를 시키려고 창문을 열면 습기가 흘러들었다. 어디에 있든 학교에 있는 것과 비슷하게 숨 막히는 나날이었다. 니노미야가 미술 시간에 철길을 만든다면서, 부하에게 나를 꽉 누르라고 명령한 뒤 손바닥을 억지로 펼쳐 쫙 벌린 스테이플러로 철컹철컹 침을 박았다. 동그랗게 구멍이 뚫린 작은 상처가 아렸다. 어두운 잿빛 구름이 낮게 드리워지는 날이 이어졌고, 비 냄새가 계속 났다.

고지마와 나의 편지 교환은 계속되었다.

그것은 정말로 나의 유일한 즐거움이 되어갔다. 나는 고지마가 준 편지지에 시간을 들여 열심히 답장을 썼다.

내 방에 있는 사전 상자는 고지마에게 받은 편지로 가득 채워졌다. 나는 막연한 불안이 찾아와 쉽게 잠들지 못하는 밤이나 앞으로의 일과 학교에 대한 생각으로 막막한 기분이 들 때면, 책장을 향해 누워 편지가 꽉 찬 사전 상자의 책등을 자주 바라봤다. 그 속에는 고지마가 나에게 써준 말이 가득 들어 있었다. 그 이중으로 흐려진 작은 직사각형은 어둠 속에서 나를 향해 희미한 빛으로 따스하게 빛나고 있는 듯했다. 손을 뻗으면 그 빛을 만질 수 있을 것만 같았다. 그리고 내가 쓴 편지도 고지마가 괴로울 때 그 괴로움을 진정시켜 이런 기분으로 만들어주면 좋겠다고 생각했다.

❧ 안녕. 잘 지냈어? 벌써 7월이 됐네. 얼마 전에 중간고사가 끝난 것 같은데 이번 달에 벌써 기말고사야. 믿을 수가 없어.

요전에 난 최근 두 달 사이에 우리가 주고받은 편지를 세어봤어. 몇 통일 것 같아? 너한테 있는 편지 수랑 내가 가지고 있는 편지 수가 다르면 이상하니까, 알고 싶거든 너도 세어봐. 분명 놀랄 거야.

그나저나 편지란 건 이상해. 부탁하면 가능하겠지만, 부탁하지 않는 한 자기가 쓴 편지를 다시 읽을 일이 없잖아. 어쩐지 묘한 느낌이야. 그렇지만 미래에 무슨 일이 생겨서 네가 열네 살 때 쓴 편지를 다시 읽고 싶어진다면, 그럴 수 있도록 나는 너한테 받은 편지를 아주 소중하게 보관하고 있어. 앗, 방금 좋은 생각이 났어. 1999년 7월 둘째 주 수요일에, 그때 우리가 어디서 뭘 하든 만나지 않을래? 그때 우리가 주고받은 편지를 전부 가져와서 만나는 거야. 엄청 좋은 생각인 것 같은데. 너는 어때? 약속 장소는 어디로 할까? 답장 기다릴게.

✤ 안녕. 얼마 전에 서점에서 노스트라다무스의 예언서를 봤어. 고 지마 네가 알려준 대로 태양이 네모나게 찍힌 사진이랑 성모 마리아상 눈에서 피눈물이 흐르는 사진이 실려 있더라. 근데 그게 왜 세상의 종말과 관련이 있는지 난 잘 모르겠어. 그래도 불길한 느낌은 충분히 들더구나. 어떻게 될지 모르겠네. 세기말에는 늘 이런 소동이 일어난다는 이야기도 있는 모양이야. 어쨌거나 별로 걱정하지 마. 만약 세계가 멸망하면 어차피 약속한 날 못 만나게 될 테니까. 그럼 또 쓸게.

✤ 헬로. 스물두 살의 너는 대체 어떤 사람이 되어 있을까? 나는 요즘 그런 걸 상상해. 그때까지 우리가 편지를 주고받으면 굉장하겠네.

오늘은 너한테 부탁이랄까, 제안할 게 있어.

기말고사가 끝난 다음에 말인데, 사실 널 데려가고 싶은 곳이 있거든. 근데 이번 여름방학이 지나면 그럴 수 없게 돼.

거기가 어디냐면, 헤븐이야.

생각해봐. 분명 멋질 거야. 부디 좋은 대답 들려줘.

❖ 안녕. 당일까지는 비밀로 하고 싶은 모양이네. 나도 기대하고 있어. 어디일까? 재밌겠다. 시험 준비는 하고 있니? 수학은 생각보다 범위가 좁아서 다행인데, 과학은 어디서부터 손을 대야 할지 모를 지경이야. 혹시 낙제점이라도 받으면 보충수업을 해야 하니 우리 둘 다 조심하자. 그럼 또 쓸게.

❖ 안냐냥. 시험도 이제 영어만 남았네. 나는 모든 과목에서 공부한 보람이 없었어.
헤븐 말인데, 여름방학 첫날에 가지 않을래? 여름방학 첫날로 하자. 여름방학 첫째 날, 아침 아홉 시에 개찰구에서 기다릴게.

나는 여름방학 때 고지마와 밖에서 만날 약속을 한 뒤부터 뭘 해도 마음이 진정되지 않았다.

고지마가 말하는 헤븐이 무엇이며 어디로 나를 데려가려 하는지도 신경 쓰였지만, 그보다 고지마와 둘이서 만나 어딘 가로 간다는 것이 나에게는 중대한 일이었다. 그럴 때는 무엇을 가져가야 하고 어떤 옷을 입고 가야 하며 돈은 얼마나 필요한지 나는 전혀 알 수 없었다. 특히 입고 갈 옷이 심각했다. 옷에 대해서는 여태까지 고민해본 적도 없고, 엄마가 적당히 사오는 것을 아무 생각 없이 입을 뿐이었다. 이것저것 궁리하다가 무늬가 있는 옷은 관두기로 했다. 옷이라면 손꼽을 수 있을 정도밖에 없는데도 상하의 조합에 대해 몇 시간이나 계속 고민했다. 결국 남색 라운드 넥 티셔츠에 작년부터 입은 청바지와 학교에는 안 신고 가는 컨버스 농구화로 정했다. 하지만 그게 과연 정답일지 아무리 생각해봐도 알 수 없었다. 그런 것을 상담할 수 있는 사람은 한 명도 없었다. 망설임 끝에 일단 옷을 정하자 그때부터는 돈에 대해 생각해야 했다. 세뱃돈과 매달 받는 용돈을 모아둔 것이 1만 엔 가까이 있었다. 다 세어보니 이만큼이면 괜찮을 것 같기도 했다. 지갑에 집어넣어 바지에 넣었더니 왠지 대범해지는 기분이었고, 무슨 일이 생겨도 이 정도면 어떻게든 될 거라는 생각조차 들어서 그다음부터는 또다시 옷을 고민하기 시작했다.

종업식 날, 나는 화장실에서 고지마에게 받은 편지를 다시 읽은 뒤 여느 때처럼 학생 수첩의 커버 뒤에 넣어두었다. 벽에 바짝 붙어 교실로 돌아가자 니노미야 패거리가 한가운데에 모여서 책상에 걸터앉아 큰 소리로 웃어가며 이야기를 하는 것이 들렸다. 들으려 하지 않아도 들려오는 이야기의 내용은 보습학원의 여름 수업에 대한 것이었다. 나는 그 웃음소리에도 시선에도 되도록 거슬리지 않도록, 소리 죽여 숨을 쉬며 의자에 앉아 책상 속 차가운 곳에 손바닥을 올려두고 가만히 있었다.

벨이 울리고 마지막 시간인 학급 회의가 끝나자 교실은 봉인이 해제된 것처럼 술렁거렸고, 다들 평소의 쉬는 시간처럼 떠들면서 밖으로 나갔다. 한 여학생이 문 쪽으로 가면서 아직 고지마가 앉아 있는 의자의 등받이를 걷어차는 것이 보였다. 고지마는 움찔하며 몸을 움츠렸고, 잠시 꼼짝 않고 있다가 평소 자신을 괴롭히는 여학생 그룹이 사라지자 얼마 뒤에 몇 가지 짐을 어깨와 손에 무거운 듯이 걸치고 천천히 교실에서 나갔다.

그 모습을 끝까지 지켜본 뒤에 프린트 다발을 가방에 넣고 있었는데, 니노미야 일당 중 하나가 갑자기 내 뒤통수를 힘껏 쳐서 그 반동으로 혀를 깨물고 말았다. 어금니로 혀뿌리를 우두둑 소리가 날 만큼 세게 깨물었다. 혀는 저려오는 소리가 들릴 정도로 아팠고, 그 통증으로 목덜미가 딱딱하게 굳었다. 나는 입을 다물 수가 없었다. 침에 섞여 피 맛이 번지기 시작했다. 저리는 것은 멎을 기미를 보이지 않았다. 욱신거리는 통증의 맥박이 머릿속에서 울렸고, 그에 맞춰 입안에서 넘치는 것을 연신 삼키는 수밖에 없었다.

아이들의 인기척이 멀어지고 텅 빈 교실에서 꼼짝도 못 하고 앉아 있을 때, 희미하게 휘파람 소리가 들려와서 누군가가 복도를 걸어 교실로 다가오고 있다는 것을 알았다. 나는 어째서인지 책상 밑에 숨는 편이 좋지 않을까 반사적으로 생각했지만 그럴 틈이 없었다.

들어온 것은 모모세였다. 몸이 굳어지며 자동으로 시선을 피했다. 살며시 고개를 들어 모모세를 봤는데 모모세의 눈에는 내가 보이지도 않는 모양이었다. 혼자 있는 것처럼 휘파람을 불면서 바지 주머니에 손을 넣고, 우아하다고 해도 좋을 듯한 발걸음으로 자기 자리로 걸어갔다.

모모세는 나에게서 등을 돌린 채 의자에 앉아, 자신의 휘파람 소리에 맞춰 느긋하게 발을 굴리며 리듬을 타고 있었다. 그런 다음 등을 굽혀 가방에서 공책을 꺼내더니 거기에 무언가를 쓰는 듯했다. 뭘 쓰는지 내가 앉은 자리에서는 보이지 않았다. 모모세는 이따금 고개를 들고 머리를 흔들면서 음, 음, 하고 턱을 까딱거리고 손을 움직였다.

나는 드문드문 움직이는 모모세의 등과 팔꿈치를 쳐다보며 그에 맞춰 흘러나오는 휘파람을 무의식중에 듣고 있었다. 무슨 멜로디인지는 알 수 없었지만 그것은 갈라지지도 끊어지지도 않는 완벽한 휘파람이었다. 나는 일어서서 교실 밖으로 나갈 수도 있었으나 어째서인지 그렇게 하지 않았다.

모모세의 이름을 부르는 소리가 들려서 문 쪽을 쳐다보자 거기에 여학생 하나가 서 있었다. 눈썹 근처에서 앞머리가 가지런히 잘려 있었고, 그 바로 아래의 새까만 눈이 똑바로 모모세를 보고 있었다. 몸집도 얼굴도 작아서 어린애 같은 인상을 주는 학생이었다. 우리 학교 교복을 입고 있으니 틀림없이 이 학교에 다니는 아이일 텐데, 우리 반 여학생들과는 모든 것이 다르게 보였다. 눈을 뗄 수 없을 정도로 예쁜 소녀였다. 내가 지금까지 봐온 여자들과도 모든 것이 완전히 달랐다. 그리고 그 얼굴은 기묘할 정도로 모모세를 쏙 빼닮았다. 모모세는 여학생이 온 것을 알아차린 모양이었지만, 휘파람을 불면서 여전히 공책에 무언가를 계속 써나갔다. 여학생도 나에게 아무런 신경을 쓰지 않았다. 나는 존재하지도 않는 듯했다. 여학생은 모모세에게 다가가 책상에 손을 짚고 공책을 들여다보더니, 모모세의 휘파람에 맞춰 천천히 고개를 움직이며 그것을 가만히 바라보는 듯했다. 곧게 자란 긴 머리가 모모세의 팔에 닿았다. 여학생은 웅크려 앉아 모모세를 물끄러미 바라보고 있었다. 그리고 얼마 후 모모세의 작업이 끝나자 둘 다 아무 말 없이 일어섰다. 여학생은 모모세의 팔에 손을 걸치며 발걸음을 뗐고, 두 사람은 그대로 교실 밖으로 나갔다. 모모세는 처음부터 끝까지 휘파람을 불고 있었다.

나는 왠지 머릿속이 흐려져서 한동안 의자에 멍하니 앉아 있었다. 방금 전까지 여기에 모모세가 있었던 것도, 낯선 여학생이 와서 함께 나간 것도, 정말로 있었던 일인지 아무래도 확신할 수 없었다. 그리고 그 기묘한 감각에 사로잡힌 나는 모모세의 완벽한 휘파람 멜로디도, 방금 전에 본 여학생의 얼굴도 전혀 떠올릴 수 없었다.

얼마 뒤 집에 가려고 일어섰을 때 니노미야가 교실로 들어왔다. 나는 순간적으로 몸이 움츠러들었지만 니노미야는 허둥대는 기색으로 아무도 없는 것을 보더니 곧장 사라졌고, 그런 다음 또 금세 돌아왔다. 그리고 모모세 못 봤냐고 나에게 물었다. 나는 고개를 가로저었다.

2

다음 날 아침, 나는 15분 빨리 도착하도록 계산해서 집을 나섰다. 엄마한테는 옆 동네의 큰 도서관에 다녀오겠다고 말해 뒀다.

발권기 옆에서 초조하게 기다리다 보니 아홉 시에 딱 맞춰 고지마가 왔다. 고지마는 여느 때와 같은 헤어스타일에 평소의 운동화를 신었고, 끝자락이 종아리 한가운데쯤 오는 베이지색 치마와 알로하셔츠를 입고 있었다.

고지마의 큰 머리와 뻣뻣한 치마 사이에 낀 알로하셔츠도 그에 못지않게 커다랗게 보였다. 뾰족한 잎사귀 같은 것과 망고처럼 생긴 빨간 과일 그림이 빼곡하게 들어차 있었고, 셔츠의 양 옷자락은 고지마의 배꼽 근처에서 꽉 묶여 있었다. 나는 알로하셔츠의 실물을 보는 것도, 그걸 입은 사람을 보는 것도 처음이었지만 그게 알로하셔츠라는 사실은 곧바로 알 수 있었다. 고지마는 나를 발견하자 얼른 손을 흔들며 종종걸음으로 다가왔다. 다른 손에는 사진과 그림의 중간쯤 되는 터치로 고양이 얼굴이 인쇄된 손가방을 들고 있었다.

"안녕."

고지마는 내 옆으로 와서 인사하고는 조금 수줍은 듯 생긋 웃었다. 나도 약간 쑥스러웠지만 태연한 표정을 지으며 "안녕" 하고 말했다. 가까이 온 고지마를 자세히 봤더니 끝에 유리 세공품이 달린 핀 같은 것으로 앞머리가 고정되어 있었다.

"엄청 일찍 일어났어."

고지마는 눈썹 언저리를 긁으며 말했다.

"몇 시에 일어났는데?"

"네 시."

"대단하네. 졸리지 않아?"

내가 물었다.

"아까 일곱 시쯤에는 졸렸어. 그런데 왠지 너, 말하는 게 좀 이상해."

고지마는 의아해하는 표정으로 내 얼굴을 물끄러미 바라보며 말했다.

"말하기 힘든 것 같은데."

"혀를 깨물었거든."

"언제?"

고지마는 눈살을 찌푸리며 물었다.

"어제."

"엄청 세게?"

"꽤 세게 깨물었어."

"아팠어?" 하며 고지마는 더욱 눈살을 찌푸렸다.

"아팠지."

나는 대답했다.

"울었니?"

"그런 걸로 안 울어" 하고 나는 말했다. 그러자 고지마가 엄청 아팠는데도 왜 안 울었냐고, 참은 거냐고 물어서 나는 아픈 것과 우는 것은 좀 다른 것 같다고 대답했다.

"그런가?"

고지마는 미심쩍은 듯이 나를 보며 고개를 갸웃거리더니, 무언가 생각난 듯 조금 뒤로 물러나 내 온몸을 찬찬히 훑어보며 말했다.

"교복 말고 다른 옷 입은 모습은 처음 보네. 굉장해."

"평범하지 뭐, 그렇게 보지 마. 굉장한 걸로 치면 고지마 네가 더한걸."

"이거?" 하며 고지마는 고개를 숙여 자기 옷을 봤다.

"이건 있지, 열대우림 분위기를 좀 내봤어."

"그렇구나."

"그리고 단발옷이야."

"단발옷? 그게 무슨 뜻이야?" 하고 나는 물었다.

"무슨 뜻이냐니, 단발옷이라고 안 해?"

고지마는 눈을 동그랗게 뜨고 되물었다.

"그게 뭘까?"

내가 조금 생각한 뒤에 다시 묻자 고지마가 말했다.

"뭐라더라, 왜 있잖아, 단발옷이란 건… 좋은 옷이랄까? 특별한 날 입는 옷 같은 거야."

"아아, 단벌옷 말이지" 하며 나는 웃었다.

"단벌옷? 같은 뜻이야?"

"아마 같은 뜻일 거야."

"흠" 하며 고지마는 자신의 알로하셔츠를 내려다봤다. 나도 고지마의 알로하셔츠를 가만히 바라보았다.

"여름 분위기가 물씬 나네."

내가 말하자 고지마는 "응" 하며 기쁜 듯이 고개를 들고 나를 봤다.

"일어났을 때는 아직 어두웠지만 눈을 떴더니 여름이 온 게 확실히 느껴졌거든. 그러니까 이번 여름은 오늘부터야."

플랫폼 벤치에 앉아 전철을 기다리다 보니 짙은 초록색 차량이 머리부터 천천히 다가왔다. 열차는 거대한 동물이 숨을 토해내는 듯한 소리를 내며 한꺼번에 문을 열고 우리를 실은 뒤 느긋하게 움직이기 시작했다.

우리가 탄 칸에는 노부부와 양복을 입은 회사원과 머리가 긴 여자 한 명이 있을 뿐, 승객은 드물었다. 전철은 오른쪽으로, 또 왼쪽으로 조금씩 흔들렸고 고지마와 나는 둘 다 한동안 말없이 창밖 풍경을 봤지만, 내 가슴은 이렇게 남몰래 고지마와 교외로 나간다는 사실에 크게 고동치고 있었다.

얼마 지나자 고지마 역시 겉으로 보기에도 흥분한 상태가 되어, 학교에서 볼 때보다는 물론이고 비상계단에서 만났을 때보다도 얼굴빛이 훨씬 밝아 보였다. 나도 그런 고지마를 보다 보니 아까부터 느꼈던 작은 불안은 그 밝은 얼굴의 뒤편으로 물러났고, 가슴 언저리에서 즐거움이 서서히 솟구쳐 올랐다.

나란히 앉은 탓에 평소보다 고지마의 얼굴이 훨씬 가까이에 있어서, 나는 어디를 봐야 할지 몰라 이따금 난처했다. 하지만 고지마는 그런 건 전혀 신경 쓰이지 않는지, 만나면 늘 그랬듯이 내 미간 근처를 보면서 손짓 발짓 해가며 여러 이야기를 들려줬다. 고지마는 흥분하면 목소리가 커지는데, 나는 전혀 상관없었지만 고지마가 스스로 그것을 알아차리고는 부끄러워하는 표정을 지었다. 그리고 작은 목소리로 다시 이야기를 시작해도 또 조금 지나면 목소리가 커져서 그걸 깨닫고 둘이서 함께 웃었다.

"기빠민."

고지마가 말했다.

"'기빠민'이 뭐야?" 하고 내가 물었다.

"기빠민은 기쁠 때 나오는 도파민이야."

"몰랐네."

"괴로울 때 나오는 건 괴로파민" 하고 고지마가 알려줬다.

"외로울 때는?"

내가 묻자 고지마는 외로파민, 하고 즉시 대답하며 웃었다.

대화가 잠시 끊기면 고지마는 얼굴을 비스듬히 뒤로 돌려 창밖을 바라봤고, 그러는 동안 무릎 위에 놓인 손가방에 두 손을 가지런히 올려두었다. 그리고 감촉을 확인하듯 집게손가락 끝으로 손가방을 계속 문질렀다.

전철은 늘어선 집들을 스치듯 달리며, 밭을 몇 개나 가로지르며 막 완성된 여름 한가운데를 곧장 통과했다.

고지마는 예전에 길렀던 고양이의 몸이 얼마나 새까맣고 부드러웠는지, 또 그 고양이와 함께 키운 믹스견이 얼마나 영리하고 얌전했는지에 관한 여러 가지 전설과 일화를 자세히 들려줬다.

고지마는 아주 어렸을 때 여러 생물과 함께 살았던 시기가 있었다고 했다. 친아빠가 어째서인지 동물 기르는 것을 좋아했어, 하고 고지마는 말했다.

"개랑 고양이도 있었지만 아빠가 진짜 좋아했던 건 살랑거리는 금붕어나 새끼 거북이나 미꾸라지였고, 그래서 붕어 같은 것도 많이 키웠지."

"그랬구나."

"수조가 말이야, 엄청 비싸거든. 그 시절에는 돈이 없었으니까 아빠가 어디서 무지무지 큰, 뚜껑 달린 스티로폼 박스를 얻어와서 눈 깜짝할 사이에 완벽한 수조를 만들었어. 위에서밖에 못 들여다보는 수조였지만. 그리고 거기에 거품 내는 장치랑 금붕어용 다리 장식이랑 빙글빙글 도는 물레방아 같은 걸 둘이 같이 동네 가게에서 조금씩 사 모았지. 난 그 속에 새끼 거북을 자주 넣어서 헤엄치게 했고. 저기, 너희 집에서는 동물 길러본 적 있어?"

"없어. 아마 동물을 키우면서 함께 산다는 생각을 못 하는 집인 것 같아."

"가족들이 아무도 동물을 좋아하지 않는 거니?"

고지마는 눈을 커다랗게 뜨며 물었다. 그에 맞춰 눈썹도 마치 생물처럼 쑥 움직였다.

"그렇다기보다 난 동물과 함께 지내본 적이 없는걸. 좋지도 싫지도 않아."

"그런가. 뭐, 그럼 그럴 수도 있겠네" 하고 고지마는 말했다.

"하지만 관심은 좀 가는 것 같기도 해. 말 못 하는 동물이랑 사는 건 역시 인간이랑 사는 것과는 뭔가 다른 느낌이 들겠지" 하고 내가 말했다.

"어떻게 다를 거 같아?"

"예를 들면, 엄청 조용할 것 같아."

"잠자코 있어도 인간은 시끄럽다는 거야?"

"잘 모르겠지만, 인간은 항상 뭘 생각하잖아. 그런 점에서 동물은 기본적으로 조용하다는 느낌이 들어."

"그렇지만 짖기도 하는걸."

"그건 단순히 짖는 거니까."

"소음의 문제가 아니구나?"

"그렇지" 하고 나는 고개를 끄덕였다.

"뭐, 인간은 잘 때도 꿈을 꾸고, 일어나서도 꿈 내용에 대해 이런저런 생각을 하니까 시끄럽지. 인간이 아무것도 생각하지 않을 수 있을까?"

고지마가 물었다.

"아주 짧은 순간이라면 가능할지도 모르지만, 그래도 그건 찰나니까."

"그럼 없는 거나 마찬가지네."

하품을 조금 참으며 고지마가 말했다.

태양으로부터 전달된 따뜻한 열기가 뒷덜미에 기분 좋게 닿았다. 나는 고지마의 얼굴을 흘끔거리며 졸린 것 같다고 생각했다. 전철은 비슷한 리듬을 반복하며 논을 가로질러 덜컹덜컹 달리고 있었다.

"말이 없으면 어떻게 될까, 이따금 생각할 때가 있어."

나는 무심코 이야기를 꺼냈다.

"근데 말을 하는 건 인간뿐이잖아. 개도, 교복도, 책상도, 꽃병도 말은 안 해."

고지마는 내 얼굴을 보며 말했다.

"그렇지. 모든 존재 가운데 우리는 압도적으로 소수파야" 하고 나는 말했다.

"이러쿵저러쿵 말로 떠들고 그걸로 이런저런 문제를 잔뜩 만들어서 별별 짓을 다 하는 게 이 세상에서 인간뿐이라니, 생각해보면 좀 바보 같아."

고지마는 그렇게 말하더니 콧방귀를 뀌며 웃었다. 나는 그렇지, 하며 고개를 끄덕였다.

전철은 덜컹덜컹 규칙적인 소리를 내며 거의 같은 간격으로 역에 멈춰 서기를 반복했다. 그때마다 차내에는 역 이름을 읊는 차장의 목소리가 울려 퍼졌다. "마이크를 끌 때마다 나는 '투둑' 소리가 간지러워서 재밌어" 하며 고지마는 킥킥거렸다. 창밖으로 푸릇푸릇한 논두렁이 계속 이어졌고, 작은 집이 휙휙 날아갔고, 뾰족한 풀 끝에 맺힌 날카로운 빛이 우리의 속도에 맞춰 깜빡이며 흘러가서 마치 빛의 라인처럼 보였다.

"있잖아, 고지마."

나는 문득 생각난 듯이 말했다.

"지금 우리가 가고 있는 천국이라는 곳은…?"

그러자 고지마는 미소를 지으며 고개를 저었다.

"아니, 천국이 아냐. 헤븐이지."

"헤븐."

"그래, 헤븐. 중간에 브이가 들어가는 헤븐이야."

"헤븐" 하고 나는 따라 말했다.

고지마는 방긋 웃었다.

"맞아. 그렇지만 아직 알려줄 수 없어. 도착하면 알 테니 좀 참아."

내가 수긍하자 고지마도 만족스러운 듯 고개를 끄덕였다. 그런 다음 또다시 차창 밖으로 흘러가는 풍경을 잠자코 바라보며 흔들리는 전철에 몸을 맡겼다.

"…근데 아까 네가 말한 거, 왠지 알 것 같기도 해."

잠시 후 고지마가 불쑥 말했다.

"책상이나 꽃병은 겉에 흠이 나도 역시 상처는 안 입는 것 같거든."

"그건, 만약 상처를 입는다 해도 책상이나 꽃병은 아무한테도 그걸 말할 수 없으니까 그럴 일이 없다는 뜻이야?" 하고 나는 물었다.

"잘 모르겠지만, 그럴지도 몰라."

고지마가 말했다.

"책상이든 꽃병이든, 겉에 흠이 나도 상처는 입지 않아, 아마도."

고지마는 중얼거리듯 덧붙였다.

"응" 하며 나는 고개를 끄덕였다.

"하지만 인간은 겉에 흠이 나지 않아도 상처를 많이 입는 것 같아, 아마도."

고지마는 아까에 비해 더 작아진 목소리로 말하더니 그 뒤로는 입을 다물어버렸다.

고지마의 손가락 끝은 내내 손가방에 그려진 고양이의 얼굴 근처를 문지르고 있었다. 나도 그 모습을 잠자코 바라보았다. 전철이 다음 역에 멈춰 서며 문이 열렸고, 몇 사람이 내리고 그것과 교대하듯 몇 사람이 타자 또다시 천천히 움직이기 시작했다. 얼마쯤 지나 고지마는 한마디 한마디를 확인하듯 말했다.

"…우리가 이대로, 누구에게 무슨 짓을 당하든 아무에게도 아무 말 하지 않고, 지금처럼 쭉 이야기하지 않고서 살아갈 수 있다면 언젠가는 진짜 물건이 될 수 있을까?"

뭐라고 대답하면 좋을지 몰라서 나는 잠자코 바닥으로 시선을 떨궜다. 빛이 모든 창문으로부터 쏟아져 들어와 넘치는 전철 안에서 고지마의 운동화는 때가 타 시커멨다. 하얗게 보이는 부분은 어디에도 없었다.

"요컨대."

나는 입을 뗐다.

"우리가 실제로 꽃병이나 책상은… 될 수 없을지 몰라도, 물건인 척할 수는 있다고 생각해. 요컨대."

"요컨대" 하고 고지마도 말했다.

"우리는."

내가 말을 꺼내자 고지마가 그것을 가로막으며 "우리는 지금도 충분히 물건 같은 존재인 거였어" 하고는 아랫입술을 가볍게 깨물고 웃었다.

"진짜 물건이 못 되더라도, 지금도 충분히 물건 같은 존재인걸."

그렇게 말한 후 고지마는 머리카락 속에 오른손을 넣어 천천히 휘저으며 계속 입을 다물고 있었다. 그리고 손가방의 고양이 얼굴을 물끄러미 쳐다봤다. 나도 같은 곳을 가만히 보고 있었다.

"모두 물건인걸."

나는 별 뜻 없이 말해봤다.

"그치."

고지마가 말했다.

"어쩔 수 없잖아" 하고 내가 말하자 고지마가 작게 소리 내어 웃었고, 덩달아 나도 웃었다.

전철은 완만한 커브를 따라 달렸고 거기에 맞춰 창밖에 늘어선 집들이 비스듬해졌다가 멀어지기를 반복했다.

"문제는…" 하고 얼마 뒤, 고지마는 크게 한숨을 내쉬었다.

"물건은 물건이라도, 일테면 벽에 걸린 시계처럼 다들 내버려 두지 않는다는 거야."

고지마는 그렇게 말하더니 창밖으로 시선을 던지며 "그런 걸" 하고 덧붙였고, 내 얼굴을 보며 웃었다.

"봐, 이제 곧 도착이야."

개찰구에서 나오면 보이는 목제 안내 간판을 따라서 한동안 걷다가 왼쪽으로 꺾어서 곧장 갔더니 하얗고 큰 건물이 보였다.

그곳은 미술관이었다.

미술관 안은 벽과 바닥이 모두 하얬고 천장은 아주 높았으며 아직 오전인데도 꽤 많은 사람이 저마다 느긋한 발걸음으로 돌아다니고 있었다. 천이 스치는 듯한 사람들의 술렁이는 이야깃소리가 건물의 하얀 내벽에 빨려 들어갔고, 안쪽으로 이어지는 벽에는 따듯하고 작은 조명에 비추어진 수많은 그림이 여러 개 떠올라 있는 것이 보였다. 고지마는 첫 번째 그림 앞에 도착하자 내 얼굴을 흘끔 쳐다봤다. 그리고 갑자기 매서운 표정으로 변해 한동안 잠자코 그 그림을 바라보더니 획 하고 다음 그림으로 이동했다.

나는 고지마의 조금 뒤에서 걸으며 순서대로 그림을 보았고, 그런 다음 그림을 보는 고지마를 보았다.

고지마는 우선 조금 뒤로 물러나 그림을 보고, 입을 꼭 다문 채 한 걸음 두 걸음 천천히 앞으로 다가가 또 한참 바라본 후에 다시 내 얼굴을 쳐다봤다. 고지마는 눈살을 찌푸리며 전혀 즐겁지 않은 듯한, 오히려 뭔가 괴로운 듯한 표정으로 그림을 보고 있었다. 그리고 그림 옆에 붙은 설명문을 찬찬히 읽다가, 뭔가 생각난 양 거기서 휙 떨어지더니 한숨을 쉬고는 떠밀리듯 다음 그림으로 이동했다.

그곳에는 이상한 그림밖에 없었다.

빨강과 초록으로 칠한 캔버스 속에서 동물과 신부가 손을 잡고 춤을 추거나, 염소 같은 생물이 바이올린을 물고 있거나, 타는 듯한 거대한 꽃다발 아래에서 여자와 남자가 껴안고 있었다.

맥락 없는 여러 이미지가 합쳐진 그 그림들은 꿈의 세계처럼 보였다. 하지만 그건 평화로운 꿈이 아니었다. 거기에 드러난 기쁨은 기쁨이라 해도 무시무시한 것이었고, 슬픔은 압도적으로 차가운 것이었다. 때리듯이 칠한 파란색은 회오리바람처럼 다가오는 노란색과 거세게 부딪쳤고, 수많은 사람이 입을 벌리고 에워싼 가운데 서커스가 여기저기 흩어져 펼쳐지고 있었다. 눈 쌓인 마을 위에서 하얀 천을 두른 남자가 눈을 감고 기도하고 있었다. 어느 그림이든 파괴와 동시에 어떤 축복 같은 것이 태어나는 순간이 있었다. 그런 한 장 한 장의 그림 속에서 여러 세계가 북적이고 있었다. 풍차 같은 태양에 휩쓸리는 사람들, 높이 들어 올려지는 물고기. 인간보다 더 인간 같은 눈을 부여받은 조용한 말. 너무나 창백한 신부.

"보고 있어?"

멍하니 그림 앞에 서 있을 때 고지마의 목소리가 들렸다. 정신을 차리고서 보고 있다고 대답했다.

"어때, 좋은 거 있었니?"

고지마가 작은 목소리로 물었다.

"아직 잘 모르겠어" 하고 나는 대답했다. 고지마가 아까보다 부드러운 표정을 짓고 있어서 조금 안심했다.

"헤븐은 이 미술관이었구나?" 하고 내가 물었다.

"아냐. 헤븐은 그림이야."

고지마는 그렇게 말하더니 코를 킁킁거리며 내 얼굴을 봤다.

"내가 가장 좋아하는 그림이지."

"제목이 헤븐이야?" 하고 내가 물었다.

"아니."

고지마는 고개를 저었다.

"이 사람 말이야, 그림은 이렇게 멋진데 제목이 전부 슬퍼질 만큼 시시하거든. 봐, 이것도 그렇지."

고지마가 가리킨 금속판에 적힌 제목은 그림에 비하면 확실히 시시하게 느껴졌다.

"진짜 별로지?"

"그러네" 하며 나는 웃었다.

"그래서 내가 이름을 다시 지었어."

"네가?"

"응" 하며 고지마는 의기양양하게 웃었다.

"그 그림은 말이지, 연인들이 방에서 케이크를 먹는 그림이야. 빨간 양탄자랑 테이블, 엄청 근사해. 거기 있는 연인들은 목을 마음대로 자유롭게 쑤욱 늘릴 수 있어서, 어디에 있든 뭘 하든 금방 서로 딱 붙을 수 있어. 편리하지?"

"편리하네."

"맞아."

고지마는 기쁜 듯이 웃었다.

"그 방은 언뜻 보면 평범한 집의 평범한 방처럼 보이지만, 거긴 사실 헤븐이야."

"천국이란 거야?"

"노. 헤븐."

고지마는 고개를 갸웃거리며 주의 깊게 말했다.

"헤븐이란 건, 그 연인들이 죽었다는 뜻이니?"

내가 되물었다.

고지마는 목 안쪽에서 내는 낮은 소리로 내 얼굴을 보고 말했다.

"그 연인들한테는 아주 괴로운 일이 있었어. 무척 슬픈 일이 있었거든, 엄청나게. 하지만 두 사람은 그걸 무사히 극복해냈지. 그래서 지금 두 사람은 둘에게 있어 최고의 행복 속에서 살 수 있는 거지. 그렇게 된 거야. 두 사람이 모든 걸 극복하고 도달한, 평범해 보이는 저 방이 실은 헤븐이야."

고지마는 그렇게 말하더니 한숨을 쉬고 눈을 비볐다.

"헤븐. …늘 화집에서 봤어. 언제나, 언제나 보고 있었어."

"응" 하고 나는 고개를 끄덕였다.

"근데 헤븐뿐만 아니라, 화집을 너무 많이 보면 이쪽 세계가 전부 가짜처럼 느껴져. 봐."

고지마가 말했다.

"말의 뺨에서 우유가 흐르잖아. 목에는 목걸이가 걸려 있고."

"색감이 좋네" 하고 내가 말했다. 따스하기는 했지만 역시 기묘한 그림이었다. 커다란 얼굴과 커다란 색. 한동안 우리는 그 그림을 바라보았다.

"게다가."

고지마가 조용한 목소리로 다시 말했다.

"이 초록색 사람과 말의 눈은 하얀 선으로 이어져 있어."

고지마의 입에서 눈이라는 단어가 나온 순간 가슴이 쿵, 하고 울렸다.

고지마는 묵묵히 그림을 계속 바라봤다.

그 조금 뒤에서 갓 걸음마를 뗀 듯한 어린애가 엄마 손을 놓고 달리다가 서 있던 고지마의 다리에 부딪혀 넘어졌고, 큰 소리를 내며 울기 시작했다. 고지마는 아이 울음소리에 놀라 몸이 굳어버린 모양이었다. 아이 엄마는 아이의 손을 잡아 일으켜 세운 뒤 "미안해요" 하고 고지마에게 사과했다. 고지마는 어쩔 줄 몰라 하며 똑같이 고개를 숙였다. 엄마와 아이가 자리를 떠나자 고지마는 그 뒷모습을 오랫동안 물끄러미 바라보며 한숨을 내쉰 뒤, 내 쪽으로 몸을 돌려 같은 눈으로 내 얼굴을 봤다.

나는 고지마가 괴로운 것 같기도 하고 슬픈 것 같기도 한 표정을 짓고 있어서 신경이 쓰였지만, 무슨 말을 건넬 틈도 없이 곧장 그림 앞으로 돌아갔기 때문에 아무 소리 없이 그 뒤를 따라갔다.

"헤븐은 어디 있어? 아직 한참 더 가야 할까?"

잠시 후 나는 고지마에게 물어봤다. 고지마가 내 쪽으로 돌아봤을 때 순간적으로 내 얼굴이 눈앞에 있는 듯한 느낌이 들었다.

"응. 헤븐은 가장 안쪽에 있어."

고지마는 조용히 말했다. 그리고 덧붙였다.

"근데 좀 지쳐서 잠시 쉬고 싶어."

밖으로 나오자 고지마는 벤치에 앉아 입을 다문 채 꼼짝하지 않았다.

"마실 거 좀 사올까?" 하고 물어도 목이 마르지 않으니 괜찮다고 해서 자동판매기까지 걸어가 내 것만 샀다. 해가 높이 떠올라 앉아 있기만 해도 겨드랑이와 목덜미에서 땀이 배어나는 것이 느껴졌다. 고지마의 코 아래쪽이 땀에 젖어 번들거렸다. 우리가 앉아 있는 벤치에서는 봉긋하게 솟아오른 커다란 잔디 광장이 보였고, 가족과 연인을 비롯한 수많은 그룹이 돗자리를 펼치고 점심을 먹는 모습이 눈에 들어왔다. 공놀이를 하는 사람도 있었고, 옷을 벗고 드러누워 선탠을 하는 사람도 있었다. 커다란 나무가 있었고 거기에 기대어 책을 읽는 사람도 보였다. 여름의 절정이구나, 하고 나는 생각했다. 하늘은 아득히 먼 곳으로부터 아낌없이 그 푸르름을 사람들에게 쏟아 내리고 있었다. 고지마는 고양이 손가방을 무릎에 올려둔 채 그것을 두 손으로 꼭 쥐고 꼼짝도 하지 않았다. 나는 음료수를 딱한 모금 마셨고, 목이 별로 마르지 않다는 것을 깨달았다.

"몸이 안 좋아?"

나는 망설이다 물어봤다. 고지마는 천천히 고개를 여러 번 가로저었고, 다시 한번 생각났다는 듯이 또 저었다. 나는 머리를 끄덕이며 다시 잔디밭 위의 사람들에게로 시선을 돌렸다. 전부 그림 같다고 생각했다. 많은 사람이 우리 앞을 지나갔다. 나는 손목으로 몇 번이나 이마의 땀을 훔쳤다.

얼마쯤 시간이 흐른 뒤, 이제 집에 가는 게 좋겠냐고 고지마에게 물어봤다. 고지마는 그 말에는 대답하지 않은 채 또다시 고개를 가로저을 뿐이었다.

"슬퍼민?"

나는 용기를 내어 물어봤다. 하지만 그 말에도 고지마는 아무 대답이 없었다. 나는 말한 것을 후회하며 그대로 거기에 가만히 앉아 있는 수밖에 없었다.

그로부터 얼마쯤 지나 고지마가 울고 있다는 것을 깨달았다.

고지마는 아무 소리 없이 얼굴을 살짝 돌리고, 눈을 북북 비비며 흐르는 눈물을 손바닥으로 뺨에 문지르고 있었다. 나는 미지근해진 음료수 용기를 두 손으로 쥔 채 땅바닥을 바라봤다. 옆에서 숨죽여 우는 고지마에게 무언가 말을 걸고 싶었지만, 그런 마음이 머릿속에서 맴도는 것만으로는 할 말을 잘 찾을 수 없었다.

"이런저런 일이 있어서."

잠시 후 작은 목소리로 고지마가 말했다. 그런 다음 손바닥으로 얼굴을 비빈 뒤 들릴락 말락 하게 미안해, 하고 나에게 사과했다.

"모처럼 함께 왔는데."

고지마는 우는 얼굴을 얼버무리듯이 멋쩍게 웃으며 나를 봤지만 아직 울고 있는 것처럼 보였다.

고지마의 눈은 빨개져 있었고, 숨을 쉴 때마다 콧구멍에서 동그란 콧물 끝이 들락날락하는 것이 보였다. 위로 붕 뜬 뻣뻣한 앞머리에 꽂았던 핀이 당장이라도 떨어질 듯했다. 자세히 보니 고지마의 오른쪽 뺨에는 피부가 타원형으로 벗겨진 것처럼 색이 옅은 부분이 있었다. 이제껏 보아온 가운데 가장 가까이에서 보는 고지마는 내가 그때까지 생각했던 것보다 훨씬 불안정해 보였다. 생기가 거의 느껴지지 않았고, 어딘가로 끌려가기를 그저 기다릴 수밖에 없는 무력한 작은 동물을 연상케 했다. 실제로 우리는 무력했지만, 내 옆에서 꼼짝 않고 벤치에 앉아 있는 고지마는 내가 지금까지 본 어떤 아이보다도 작게 느껴졌다. 학교에서 보는 고지마보다도 훨씬 약하게 보였다. 나는 무척 슬퍼졌다. 그리고 그 모습을 가만히 보고 있을 수밖에 없는 나 또한 마찬가지로 무력했다.

고지마가 운 진짜 이유는 알 수 없었지만 우리는 조용히 있었고, 그리고 둘뿐이었다. 고지마는 손가방의 고양이 얼굴 근처를 전철에서처럼 손가락 끝으로 만지고 있었다. 버릇이겠거니 싶었다. 고지마는 긴장이 풀렸는지 문득 고개를 들고 하늘을 물끄러미 바라보며 말했다.

"이렇게 날씨가 맑으면 왠지 꼼짝할 수가 없어."

7월의 푸른 하늘은 멋지게 여름을 흡수한 채 우리 머리 위에서 미동조차 하지 않았다.

"갇힌 것 같아"하며 고지마가 살짝 웃었다.

"뚜껑 같네."

내가 말했다. 그런 다음 고지마는 손가방에 손을 넣어 휴지를 꺼내더니 코 풀어도 되냐고 나에게 물었다. 내가 괜찮다고 대답하자 고지마는 소리를 내며 코를 세게 풀었다.

"휴지 가지고 오길 잘했네."

고지마가 코를 훌쩍이며 말했다.

"마음껏 풀었더니 속이 시원해."

"잘됐다."

"평소에는 휴지 같은 거 안 들고 다니니까."

"응."

"그렇지만 오늘은 가져와서 다행이야."

"응"하며 나는 고개를 끄덕였다.

"너도 풀어볼래?"

고지마가 물었다.

"지금은 괜찮아" 하고 내가 대답했다.

"그나저나 난 아무것도 들고 다니는 게 없네."

나는 스스로를 보며 말했다.

"지갑 정도밖에."

"네가 좋아하는 연필 같은 건? 안 들고 다니니?"

"연필만 갖고 있어봤자 쓸 데가 없는걸."

"그래서 다들 수첩을 들고 다니는 건가?" 하고 고지마가 말했다.

"수첩을 들고 다니기에는 바지 주머니가 작지."

나는 내 청바지의 허리 부근을 보며 말했다.

"근데 나도 거의 아무것도 안 들고 다녀" 하며 고지마는 손가방 입구를 벌려 나에게 보여줬다.

"지갑, 휴지, 그리고 가위뿐이야."

"가위를 들고 다니니?"

나는 조금 놀라며 물었다. 고지마는 난처한 표정으로 고개를 끄덕였다. 그런 다음 곧바로 "아, 아냐, 오해하지 마, 이제 아무것도 안 자르니까" 하고 허둥지둥 덧붙였다.

"아니, 괜찮아, 잘라도 딱히 상관없어."

나도 이어 말했다.

"미술관에 가져올 줄은 몰랐으니까, 좀 놀란 것뿐이야."

"딱히 미술관에 가져온 건 아닌데."

고지마는 겸연쩍은 듯한 목소리로 말했다.

"그렇겠다" 하고 나는 사과했다.

"학교 말고 다른 장소에는 늘 갖고 다녀. …아무것도 안 하는데, 일단 가지고 있긴 해. 가지고 있기만 해도 마음이 놓이는 건 아니지만, 그래도 일단은."

그렇게 말하며 고지마는 손가방 입구를 뭉쳐서 둘둘 말더니 무릎 위에 다시 올려두었다.

"왠지 미안하네."

고지마는 두 손으로 입을 가리며 난처한 듯 웃었다. 잔디밭 쪽에서 사람들의 환호 소리가 겹쳐서 들려왔고, 눈앞으로 자전거 몇 대가 지나갔다. 강렬한 빛이 번쩍 날아들어 눈을 가늘게 떴더니 잔디밭 저 멀리서 누군가가 은색 돗자리를 펼치는 것이 보였다.

나는 잠시 생각한 뒤에 말했다.

"고지마, 가위 꺼내봐."

가방을 두 손으로 꼭 끌어안은 채, 고지마는 굵은 눈썹을 치켜올리며 깜짝 놀란 얼굴로 나를 쳐다봤다.

"왜?"

"왜든 간에."

"왜 그러는데?"

고지마의 미간에 자잘한 주름이 여러 개 잡혔다.

"암튼 꺼내봐" 하며 나는 웃었다.

"왜 웃는 거야?"

고지마는 영문을 모르겠다는 표정으로 나를 봤다.

"웃지 마."

"미안, 딱히 널 보고 웃은 건 아냐" 하며 나는 또 웃었다.

"왜 웃는데?"

고지마는 난처한 표정 그대로 힘주어 말했다.

"안 웃어."

"웃고 있잖아."

"고지마 네가 내 말을 안 들어줘서 그래."

나는 웃으며 말했다.

"그러니까 왜냐고. …아까부터 물었는데."

고지마는 그렇게 말한 뒤 입을 다물어버렸다.

한동안 둘 다 말없이 각자의 신발 앞코를 보고 있었다. 내 발은 고지마의 발보다 훨씬 컸다. 발이란 건 꽤 묘하게 생겼구나, 하는 생각도 했다. 그런 생각을 하면서 발을 보던 중 고지마가 내 신발 가장자리를 툭 차서 나도 똑같이 찼다. 몇 번쯤 그것을 반복하다가 고지마가 자기 신발을 내 신발에 딱 붙이더니 크네, 하고 말했다.

"일단 남자니까."

나는 웃으며 대답했다. 고지마는 응, 하고 고개를 끄덕였고, 다시 얼마간 둘 다 말이 없었다.

"내 머리카락 잘라도 돼."

잠시 후 내가 말했다.

"전에 얘기했잖아. 네가 말했던 것처럼 그 왜, 표준을 알 수 없게 되거든 내 머리카락을 자르면 돼."

고지마는 입을 벌린 채 나를 물끄러미 바라봤다.

"머리카락이라니… 어째서?"

"그게, 머리카락이 좋을 것 같아서."

"머리카락이라면, 어느 부분을?"

"어디든 괜찮아. 숭덩숭덩 자르면 좀 곤란하지만, 아니 곤란하지 않지만, 저어, 네가 말했듯 내 머리카락성이 훼손되지 않을 정도로만 자른다면 아무 상관 없어."

고지마는 그 말을 듣고 오른손으로 왼쪽 손등을 문지르며 무슨 말을 하려 했지만 표현이 잘 안되는 듯했다.

"네가 불안하거나 지나치게 안심할 때, 맞지? 그럴 때는 내 머리카락을 자르면 돼. 이제 식구들 몰래, 전단지 같은 걸 숨어서 자르지 않아도 돼. 언제든 내 머리카락을 자르면 되니까."

내가 말했다.

고지마는 가만히 내 얼굴을 쳐다봤다. 고지마의 얼굴에 있는 모든 모공에서 땀이 잘게 솟아나 피부의 일부가 부푸는 것처럼 보였다. 기온은 한낮을 향해 계속 올라가는 듯했다. 하늘에는 구름 한 점 보이지 않아서 우리가 있는 곳에는 그늘이 전혀 없었다. 이따금 문득 생각났다는 듯이 부드러운 바람이 불어와 우리의 윤곽을 어루만지고 지나갔다. 이윽고 고지마는 나를 보며 힘이 빠진 것처럼 고개를 끄덕였다.

고지마는 머리를 숙인 채 무릎 위에 올려둔 손가방의 입구를 천천히 벌렸고, 그보다 더 느리게 오른손을 집어넣어 가위를 꺼냈다. 숱 많은 고지마의 머리카락이 얼굴을 풀썩 덮어서 어떤 표정인지는 보이지 않았다. 고지마는 가위를 꺼내더니 잠시 그것을 물끄러미 바라보는 듯했다. 손잡이가 노란색 플라스틱이고 날 끝은 동그스름한 공작용 가위였다. 물감이 묻었거나 변색된 부분도 있어서 겉으로 보기에도 꽤 오래 쓴 것 같았다.

"1학년 때부터 썼어."

잠시 후 고지마가 손에 든 가위를 보며 낮은 목소리로 말했다.

"1학년이라면 작년 말이야?"

"아니, 초등학교 1학년."

"팔 년째네."

나는 감탄하며 말했다.

"정말 괜찮아?"

고지마가 작은 목소리로 물었다.

"진짜 네 머리카락 잘라도 돼?"

"정말 괜찮아."

내가 말했다.

고지마는 오른손에 가위를 들고 왼쪽 손바닥으로 은색 날 부분을 감싸 쥔 채, 한동안 그것을 가만히 바라보며 여전히 무언가를 생각하는 기색이었다.

"자, 얼른."

나는 농담조로 말하며 등을 곧게 폈고, 손을 무릎 위에 올려둔 채 고지마를 등지고 자세를 고쳐 앉았다.

고지마는 나의 등 뒤에서 얼마간 꼼짝 않고 있었지만, 불현듯 내 머리카락에 손을 대는 것이 느껴졌다.

고지마는 내 귀 뒷부분에 손가락을 집어넣어 머리카락 다발을 살짝 집더니 그것을 몇 번 흔들어 여분의 머리카락을 털어냈다. 가위를 든 고지마의 손이 내 뒤통수 윗부분에 닿았다. 가윗날 사이에 머리카락 다발이 들어갔고, 조금 있다가 싹둑 소리가 들렸다. 내 피부에는 소름이 돋았고 그와 동시에 고지마의 입에서 작은 탄식 같은 소리가 흘러나왔다.

뒤를 돌아보자 고지마는 잘린 머리카락 다발을 왼쪽 손바닥으로 감싸 쥐듯이 들고 고개를 떨군 채 굳어 있었다. 오른손에 든 가위의 날은 조금 벌어져 있었다. 두피 근처에서 잘랐는지 내 머리카락 다발의 길이는 10센티가 넘어 보였고 폭은 2센티 정도였다. 우리는 한동안 그 자세 그대로 꼼짝 않고 있었다.

고지마는 떨군 고개를 돌리더니 머리카락을 쥔 손만 내 얼굴 쪽으로 쑥 내밀었다.

"저기, 손만 다가와도 곤란해" 하며 나는 웃었다. 그 소리에 튕기듯이 벌떡 일어난 고지마는 홍조를 띤 채 난처한지 기쁜지 수줍은지 눈물이 나는지 알 수 없는 묘한 표정으로 웃고 있었다.

"뭔가…."

고지마는 쥐어짜듯 말하며 상기된 얼굴 그대로 나를 보다가 눈을 돌렸고, 그런 다음 다시 내 얼굴을 봤다. 머리카락을 꼭 쥔 고지마의 손이 아직 내 입 근처에 있어서 나는 그것을 먹는 시늉을 했다. 고지마가 그 모습을 보고 소리 내어 웃었고 나도 따라 웃었다.

"많이 있으니까 또 잘라도 돼."

나는 머리카락 속에 손을 넣어 방금 전 고지마의 가위가 닿았던 부분을 만지며 말했다. 당연히도 잘리기 전과 잘린 후의 차이를 전혀 느낄 수 없었지만, 그래도 내 머리카락의 일부는 확실히 고지마의 손에 쥐여 있었다.

고지마는 작은 머리카락 다발을 물끄러미 바라보다가 휴지를 꺼내 감싸서 가방에 넣으려 했다. 자른 것은 평소에 어떻게 처리했냐고 묻자 여태까지는 곧바로 버렸다고 한다.

"그럼 버리자." 내가 말했다.

"다른 때랑 똑같이 해야지."

내가 그렇게 말해도 고지마는 조금 망설이는 기색이었다.

"그렇지만 평소 것과는 다르잖아."

"똑같아. 똑같이 해야지."

그래도 고지마는 여전히 결심하기 어려운 듯 머리카락 다발을 잠자코 바라보고 있었다.

"괜찮아, 내가 하나, 둘, 셋 하면 손을 펴."

"안 돼."

"안 되지 않아."

내가 말했다.

"안 되는 건 아무것도 없어. 언제든지 또 자르면 되니까. 자, 얼른."

고지마는 변함없이 주먹을 꽉 쥔 채 꼼짝 않고 있었다.

"못 하겠어."

"할 수 있어."

고지마는 조금 불안해하는 표정이었지만, 얼마 있다가 내가 신호를 주자 반사적으로 손을 폈다. 살색이 확 드러나고, 고지마가 "앗" 하고 짧은 비명을 지른 다음 순간 방금 전까지 머리카락 다발의 형태였던 그것은 공중에 두둥실 떠올라 좌우로 잘게 흔들리며 하늘하늘 떨어지다가 금세 흔적도 없이 사라져버렸다.

그 후 우리는 미술관으로 되돌아가지 않았다.

집으로 향하는 전철에서는 끝말잇기를 했다. 고지마도 조금씩 기운을 차려서 나는 몇 가지 농담으로 고지마를 웃길 수 있었다. 먹은 게 아무것도 없어서 우리는 굉장히 배가 고팠고, 그 때문에 둘 다 속에서 몇 번이나 꼬르륵 소리가 났다. 배가 꼬르륵거리는 소리도 묘하게 음계가 있다는 사실을 알게 되어 그것으로도 농담을 하며 함께 웃었다. 하지만 역시 내릴 역이 가까워질수록 나도 고지마도 점점 말수가 적어졌고, 딱히 풍경을 보지도 않은 채 그 뒤로는 잠자코 흔들리는 전철에 몸을 맡길 뿐이었다.

역에 도착하자 모든 게 지긋지긋할 정도로 평소와 똑같았다. 그러나 그곳에도 무한정 뻗어가는 옅은 그림자처럼 여름의 석양이 덮쳐오고 있었다. 아까까지 둘이 함께 있었던 그 공원에 쏟아진 여름의 성분과 지금 이곳에 떠도는 여름의 성분은 아무 관련이 없는 전혀 다른 물질처럼 느껴졌다. 셔츠와 피부 사이에서 누구도 눈치채지 못하게 조용히 땀이 식기 시작했고 우리의 몸은 벌써 굳어갔다. 아무 말 하지 않았지만 나도 고지마도 그것을 확실히 느꼈다.

고지마는 안녕, 하고 손을 흔들었다. 나도 안녕, 하고 말했다. 고지마는 내 얼굴을 가만히 바라본 뒤 발걸음을 뗐고, 모퉁이를 돌아 사라졌다.

나는 잠시 그 자리에 서서 주위를 빙 둘러봤다. 지금이 여름의 시작이고 나는 현재 그 한가운데에 서 있다고, 여기가 오늘 아침 고지마를 만난 바로 그 장소라고 생각해봤지만 그것을 잘 실감할 수 없었다.

3

여름방학 첫 주에 숙제를 전부 끝내버리고 나니 아무런 할 일이 없어서 매일 대부분의 시간을 방에서 책을 읽으며 보냈다. 아무 데도 나가지 않았다.

식사할 시간이 되면 엄마가 나를 불렀고, 여느 때처럼 둘이서 밥을 먹었다. 아빠는 거의 집에 오지 않았다. 가끔 와도 금세 또 나가버렸다.

학교에 가지 않으니 아무도 안 만나도 되고, 누구도 나를 보지 않으니까 내 생활은 가구처럼 조용했다. 아무에게도 내 모습을 보이지 않을 수 있다는 것은 나에게 이루 말할 수 없는 안도감을 안겨줬다. 그것은 잠깐의 평온일 뿐이었지만, 내가 여기서 이렇게 혼자 있는 한 누구도 나에게 손가락 하나 댈 수 없다는 당연한 사실이 무척 든든하게 느껴졌다. 물론 그것은 나

또한 무엇과도 접촉하지 못한다는 뜻이었으나 어쩔 수 없는 일이었다.

이대로 니노미야 일당이 나를 잊어주면 얼마나 좋을까 진심으로 생각하기도 했다.

여름방학이 끝나 학교에 가면 니노미야 일당이 내 존재를 기억에서 까맣게 지워버려서, 나를 봐도 아무런 기분과 감정을 느끼지 않는 것이다. 여름방학 동안 어떤 일이 있어서 그들이 완전히 다른 사람으로 다시 태어나 나한테는 이제 손톱만 한 관심도 보이지 않는 것이다. 그런 상상을 하면 더더욱 침울한 기분이 들 것을 알면서도 나는 그런 바보 같은 생각을 온종일 끝도 없이, 때로는 기도하는 마음으로 계속하고는 했다. 그래도 이렇게 집에 있으면, 학교에서 일어난 모든 일은 아주 오래전 그저 우연히 읽은 이야기의 일부에 지나지 않는 듯한 기분도 들었다. 그런 건 전부 여기에 있는 나와는 실제로 관계없다는 생각조차 들었다.

엄마와는 언제나 텔레비전을 보면서 밥을 먹었다.

그 안에서는 매일 어떤 사건 사고가 끝없이 일어났고, 뉴스는 그중 일부를 규칙적으로 전달했다. 재판에서 판결이 나고, 누군가가 약혼 발표를 하고, 지지율과 계약에 관한 이야기가 나오고, 사람이 살해당하고, 회오리바람이 부는 등 실로 다양한 일이 있었다.

며칠 전에는 집단 괴롭힘을 당하던 중학생이 자살했다는 보도도 나왔다.

캄캄한 스튜디오에서 한 줄기 조명이 책상 위의 종이를 비추고, 유서로 보이는 일기의 일부분이 조용히 낭독되었다. 낭독이 끝나자 그 남학생이 다녔던 중학교의 교장과 관계자가 사죄하며 머리를 숙이는 장면이 비쳤고, 얼굴이 모자이크 처리된 학생의 인터뷰가 나왔다. 피해 학생의 가족도, 선생님도, 반 아이들도 하나같이 그런 일이 있었던 것을 몰랐다고 말했다. 그 애는, 죽어버린 그 애는 대체 무슨 짓을 당했던 걸까. 뉴스에 따르면 매일같이 돈을 빼앗기고, 도둑질을 강요받고, 심한 폭행을 당했다고 한다.

텔레비전을 끄면 이 뉴스는 사라지지만 나의 인생은 그대로 남아 있다. 사라질 수가 없다. 그렇게 생각하자 갑자기 큰 소리로 절규하고 싶어졌고, 어떻게든 그 충동을 억누르기 위해 그래도 나는 사정이 나은 편인지도 모른다고 스스로를 타이르기도 했다. 하지만 나는 금세 그로 인해 더욱 끔찍한 기분에 잠겼다. 어떤 식으로든 자살한 사람의 고통을 재료 삼아 안도감을 얻으려 하는 것은 몹시 비열한 인간의 발상으로 여겨졌고, 그렇게 안심한 척을 해봤자 그건 결국 척일 뿐 아무것도 해결되지 않기 때문이었다.

그럴 때면 이 여름방학에 끝이 있듯이 학교생활에도 끝이 있고, 나를 들들 볶는 집단 괴롭힘에도 반드시 끝이 있다고 필사적으로 믿으려 했다. 그러나 그것도 나의 마음을 진정으로 밝게 만들지는 못했다.

모든 문제는 내 눈에 있었다.

아무리 학교생활이 끝나봤자, 환경이 바뀌어봤자 내 눈이 사시인 이상 본질적인 것은 무엇 하나 바뀌지 않을 터였다. 오히려 더욱 비참한 상황에 빠질 수도 있고, 지금 내가 모를 뿐이지 어쩌면 이미 모든 것이 정해져 있을지도 모른다고 생각했다. 나도 언젠가 텔레비전에 나온 중학생처럼 스스로 목숨을 끊을지도 모른다, 아니면 죽임당할 수도 있다, 실은 벌써 죽었는지도 모른다. 그런 생각이 머릿속을 점령해갔고, 그러다 보니 내가 이제 뭘 생각하는지 알 수 없어져서 두려움과 구역질만 치밀어 올랐다.

나는 거울 앞에 서서 내 얼굴을 관찰했다. 오른쪽 눈동자가 눈꼬리 쪽으로 힘없이 쏠려서 여전히 어디를 보는지 알 수 없었다. 섬뜩했다. 나는 거울 가까이 얼굴을 가져갔다. 거울 속의 눈에 실제의 눈을 아무리 바짝 붙여봤자 내 시선은 나의 눈을 포착하지 못했다. 나의 눈은 정체불명의 심해어처럼 젖어서 그저 그곳에 가만히 있을 뿐이었다.

이런 눈을 한 나와 함께 걷거나, 일테면 그날 미술관에 같이 있는 모습을 남들에게 보였을 때 고지마는 부끄럽지 않았을까? 우리가 학교에서 이야기를 나누지 않는 것도 역시 고지마한테 그런 마음이 있어서일까? 고지마는 내 눈에 대해, 나에 대해 실은 어떻게 생각하고 있을까? 그것은 여태까지 몇 번이고 반복해온 생각이었다.

그런데 나는? 나는 고지마를 어떻게 생각하는 걸까. 나 역시 왜 학교에서는 고지마하고 말도 안 하고 눈도 못 마주치는 걸까. 그건 니노미야 패거리가 두렵기 때문이었다. 하지만 나는 왜 두려울까. 상처 입는 게 두려운 걸까? 만약 내가 그걸 두려워한다면, 공포스럽다면, 왜 나는 그것을 내 힘으로 바꾸지 못할까? 애초에 상처 입는다는 건 뭘까. 괴롭힘당하고 얻어맞는데도 왜 나는 당하는 대로 복종하기만 할까. 복종이란 뭘까. 나는 왜 두려운 걸까. 왜 두려운 걸까. 두려움이란 대체 뭘까. 그런 걸 아무리 생각해봤자 답이 나올 턱이 없었다.

그런 마음을 어떻게든 흘려보내고, 독서에도 생각에도 지치면 나는 멍하니 벽에 기대어 있었다. 안경을 벗고 눈을 문질렀다. 몇 번이나 세게 문질렀다. 책장에 꽂힌 책과 책상다리가 평소처럼 불안정하게 겹쳐 보였고, 방에서는 아무런 냄새도 나지 않았다. 나는 바지 지퍼를 내리고 페니스를 꺼내어 감싸 쥔 뒤 손을 움직였고, 둥글게 뭉친 휴지를 그 끝에 대고 사정했다. 그리고 나니 울렁이는 마음과 불안이 조금이나마 진정된 기분이 들었다. 정액을 잔뜩 머금은 휴지를 새 휴지로 여러 겹 싸서, 나중에 변기에 갖다 버리기 위해 머리맡에 놔뒀다. 내가 마스터베이션을 하는 것은 이렇게 말로 표현할 길 없는, 하지만 이미 오래전에 익숙해져버린 불안이 덮쳐왔을 때뿐이다. 나는 따뜻한 것, 내 기분을 밝게 해주는 것이랑 나의 사정이나 사정 욕구를 뒤섞고 싶지 않았다. 이유는 잘 모르겠지만 나는 마스터베이션을 할 때 절대로 고지마를 떠올리지 않았다. 떠올릴 수가 없었다.

방에서 이러고 있으면 가끔 엄마가 청소기를 돌리는 소리나 설거지하는 소리가 들려왔다. 그러나 엄마가 갑자기 내 방에 들어오는 일은 거의 없었다. 아주 먼 곳에서 새어 나오는 듯한 그 소리를 그저 셈하듯 들으며 눈을 감고 있으면, 사정이 끝나 작아진 페니스를 움켜쥔 채 내 몸이 끝없이 아래로 가라앉을 것 같았다. 가장자리부터 점차 납처럼 무거워져서 카펫을 뚫고 여러 겹의 천장을 부수며 그대로 한없이 가라앉을 것 같았다. 그런 감각에 괴로워지면 나는 어떻게든 몸을 일으켜 페니스를 팬티 속에 집어넣고 창문을 열어 얼굴을 내밀고 바깥을 봤다. 창 너머로 많은 것이 보였지만 나를 보는 건 아무것도 없었다. 거기에 있는 거대한 여름도 나처럼 아직 한 걸음도 움직이지 않은 듯했다. 그리고 이런 날이면 고지마는 무엇을 하고 있을까 생각했다.

✣

8월이 되고 오봉*도 지나자 여름방학이 확실히 끝나가고 있었다.

엄마가 무슨 말을 하고 싶은 듯한 기색을 몇 번 내비쳤지만 딱히 별 이야기는 없었다. 우리는 종종 나란히 앉아 함께 텔레비전을 봤다. 엄마 심부름으로 우편함을 확인하러 내려가면, 수영복을 입었거나 벌거벗은 어린애들이 간이 풀장에 물을 받고 호스를 휘두르면서 거의 비명 같은 소리를 내지르며 신나게 노는 모습이 보였다.

나는 고지마를 만나고 싶었다.

* 조상의 영혼을 기리는 일본의 큰 명절. 옛날에는 음력 7월 15일에 치렀지만 현재는 대부분 양력 8월 15일을 중심으로 치른다.

신학기가 시작되기까지는 열흘이 남아 있었다.

그렇게 생각하니 견딜 수 없었다. 나는 고지마에게 전화를 걸어볼까 했지만(1학년 때 나눠준 명부를 보면 아마도 번호를 알 수 있을 것이다) 고지마도 우리 집 전화번호를 알 테니, 만약 나랑 이야기하고 싶다면 고지마가 전화를 걸지 않을까 싶어서 내가 먼저 걸 수 없었다. 그러고 나서 곧바로, 어쩌면 고지마도 지금 나와 똑같은 마음으로 전화를 기다리고 있을지도 모른다는 생각이 다시 들었다. 어떻게 하는 것이 좋을까. 나는 그런 제자리걸음을 계속하며 마지막에 만났을 때의 일을 되도록 자세히 떠올려봤다. 고지마가 울었던 것, 고지마가 내 머리카락을 살며시 집어 들고 잘랐던 것. 바싹 마른 흙 위와 뜨거운 아스팔트 길을 걸었을 때의 감촉. 작은 머리카락 다발. 그러자 우리가 분명 무척 친밀한 시간을 보냈다는 기분이 치솟아 올라 가슴이 욱신거렸다. 그런 장면 하나하나를 되짚어보면 내가 고지마에게 전화를 거는 것은 잘못된 일이 아닌 듯했지만 집으로 걸기에는 역시 좀 부끄러웠다. 몇 가지 궁리를 해본 끝에 고지마의 주소를 명부에서 알아내 집 근처에서 고지마가 외출하기를 기다리다가, 고지마가 나오면 타이밍을 봐서 그 뒤를 한동안 따라가 우연인 척 말을 걸기로 결심했다.

고지마의 집은 가로수 길 건너편에 있었다. 익숙한 그 풍경은 싫어도 학교에 관한 것을 떠올리게 했다. 이제 열흘만 지나면 지금과는 다른 마음으로, 분명 더욱 참담한 마음으로 또다시 끝없이 이 길을 걸어야 한다. 나는 손바닥으로 얼굴을 감싸듯 하며 몇 번이나 탁탁 쳤고, 그런 다음 숨을 내쉬며 기분을 추스르는 척하고 걸었다.

지도로 예습한 대로 길을 찾아가서 거의 헤매지 않고 목적지에 도착했다. 고지마의 집은 바로 알 수 있었다. 갈색 벽돌로 지은 튼튼하고 으리으리한 단독주택이었다. 아주 당당하고 두꺼운 돌 명패가 걸려 있었는데 나는 그런 명패를 보는 것이 처음이었다. 보면 볼수록 그것이 명패라는 사실이 흐릿해져서 왠지 작은 묘비처럼 보이기도 하는 기묘한 명패였다. 문 건너편에는 이름은 모르겠지만 마디가 굽이치며 자라난 아름드리나무가 몇 그루 서 있는 것이 보였다. 그 안쪽에 커다랗고 튼튼한 3층짜리 건물이 있었는데 모든 창문에 하얀 레이스 커튼이 드리워진 것이 보였다. 아주 새집은 아니었지만 그렇다고 낡지도 않은 고급 주택이라는 느낌이 들었다. 나는 그 집을 보고 조금 놀랐다.

나는 고지마의 집 현관이 보이는 곳에 숨어서 상황을 살폈다. 땀 때문에 안경이 흘러내려 안경 브릿지를 몇 번이나 손가락으로 밀어 올려야 했다. 그래도 안경은 연신 흘러내렸다.

꽤 오랫동안 거기에 있었던 느낌이지만, 나는 아마 10분도 채 못 있었을 것이다. 서 있는 것만으로 무언가 돌이킬 수 없는 짓을 하는 기분이 들었고, 더위와는 관계없는 진땀이 더위서 난 땀과 섞여 온몸에서 배어나는 것이 느껴졌다. 여기서 이렇게 남의 집을 엿보는 내 뒷모습을 누군가가 어디서 보고 있지 않을까 싶었다. 긴장감이 뱃속에 가스처럼 차서 식도로 서서히 올라왔고 목이 졸리는 것처럼 삐걱거리기 시작했다. 이윽고 긴장감은 팔을 타고 흘러내려 손바닥이 저렸고, 나는 점점 그것을 견딜 수 없어져서 결국 도망치듯 그 자리를 떠났다.

무엇보다 고지마가 하루를 어떻게 보내고 언제 집에서 나오는지는 짐작조차 할 수 없고 정보도 전혀 없는데 이런 짓을 하는 것에 무슨 의미가 있을까? 걸어가며 새삼 그렇게 생각했다. 나는 도망치다시피 한 길을 몇 번이나 뒤돌아보며 거기에 아무런 변화도 없다는 데 가슴을 쓸어내렸다. 만에 하나 우연히 고지마가 나온다 해도 우연을 가장할 수 있을 리 없잖아. 어떻게 고지마네 집 근처에 우연히 내가 있겠어? 그런 일은 이제껏 한 번도 없었고 앞으로도 없을 거야. 나는 그렇게 생각했고, 또 한편으로는 아니야, 바로 그렇기 때문에 우연이지. 단 한 번의 우연은 일어날 수도 있어… 하는 생각도 들었다. 생각하면 생각할수록 모든 것이 뒤엉켜 종잡을 수가 없어졌고, 학교를 지나 가로수 길까지 오자 갑자기 온몸에 힘이 빠져서 그 자리에 주저앉을 뻔했다. 바지 속의 허벅지가 차가워진 것이 느껴졌다. 나는 한동안 그곳에 우두커니 서 있었다.

고지마로부터 전화가 온 것은 그 이틀 뒤였다.

오전에 한 번 전화벨이 울려서 엄마가 받았지만 아무 말 없이 끊겼다.

"끊어졌네."

엄마는 혼잣말처럼 말하고는 수화기를 내려놓고 부엌으로 돌아갔다. 그러고 나서 조금 있다가 "점심은 냉장고에 있으니까 혼자 먹으렴. 잠깐 나갔다 올게"라는 말을 남기고 외출했다. 냉장고 문을 열어보자 랩을 씌운 소바가 접시에 담겨 있었다. 별로 먹고 싶지 않아서 소파에 멍하게 앉아 있을 때 다시 한번 전화벨이 울렸다. 받았더니 고지마였다.

"여보세요."

그 첫마디에 고지마라는 것을 곧바로 알았지만 나는 말이 잘 나오지 않았다. 고지마는 "오랜만이네"라고 했고, 나도 "오랜만이야" 하고 인사했다. 지직거리는 통화의 공백 부분을 듣는 듯한 침묵이 잠시 있었다. 그런 다음 고지마가 "전화는 난처하네"라고 말했고, 나는 "편리하지"라고 했다. 그 뒤 고지마가 다시 무슨 말을 해서 나는 맞장구를 쳤다. 나조차 들어본 적 없는 이상한 목소리가 새어 나왔다. 그에 대해 고지마가 무슨 말을 했고, 내가 또 어떤 말을 하자 고지마가 쿡쿡 웃었으며, 우리는 학기가 시작되기 전에 만나기로 했다.

"내일은 어때?"

고지마가 물었다. 나는 좋다고 대답했다. 비상계단에서 만나기로 했다. 전화를 끊을 때 생각이 나서 "혹시 아침에 전화 건 게 너야?" 하고 물어봤다. 고지마는 "아닌데"라고 말했다.

✾

거의 한 달 만에 만나는 고지마는 분위기가 조금 달라진 듯했다. 하지만 머리카락은 여전히 군데군데 뻗쳐 있었고, 요리용 덧옷처럼 생긴 갈색 원피스에 늘 신는 운동화를 신고 있었다. 부푼 모양의 소매에서 얼굴과 비슷하게 볕에 탄 가느다란 팔이 나와 있었고, 막대기 같은 두 다리로 층계참에 서 있었다.

"잘 지냈어?"

"응. 고지마 너는?"

"그럭저럭."

나는 고지마 옆에 서서 시내를 내려다봤다. 여기까지 엘리베이터로 올라왔지만 복도를 걸어온 것만으로 벌써 온몸에서 땀이 솟아나는 게 느껴졌다. 나는 손수건으로 이마의 땀을 닦은 뒤 아무렇지 않은 척 자연스럽게 고지마 옆으로 이동했다고 생각했는데, 그래도 그 움직임은 역시 부자연스러웠다. 고지마의 얼굴에서도 땀이 많이 나고 있었다. 나는 무의식중에 들고 있던 손수건으로 고지마의 얼굴을 닦아줄 뻔했다. 나는 묘하게 긴장하고 있었다. 얼마 전 마치 뭔가를 훔치는 듯한 호기심으로 고지마의 집까지 간 일이 조금 켕겼던 것이다.

어딘가에서 포개진 방울 소리 같은 매미 울음소리가 우리를 감싼 더운 공기에 달라붙듯이 울리고 있었다.

우리는 여름방학 때 각자 무엇을 했는지에 대해 이야기를 나누었다. 나는 아무 데도 안 가고 집에 틀어박혀 책을 읽었다고 말했다. "뭐 읽었는데?" 하고 고지마가 물어서 기억나는 책 제목을 몇 개 대답했다. 고지마가 재밌었냐고 물었다. 나는 재미없는 것도 있었다고 대답했다. 고지마는 꼭 도 닦는 사람 같다며 웃었고, 나도 따라 웃었다. 그런 다음 고지마는 "난 바닷가에 다녀왔어. 일주일이나" 하고 말했다.

"시골에 친척 집이 있어?"

내가 물었다. 고지마는 고개를 저으며 친아빠 집에 다녀왔다고 말했다.

"전에 말했잖아, 말했나? 아빠 얘기."

나는 대충 안다고 대답했다.

"아빠는 쭉 혼자서 살고 있어. 내가 초등학교 4학년 때 부모님이 이혼했거든. 그때 엄마랑 난 이쪽으로 이사 왔고. 나는 아빠랑 같이 살고 싶었지만 아빠는 뭐랄까, 돈이 없는 사람이고, 그뿐만은 아니지만 그것도 이혼의 원인이랄까, 그랬어. 하지만… 모처럼 오랜만에 만났는데 이런 이야기 싫지?"

"싫지 않아. 네가 하고 싶은 이야기를 하면 돼."

내가 그렇게 말하자 고지마는 입술을 옆으로 쭉 늘리고 난간에 올려둔 손등을 한동안 바라보다가, 그 위에 턱을 올리고서 천천히 이야기를 꺼냈다.

"아빠는 공장 같은 걸 했는데 그게 망했거든. 내가 초등학교에 갓 입학한 때였지. 빚이 남아서, 음, 집이 엄청 가난해졌어. 태어나서 처음으로 집에 여윳돈이 없다는 것을 매일 알 정도로 가난했으니까."

그렇게 말하더니 고지마는 집게손가락으로 코 옆을 긁었다.

"일해도 일해도 아무것도 바뀌지 않더라. 아무리 열심히 일해봤자 아무 소용 없었던 거야. …저기, 역시 모처럼 오랜만에 만났는데 이런 이야기는 좀 어두운 것 같아."

"어둡지 않아"라고 말한 뒤, 나는 고지마와 마찬가지로 난간

위에 턱을 괴고 고지마가 이야기를 이어가는 것을 기다렸다.

고지마는 뭔가 생각하는 표정으로 내 얼굴을 잠시 바라보더니, 얼마 뒤 작은 목소리로 말하기 시작했다.

"우리 아빠 엄청 다정하거든. 말수는 적지만 진짜 착한 사람이야. 딱히 아빠 때문에 공장이 망한 것도 아닌데 전부 내가 잘못했다, 내 책임이다, 그렇게 생각해. 그렇지만 아니거든. 아침부터 밤까지 열심히 일하면서도 불평하는 걸 들어본 적이 없어. 그러면서 내 앞에서는 언제나 웃어주고, 내 얼굴을 볼 때마다 '요즘 어떠니?'라고 묻는 거야. 하루에도 몇 번씩이나. 아빠는 농담이라고 한 거겠지만, 그래서 나도 아주 태연한 얼굴로 웃어 보이고 학교도 씩씩하게 다녔지. 예전 학교에서도 집이 가난하다고 우습게 보는 애들이 있긴 했는데, 난 그런 거 신경 쓰이지 않았으니까 매일 깔끔한 모습으로 다녔거든. 직접 손수건을 빨고, 사흘에 한 번은 빈틈없이 다림질해서 주름 하나 없는 블라우스를 입고, 운동화도 일요일마다 깨끗하게 세탁하고, 돈은 없지만 그런 건 관계없다는 걸 딱 증명했지. 머리도 당연히 땋았고 말이야. 돈이 없어도 얼마든지 깔끔하게 다닐 수 있거든. 근데 혹시 너희 집 부자니?"

"평범한 맨션에 살면서 평범하게 지내는 것 같은데."

"어머니는 일하시고?"

"아니. 집에 계셔."

"흐음."

고지마는 맞장구를 치는 듯한 소리를 내더니 집게손가락으로 관자놀이 조금 위쪽을 긁었다.

"그런 것을 아마 부자라고 할걸."

"그래?"

"응. 우리 엄만 지금은 일을 안 하지만, 그때는 그런 생활에 정말로 지쳐서 점차 아빠랑 말싸움을 하게 됐어. 말싸움이라고 해봤자 아빠는 아무 말도 안 하는 성격이고, 본인한테 잘못이 있다고 생각했으니까 엄마가 일방적으로 아빠를 공격하는 거야. 엄마는 아빠한테 매일매일 욕을 퍼부었어. 그래도 아빠는 아무 말 안 한달지, 못 하니까 그게 또 엄마 마음에 들지 않는다고 해야 하나? 마음에 들지 않는 게 아니구나. 상대가 아무 반응 없으면 말하는 쪽도 어쩔 수 없겠구나. 여하튼 정말로 어쩔 도리가 없어져서 엄마 혼자 난리 치고 우는 것을 반복했지. 막판에는 잡히는 대로 근처에 있는 물건을 던지고, '전부 다 당신 탓이야!' 하면서 아빠를 때리고 발로 차게 됐어. 진심으로 하는 거니까 엄청나더라. 우는 것도 굉장했어. 돈이 없다는 것만으로 이렇게 되는 걸까? 그렇게 생각했던 게 기억나. 근데⋯ 그뿐만이 아니었을지도 몰라. 잘 모르겠지만. 뭐, 그런"

일이 계속돼서 엄마가 알바하러 못 가기도 하고, 아무튼 돈도 없고 가족 관계도 엉망이니까 앞으로 어떻게 해야 하나 싶은 시기가 있었어.

한번은 말이지, 엄마랑 둘이서 동네 주차장 콘크리트 바닥에 멍하니 앉아 있었던 적이 있어. 날씨가 굉장히 화창해서 기분 좋은 날이었고, 엄마랑 빨래를 걷은 뒤 내가 '놀러 갔다 올게' 하고 스카이 콩콩을 타러 갔거든. 왜 있잖아, 스카이 콩콩. 그러고 조금 있다가 돌아왔더니 또 시작된 거야. 그날은 특히 심했어. 엄마가 집어던진 밥그릇이 아빠 이마에 맞았고, 살이 찢어져서 피가 철철 났거든. 그 밥그릇 내 거였는데 연두색 수세미 그림이 그려져 있었어. 그게 아빠 이마에 부딪혔다가 떨어졌을 때, 깨지지도 않고 데굴데굴 내 앞까지 굴러와서 놀랍게도 똑바로 섰다니까. 난 그걸 똑똑히 기억하고 있어. 있잖아, 난 그걸 똑똑히 기억한다고."

나는 고지마의 말에 "응" 하고 대답했다.

"아빠는 그래도 가만히 있더라. 아무 말도 안 하는 거야. 그 뒤 엄마가 울면서 비틀비틀 집을 휙 나가버렸는데, 뭔가 나쁜 예감이 들어서 '아빠, 좀 기다려' 하고 허겁지겁 뒤를 쫓아갔어. 그랬더니 주차장에 콘크리트로 된 주차 블록 있잖아, 거기에 엄마가 멍하니 앉아 있더라. 빨간 앞치마를 걸치고 있어서 금방 눈에 띄었지. 나는 달려갔어. 엄마는 멍한 얼굴로, 내가 옆으로 가서 앉아도 여전히 멍한 얼굴로, '엄마, 엄마' 하고 몇 번이나 불러도 대답을 안 하는 거야. 팔을 잡아당기고 흔들어도 몸만 흔들리고 전혀 반응이 없었어. 난 어찌할 바를 몰라서 아빠를 부르러 가야겠다고 생각했지만, 그래도 그건 안 될 것 같아서 '엄마, 엄마' 하고 무릎을 때리고 울면서 몇 번이나 불렀어. 근데 하나도 소용이 없었고, 엄마는 내 목소리가 전혀 들리지 않는 것 같았어. 아무리 불러도 안 되더라고. 엄마가 이대로 머리가 이상해져서 말을 못 하게 되면 어쩌나, 난 그런 생각만 들어서 너무 무서웠어. 그 무렵 우리 반에서는 태양의 주술이라는 게 유행했거든. 해를 똑바로 보면 눈이 잘 안 보이는데, 삼십 초 동안 눈을 깜빡이지 않고 그걸 보면 딱 한 가지 소원이 이루어진다는 거야. 난 엄마 옆에서 울면서 그걸 했어. 부탁이에요, 엄마를 돌려놔 주세요, 하면서 눈을 이렇게 크게 뜨고 계속 해를 쳐다봤어. 구름 한 점 없는 아주 맑은 날이었으니 해가 오늘처럼 새하얗게 빛나서 눈이 엄청 아팠던 게 생각나. 그래도 눈이 멀어도 좋다고, 그때 분명히 생각했던 것도 기억나. 삼십 초가 어느 정도인지조차 난 더 이상 알 수 없었지만, 여하튼 눈꺼풀이 떨리고 눈물이 줄줄 흐를 때까지 필사적으로 눈을 뜨고 있었어. 그러고 시간이 한참 지난 뒤에, 엄마가 불쑥 '이렇게 될 게 아니었는데'라고 말하는 거야. 난 엄마가 말을 하니까 너무 안심이 돼서 처음에는 무슨 소리를 하는 건지 몰랐는데, 조금 있다가 또 '이렇게 될 게 아니었는데'라고 하더라. 내가 뭐라고 대답해야 할지 몰라서 잠자코 가만히 있었더니 '진짜 아무것도 없네'라는 거야. '아무것도 없네'라고. 그건 딱히 나한테 한 말이 아니라 그냥 엄마 입에서 새어 나온 말 같았지. 그 말은 당시 엄마의 깊은 안쪽에서, 정말로 자연스럽게 나온 느낌이었어."

고지마는 거기까지 말하더니 한동안 입을 다물고 가만히 있었다. 우리는 잠시 난간에 턱을 올리고 시내를 내려다봤다.

"아버지 일이 잘 풀릴 때는 가족 관계가 괜찮았어?"

시간이 조금 지난 뒤에 내가 물어봤다. 고지마는 코로 한숨을 내쉬더니 내 얼굴을 봤다.

"죽어라 일해도 소용이 없는걸. 난 지금 돌이켜보면 말이야, 싫은 일도 많았지만 아빠랑 같이 있는 걸 굉장히 좋아했고 가난해도 괜찮지 않을까 생각한 적도 있어. 이건 정말 최고로 가난할 때 생각한 거니까 진짜야. 돈 때문에 고생해본 적 없는 사람이 '사랑이 있으면 가난해도 괜찮아요'라고 말하는 것하고는 차원이 완전 다르다고. 그렇지만 엄마는 아빠라는 사람 자체를 이제 틀렸달까, 가망이 없다고 여겼나 봐. 더 이상 이대로 지낼 수 없다고 했고, 그때부터 꼬박 3년 동안 그런 난리를 반복한 뒤에 이모가, 엄마의 언니 말인데, 그 사람이 중간에 끼어들어서 결국 이혼한 거야."

고지마는 입가를 몇 번이나 닦으며 이야기를 이어갔다.

"이모가 왜 일일이 끼어들었는지 지금도 통 모르겠어. 아빠는 이혼할 때도 아무 말 안 했는걸. 남이 해결해줄 분위기도 아니었고 말이야. 근데 이혼 직전에는 엄마한테 벌써 지금 사람이 있었어. 나한테 확실하게 이야기하진 않았지만 지금 사람이랑 그때 이미 만나고 있었던 것 같아. 난 알아."

나는 고개를 끄덕였다.

"…그 훨씬 전에 말이야, 아직 우리 집이 그렇게 심하게 가난해지기 전에 나랑 엄마랑 둘이서 밥을 먹을 때 아빠 이야기가 나온 적이 있어. 어쩌다 보니 '엄마는 아빠랑 왜 결혼했어?' 하는 이야기가 나왔지. 내가 그 말을 꺼내긴 했는데, 내가 했지만 왜 그랬나 몰라. 어째서 그런 이야기를 했을까…. 어쨌든 그런 걸 물어봤어. 그랬더니 엄마가 들고 있던 밥그릇이랑 젓가락을 식탁에 내려놓고, 내 얼굴을 물끄러미 쳐다보더니 이렇게 말하는 거야. '불쌍해서 결혼했어'라고. 그렇게 말하더라니까. 아빠가 불쌍하다고. 난 그 말을 듣고 좀 놀랐어. 그런 다음 잠시 평소처럼 밥을 먹다가, 역시 신경이 쓰여서 그릇을 치울 때 물어봤지. '아빠의 어디가 불쌍한데?' 하고. 그랬더니 엄마가 말이야, '하나부터 열까지 다 불쌍했어'라더라."

고지마는 잠깐 생각에 잠긴 듯 입을 다물었다.

"불쌍하다는 게 뭘까, 그때부터 난 많은 생각을 했어. 불쌍하다니, 알 것 같으면서도 이해가 안 돼. 그런 건 이해가 안 되잖아."

"이해가 안 되지" 하고 나도 고개를 끄덕였다.

"재혼한 뒤로 엄마는 많이 변했어. 갑자기 부자가 됐고, 그것도 딱히 엄마가 노력해서 이룬 게 아니라 돈 있는 사람이랑 결혼했을 뿐인데 왠지 그게 기쁜 모양이야. 여태까지의 생활은 꼭 전생의 일이었던 것처럼 됐고, 내가 아빠 이야기를 조금이라도 하면 언짢아하더라. 왜 그러는지 빤히 보인달까, 일부러 그러는 게 아닌가 싶을 만큼 엄마 안에서는 이미 끝난 일이 됐어. 나도, 아빠도, 아직 살아 있지만 끝난 일이 된 거지. …내가 보기엔, 물론 나를 달고 왔으니까 엄마 조건이 불리한 것도 있고, 그래서 풍파를 일으키기 싫은 마음인 것도 알긴 알아. 그래도 내가 딱히 싫어서 이렇게 말하는 건 아닌데, 확실히 싫긴 하지만, 지금 사람은 엄청 불쾌하게 생겼어. 뭐랄까, 되게 징그럽거든. 중요한 걸 전혀 모르는 얼굴이야. 난 매일 그렇게 생활하고 있어."

고지마는 내 대답과는 관계없이 이야기를 이어갔다.

"근데 얼마 전에 내가 아빠 집에 다녀왔잖아. 아주 오래전부터 엄마한테는 말해뒀으니까, 당연히 좋아하는 기색은 아니었지만 보내주더라. 기뻤어. 아빠는 온천이 있는 동네에서 마사지하는 사람들이랑 일하고 있어. 아빠가 직접 마사지를 하는 건 아니지만 마사지사를 료칸에 데려다주거나 데리러 가고, 보수를 정산하는 일을 한대. 역에 도착하니까 아빠가 마중 나와 있었어. 오랜만에 만나서 아빠도 나도 무슨 이야기를 해야 할지 처음에는 막막했는데, 좀 있다 보니 편해지더라고."

"재밌었니?"

"아빠가 일할 때는 집에서 기다리다가 가끔 산책도 하고, 아빠가 오면 같이 텔레비전을 보고, 밥 먹고 잤어. 두세 평쯤 되는 방에 작고 까만 텔레비전이 있었고 씻을 땐 근처 목욕탕에 갔지. 내가 온다고 일하다 알게 된 사람한테 이불이랑 담요를 한 채씩 빌려뒀더라고. 전화가 오면 차를 타고 일하러 가야 하니까 아빠는 휴가를 이틀이나 냈어. 그리고 동네의 큰 마트에 함께 가서 서점 구경을 하고, 가구랑 가전제품도 보면서 돌아다녔지. 아빠는 매일 똑같은 작업복 같은 걸 입고 신발도 너덜너덜해서 난 그게 너무 신경 쓰였거든? 그렇지만 아빠는 싱글벙글 웃고 있었고, 이것저것 구경하고 이야기하다 보니까 그런 건 아무래도 상관없어졌지 뭐야. 펫 숍에서 강아지랑 새끼 고양이를 보면서 예전에 키웠던 붕어랑 미꾸라지 이야기도 했는데, 내가 사소한 것까지 하나하나 다 기억하고 있다는 데 아빠가 깜짝 놀라더라. 그러고 나서 아빠가 어디 들어가서 쉬자고 해서, 내가 그럼 집에 가자고 했거든. 근데 괜찮다고, 진짜 괜찮다고 하기에 카페에 갔어. 그랬더니 아빠가 몇 개라도 좋으니까 케이크를 실컷 먹으라잖아. '케이크 몇 개든 먹어도 돼'라는 거야. '주스도 몇 잔이든 주문해도 돼' 하면서 싱글벙글 웃더라. 웃고 있었어. 난 '그럼 먹을게' 하고 나서, 케이크 별로 안 좋아하는데도 두 개나 먹었어. 쇼트케이크랑 치즈케이크를 먹었지."

선명한 바람이 이따금 곧장 불어왔다. 눈앞에 펼쳐진 하늘에서는 바람이 지나간 흔적을 전혀 찾을 수 없었고, 저 멀리서 무슨 자투리 조각 같은 옅은 구름이 떠 있는 모습이 보일 뿐이었다.

"있잖아, 넌 신이 있다고 생각해?"

한참 지난 후 고지마가 조그만 목소리로 물었다.

"신 말이야?"

나는 되물었다.

"신이라니, 어떤 신?"

109

"아무 신이라도. 모든 걸 알고 있는 신. 모든 것을 잘 아는 신 말이야. 가식이랑 거짓말이랑 악을 꿰뚫어 보고, 우리를 제대로 이해해주는 신."

"고지마 너는…."

나는 애매한 소리를 냈다.

"있다고 생각해?"

"그야…."

고지마는 나를 보지 않고 입을 뗐다.

"그게 신이 아니어도 상관없지만, 그런 신 같은 존재가 없다면 난 여러 일의 의미가 너무 이해 안 돼. 돈만 해도 그렇잖아. 아빠는 본인을 위해서가 아니라 가족을 위해 그렇게 열심히 일했는데 결국 외톨이가 됐고, 사치를 바라는 것도 아닌데 새 신발도 못 사는 생활을 해야 하잖아. 근데 거기서 도망치다시피 떠난 우리만 이렇게 살다니. 어째서 이런 어이없는 일이 일어나는지 난 알 수가 없는걸. 이 모든 걸 전부 보고 있는 신이 있어서, 마지막에는 그런 괴로웠던 거랑 이겨내 온 걸 제대로 이해받을 때가 오지 않을까. …그렇게 생각해."

나는 적당한 대답을 찾을 수 없었다.

"그 마지막이란 건 살아 있는 동안이야? 아님 죽고 나서?"

고지마는 얼굴로 내려온 머리카락을 손가락으로 집어서 넘기며 조용한 목소리로 발음 하나하나를 확인하듯 말했다.

"…살아 있는 동안 여러 일의 의미를 알게 되는 경우도 있을 테고… 죽고 나서 아, 그랬구나, 하고 깨닫는 경우도 있을 것 같아. …하지만 그게 언제인지는 별로 중요하지 않아. 중요한 건 이런 괴로움과 슬픔에는 반드시 의미가 있다는 거지."

고지마는 말을 마친 후 잠시 입을 다물었고, 나도 덩달아 한 동안 잠자코 있었다. 땀이 쏟아져서 나는 등에 달라붙은 셔츠를 집어 들고 바람을 만들어서 그 안에 넣었다.

고지마는 방금 전까지 턱을 얹었던 손을 풀어서 난간을 꽉 쥐고 똑바로 서더니 고개를 들었다.

"…너도, 나도, 어째서 이렇게… 모두에게 이런 꼴을 당하는 것 같아?"

나는 무의식중에 고지마의 시선을 피했다.

심장이 소리를 내며 뛰어서 박동이 빨라지는 것을 알았다. 나는 침을 꿀꺽 삼켰다.

"걔네들은… 정말이지 아무것도 생각하지 않아. 그냥 다른 애들을 아무 생각 없이 따라 하는 거야. 그게 대체 어떤 의미가 있는지, 그러는 것에 대체 무슨 이득이 있는지…. 우린 말이지, 그런 걸 생각해본 적도 없는 애들의 배수구가 됐을 뿐이야."

고지마는 한숨을 내쉬었다.

"그래도 거기엔 어떤 의미가 있어. 그걸 견딘 후에는, 분명 언젠가 그걸 견디지 않으면 만날 수 없는 장소나 일이 기다리고 있을 거야. 그렇게 생각하지 않니?"

고지마는 또렷한 목소리로 말했다.

"걔네들은, 반 애들은 아무것도 몰라. 자기네들이 하는 짓의 의미를 모르는 거야. 자기가 한 짓이 다른 사람을 어떤 기분에 빠트리는지, 다른 사람의 고통 같은 건 생각해본 적도 없겠지. 그냥 주위 애들한테 맞춰서 소란을 떨 뿐이야. 나도 처음에는 너무 분했어. 너무너무. 내가 이렇게 지저분하게 다니는 건 아빠를 잊지 않기 위해서일 뿐인데. 아빠랑 함께 살았다는 표시인데. 이건 나만 아는 소중한 표시라고. 아빠가 어딘가에서 신고 있는 진흙투성이 신발을 나도 여기서 신고 있다는 표시란 말이야. 지저분한 데도 나름대로 의미가 있는 거지. 그렇지만 걔네들한테 이런 걸 말해봤자 절대 이해 못 할걸. 그렇지 않니?"

나는 고개를 끄덕였다.

"너의 그 눈도" 하고 고지마는 말했다.

"너한테 첫 편지를 쓰기 전에 사시에 관한 책을 읽고 내 나름대로 알아봤거든. 아프지는 않은지, 어떻게 보이는지 같은 거. 물론 내가 아무리 애써도 이해하지 못하는 게 많지만 난 너를 이해하고 싶었어. 정말 그렇게 생각했지. 난 말이야, 널 처음 봤을 때부터 바로 알았어. 너와 내가 같은 편이라는 걸."

얼마간 둘 다 침묵을 지켰다.

"너는 왜 그렇게 생각했는데?"

아무렇지 않게 물었다고 생각했지만 내 입에서 나온 목소리가 내 것 같지 않아서 손수건으로 입가를 여러 번 닦았다.

"그러니까 네 눈이…" 하고 고지마가 꺼낸 말을 가로막듯이 내가 입을 열었다.

"내가… 사시라서? 아님 애들이 날 괴롭히고 있어서?"

"둘 다야."

고지마는 말했다.

"그 두 가지는 따로 뗄 수 없어."

고지마는 신중한 얼굴로 말을 이어갔다.

"넌 사시고, 그 탓에 나와 마찬가지로 주위 아이들이 심하게 괴롭히니까 힘들겠지만 그게 지금의 너라는 사람을 만든 것도 사실이야. 그리고 난 나의 표시를 지키기 위해 너처럼 괴롭힘당하고 있지. 어느 것 하나라도 없었다면 지금의 상태는 존재하지 않을 거야. 그러니까 너의 마음은 다른 누구보다 내가 잘 알 테고, 너도 나의 마음을 누구보다 잘 알아줄 거라고 생각했어. 그리고 그건 나의 착각이 아니었지. 날 만나러 와줬잖아.

넌 다른 사람의 마음을 헤아릴 줄 아는 진짜 다정한 사람이라
고 생각해. 상처 입기만 했으니까 사람이 상처 입는다는 게 뭔
지 정말 잘 알거든. 나도, 너에 비하면 대단치 않을 수도 있지
만 그래도 네 마음을 조금은, 아니 아마 누구보다 더 잘 알 것
같은걸."

고지마는 난간에서 계단 쪽으로 옮겨 밑에서 세 번째 줄에
앉았다. 계단은 쭉 그늘져 있어서 고지마가 거기로 들어가는
모습을 보기만 해도 서늘해졌다. 나는 내리쬐는 한여름의 햇
살 아래에서 파르스름한 그늘에 휩싸인 고지마를 바라봤다.
고지마는 양손으로 턱을 괴고 앉아서 내 쪽을 물끄러미 쳐다
봤다.

"난 네 눈이 너무 좋아."

고지마가 또랑또랑한 목소리로 천천히 말했다.

"그런 말 들어본 적 없는데."

고지마는 나를 보고 있었다.

"그런 말 듣는 거 처음이야."

나는 스스로도 놀랄 만큼 고요한 마음으로 내가 그때 생각
한 것을 말했다. 무슨 말을 하는지는 나도 알고 있었지만 들려
온 목소리는 역시 내 것 같지 않았다.

고지마는 생긋 웃었다.

"그러는 게 나뿐이니까 좋잖아."

나는 고지마의 목소리에 멍한 기분으로 고개를 끄덕였다. 몇 번이나 끄덕였다. 끄덕이면서, 손가락 끝으로 온몸의 힘이 스르륵 빠져나가 그대로 거기에 주저앉고 싶어졌다.

"여러 일이 있지만 우리, 힘내자. …난 집이 그랬으니까 이런 표시를 가진 거고, 넌 네 눈이 그러니까 너인 거고, 그래서 우리가 이렇게 만났는걸. …이렇게 이야기를 나눌 수 있는걸. 이렇게 함께 있을 수 있는걸. 언젠가 전부 이해할 때가 올 거야. 그 애들도 분명 알게 될 때가 오겠지. 언젠가 반드시, 여러 가지가 괜찮아질 때가 올 테니까."

고지마는 그렇게 말하더니 일어서서 오른발을 한 발짝 앞으로 내밀었다. 고지마의 얼굴과 몸은 아직 파르스름한 계단의 그늘에 있어서 운동화 앞코만 새하얀 빛 속으로 들어왔다. 고지마는 천천히 나에게 걸어오기 시작했다. 약한 바람이 불어온 그 순간, 갑자기 모든 것이 매끄러운 움직임으로 뒤덮여 고지마의 뻣뻣한 머리카락이 세상에서 가장 부드러운 소재로 만든 손수건처럼 폭신하게 부풀어 오르는 것이 보였다.

정신을 차리고 보니 고지마가 내 옆에 서서 아주 가까이에서 나의 왼쪽 눈을 물끄러미 바라보고 있었다. 나도 왼눈으로 고지마의 눈을 봤다. 나는 안경을 벗고 왼눈을 고지마의 눈에 더 가까이 갖다댔다. 고지마의 검은 눈은 자세히 보니 갈색 그러데이션으로 차올라 있었고, 바늘 끝으로 찌른 것처럼 조그만 빛이 그중 가장 짙은 부분을 적시듯 떨리며 빛나는 것이 보였다.

우리는 잠시 그대로 말없이 있었고, 그러는 내내 서로를 바라보는 자세가 되었다. 그런 다음 고지마는, 조금 망설이는 듯했지만 두 손으로 내 오른손을 잡았다. 그리고 손가락 끝으로 내 손끝을 덧그리듯 만지더니, 손바닥을 펼쳐서 한동안 물끄러미 바라보다가 두 손으로 꼭 감싸 쥐었다. 고지마의 손가락과 손바닥은 땀이 살짝 배어나 축축했기 때문에 내 손보다 훨씬 차가웠다. 그리고 아주 작았다. 나도 잡힌 오른손으로 고지마의 손을 꼭 쥐었다. 고지마를 만진 것은 이때가 처음이었다.

매미 울음소리가 아까보다 작게 포개지더니, 그대로 멀리 물러나 거의 들리지 않을 정도가 되었다는 것을 깨달았다. 방금 전까지의 맹렬한 더위를 나는 피부 어디에서도 느끼지 못하고 있었다. 여태까지와는 전혀 다른 표정을 짓고 있는 듯한 고지마의 얼굴이 내 얼굴 바로 앞에 있었다.

4

학기가 시작되는 9월이 다가오자 내 몸 여기저기서 이상 증세가 나타나기 시작했다. 무엇을 보든 어떤 것을 생각하든 거기에 분명히 존재할 질감을 잘 느낄 수 없었다. 침대 속에서 꼼짝 않고 있으면 목구멍 근처가 찌르는 듯이 아팠고 가슴이 죄었으며 가끔은 열이 나기도 했다. 그 핑계로 등교일을 미룰 수야 있겠지만 그것도 2, 3일뿐이고, 신학기에 등교하지 않아서 니노미야 일당의 주의를 끄는 일은 피하고 싶었다. 나는 이 이상 그 애들의 호기심을 자극할 만한 일은 절대 하고 싶지 않았다.

내가 현관에서 신발을 신고 나가려 할 때 엄마가 감기에 걸렸냐고 물었다.

"뭐, 일단 가보고 아무래도 안 되겠다 싶으면 집에 오면 되지."

여름의 기세는 꺾일 기미가 전혀 없었다.

이대로 영원히 여름이 이어지다가 다시 처음부터 여름이 반복되는 게 아닐까 싶은 정도였다. 습도도 기온도 강렬한 햇살도, 한여름의 정점을 움켜잡고 그대로 늘린 듯한 나날이 이어졌다.

학교는 아무것도 변한 게 없어서, 반 아이들은 여전히 떠들어댔고 평소와 똑같은 풍경이 반복될 뿐이었다. 다들 같은 하복을 입고 비슷한 피부색에 비슷한 키와 몸집을 하고서 비슷한 목소리로 비슷한 이야기를 했다. 해외여행을 다녀왔다느니, 무슨 가수를 봤다느니, 그런 내용이 가끔 들려왔다. 누구의 목소리도 구별되지 않았다. 그건 그저 반 아이의 목소리였다.

쉬는 시간에 내가 책받침으로 부채질을 하자 한 여학생이 "조심해, 사팔뜨기야" 하고 내뱉듯이 말했다. 누군가가 "너 아직 살아 있었냐?"라고 했고 잠시 후 웃음소리가 들렸다. 먹다 만 주스 팩이 날아왔다. 여느 때와 다름없는 일이었다.

고지마는 자기 자리에 가만히 앉아 있었다.

부스스한 머리는 아무리 지켜봐도 미동조차 없었다. 아무도 고지마에게 말을 걸지 않았고 고지마 역시 누구에게도 말을 걸지 않았다. 나는 고지마의 등을 보면서, 다른 애들이 그러듯이 자연스럽게 걸어가 "고지마, 안녕?" 하고 말을 거는 것을 상상했다. "일주일 만이네. 잘 지냈어?" 그러면 고지마는 나를 보고 평소처럼 조금 놀란 듯이 눈썹을 살짝 올리고, 그다음엔 생긋 웃겠지. 고지마의 코밑에는 다른 때와 똑같이 솜털이 돋아 있고 옷깃은 지저분하겠지만 그건 고지마의 소중한 표시니까 아무 문제도 되지 않는다. 그렇지, 그걸 내가 모두에게 이야기해보면 어떨까. 여러분, 여러분이 평소에 놀리는 고지마의 이 옷차림 말입니다만, 여기에는 분명한 이유가 있답니다. 이건 고지마와 고지마 아빠의 추억에 관한 이야기예요. 여러분한테도 개인적으로 소중히 여기는 게 있지요? 예를 들면 사진이나 편지 말입니다. 사진도 편지도 그냥 종이잖아요. 하지만 우리가 거기에 각각 추억과 마음을 담아 의미를 부여할 수 있으니까, 그건 그냥 종이가 아니라 수많은 사진과 편지 가운데 특별하게 여기는 한 장이 되는 거 아니겠어요? 다른 누구도 알지 못할 나만의 소중한 물건이 되지 않나요? 고지마한테 그건 자신의 더러움입니다. 물론 흔한 이야기는 아닙니다만 사진이나 편지가 특별한 물건이 될 수 있다면, 그리고 그걸 인정할 수 있다면 거기에 더러움을 추가할 수도 있겠지요. 사람 생각은 가지각색이니까요.

그리고 나의 호소에 처음에는 다들 놀라는 기색이지만, 곧이어 '뭐야, 그런 거였어?'라는 듯이 수많은 입에서 납득하는 소리가 한숨처럼 흘러나오고, 고지마는 안심해서 기쁜 얼굴로 나를 보며 생긋 웃고, 그런 다음 우리는 못 만났던 여름방학 동안의 일에 대해 이런저런 이야기를 즐겁게 나누는 것이다.

거기까지 생각했을 때 누군가가 내 책상에 부딪혀서 정신이 퍼뜩 들며 종이 울리는 것을 깨달았다. 담임선생님이 교실에 들어왔다. 오렌지색 폴로셔츠를 입은 선생님은 팔도 얼굴도 새까맣게 타 있었다.

나는 책상 속 차가운 부분에 손을 올려둔 채 선생님의 말을 멍하니 건성으로 들었다. 선생님이 무슨 말을 하면 아이들이 웃음을 터트렸다. 나는 그런 모습을 멀거니 보고 있었다. 그 속에서 고지마의 몸만 딱딱하게 굳은 채 꼼짝도 하지 않았다. 그 뒷모습을 보다 보니 견딜 수 없이 슬퍼졌다. 나는 압도적으로 무력했다. 아니, 무력한 것보다 더 나빴다. 나는 아까 한 공상처럼 행동할 수 있을 리 없었고, 어떤 작은 안도감도 고지마에게 안겨줄 수 없었다. 그러기는커녕 몇 미터 앞에 있는 고지마에게 말을 걸 수조차 없었다.

◈ 안녕. 더운 날이 매일 이어지네.

바뀐 자리가 창 쪽이라서 잘됐구나. 이 말을 쭉 하려고 했어. 그래서 오랜만에 편지를 써. 학교에서 분명 서로의 모습을 보긴 하지만 왠지 꽤 오랫동안 만나지 않은 느낌이야. 넌 어때? 난 집에서도 학교에서도, 여름방학 때 너하고 미술관에 갔던 거랑 계단에서 이야기했던 걸 자주 떠올려. 너는 어떠니? 뜬금없지만 넌 정말 다정한 사람이야. 난 진짜 그렇게 생각해. 그걸 생각하면 왠지 괴로워질 정도야. 잘 표현이 안 되지만 말이야. 우리는 많은 이야기를 했지만, 앞으로도 1학기에 그랬던 것처럼 더 많은 이야기를 나누고 싶어. 난 그러기를 간절히 바라. 넌 어때? 할 말이 그렇게 많을까 싶니? 그렇지만 만나보면 우리는 분명 이야기할 게 여전히 많을 거야. 난 그렇게 생각해. 곧 또 계단에서 만나 이야기하지 않을래?

참, 난 얼마 전에 결국 엄마의 새로운 사람(시간적으로 보나 나이로 보나, 생각해보면 전혀 새롭지 않지만)이랑 말싸움을 했어. 말싸움이라기보다 무슨 일이 좀 생겨서 그 김에 내 생각을 말해버린 것뿐이지만. 근데 그 사람이 잘난 척하는 얼굴로 뭐든 다 안다는 듯이 웃으면서 내 말을 듣는 걸 보니까 그렇게 분할 수가 없더라. 난 화를 내면서도 그런 식으로 비웃음을 띠면서 남의 말을 듣고, 적당히 설교한 뒤에 그걸로 엄청 만족스러워하는 그 사람을 보고는 이 사람한텐 여태까지 중요한 걸 생각할 기회가 분명 없었겠구나 싶었어.

그렇게 생각하니까 뭔가 쓸쓸한 기분도 들더라. 또 그건 왠지 그 사람의 책임이 아닌 것 같았어. 그래서 난 용서하려고 해. 이 사람도 어쩌면 희생자가 아닐까. 그런 생각도 했지.

사실 학교 애들에 대해서도 난 점점 같은 생각이 들어. 내가 걔네들의 희생자라면, 걔네 역시 뭔가 더 큰 것의 희생자가 아닐까 싶어. 난 걔네들한테 욕을 얻어먹거나 화장실에서 그런 꼴을 당하면서도 걔네가 웃는 얼굴을 보고 있으면 불쌍하다는 생각이 들 때조차 있어. 하지만 내가 지금 이 편지에서 너에게 쓴 이야기를 걔네들한테 해봤자 통할 리 없지. 내가 걔네들의 행동에서 뭔가를 배웠듯이, 걔네들도 언젠가 자신의 행동으로부터 자기 힘으로 뭔가를 배우고 깨달을 필요가 있어. 이건 그러지 않으면 이해할 수 없는 종류의 일이니까. 나에게 하는 온갖 행동으로부터 걔네들이 스스로 깨달아야 하는 거야. 그것만으로도 나의 이런 하루하루에는 의미가 있지 않을까. 난 그렇게 생각해. 머릿속에 있는 걸 적었더니 점점 길어지네. 난 너랑 이야기를 나누고 싶어. 미안. 다섯 시간 동안 썼어. 이쯤에서 마무리할게. 그럼 또 쓸게.

고지마한테서 편지가 온 것은 9월 마지막 주였다. 글의 분위기가 왠지 여태까지 주고받았던 편지와는 상당히 다른 느낌이 들어서, 나는 이 편지를 읽는 데 평소의 몇 배나 되는 시간을 들여야 했다. 그리고 고지마가 이렇게 긴 편지를 보낸 것은 처음 있는 일이었다.

나는 몇 번이나 답장을 쓰려고 했지만 잘 쓸 수 없었다. 그 편지에는 마지막에 만났을 때 고지마가 나에게 했던 이야기와 이어지는 내용이 많았다. 나는 고지마의 말이 이해되었지만 그에 대해 어떻게 생각하면 좋을지까지는 알지 못했다. 텅 빈 편지지 앞에서 나는 고지마를 생각했다. 그리고 나 자신에 대해서도 생각했다. 그러다 얼마쯤 시간이 지나면 책장에서 사전 상자를 꺼내와 여태까지 고지마에게 받은 편지를 다시 읽었다. 전부 쾌활했다. 마치 고지마가 바로 눈앞에서 나에게 말을 거는 듯한 편지뿐이었다. 그리고 그런 편지를 다시 읽으면 읽을수록, 지금까지 내가 쓴 편지는 대체 어떤 분위기 속에서 어떤 식으로 고지마에게 말을 걸었을까 하고 묘한 기분에 잠겼다. 나는 어떤 편지를 고지마에게 보내왔을까. 언젠가 고지마가 썼듯이, 편지란 자기가 써놓고도 일단 자신의 손을 떠나면 더 이상 내가 어찌할 수 없는 세계에 속하고 마는구나, 그런 생각을 했다.

편지를 사전 상자에 되돌려놓고 침대에 누워 천장을 바라보았다. 나는 고지마를 무척 만나고 싶은 거구나, 그렇게 생각했다.

반사적으로 몸을 일으켰다가 바로 또 누워서 눈을 감았다.

고지마를 만나고 싶다는 말이 내 마음속에서 1초마다 부풀고 커져서, 나는 다시 몸을 일으켜 사전 상자로 손을 뻗어 예전의 편지를 처음부터 한 번 더 읽어봤다. 긴 편지에 대해서도, 그것에 답장을 쓰지 못하는 데 대해서도 분명 당혹감이 있었지만 이렇게 고지마의 편지를 읽으면 읽을수록 고지마를 만나고 싶은 마음이 분명해지는 것도 확실했다. 그리고 이런 마음을 가졌기 때문에 고지마에게 편지를 쓰는 것을 오히려 속 보이는 짓으로 느끼는 게 아닐까 생각하기도 했다. 나는 고지마가 내 눈이 좋다고 말해준 것을 떠올렸다. 그때의 일을 하나도 남김없이 머릿속에서 재생해 몇 번이나 되감았다. 고지마는 나의 눈을 좋아한다고 말했다. 그걸 생각하면 가슴이 선명하게 아팠다. 기쁜 것도 같고 슬픈 것도 같은 그 통증 속에서 나는 꼼짝할 수 없을 정도였다. 나는 고지마한테 더욱 직접적인 것을 원하게 된 건지도 몰랐다. 편지를 쓰는 것만으로는 더 이상 진정되지 않는 무언가가 내 안에서 싹터 나를 괴롭혔다. 나는 침대에 엎드려 베개에 얼굴을 파묻고 점멸하는 옅은 어둠 속에서 멍하게 고지마를 계속 생각했다.

5

10월 초에 엄마의 언니, 즉 나한테는 의붓이모에 해당하는 사람이 죽어서 나는 태어나서 처음으로 장례식이라는 것을 경험했다.

만난 적도 없는 그 의붓이모는 엄마보다 일곱 살 많았고 결혼을 안 해서 자식도 없었다.

아빠가 일 때문에 못 간다고 해서 어쩌다 보니 내가 따라가게 되었다. 의붓이모가 어떤 사람인지 전혀 몰랐고 아빠도 꼭 안 가도 된다고 했지만, 엄마가 장례식에 혼자 가면 뭔가 쓸쓸할 것 같았다. 억지로 부탁하지는 않겠다던 엄마도 내가 함께 가겠다고 말하자 조금 안심한 기색으로 "좀 멀어"라고 말했다.

고요한 장례식이었다. 마을 회관의 방 하나에 친척 열몇 명이 모여 있었고 선향 냄새가 자욱했다. 불경을 외는 낮은 소리가 흐르는 가운데 우리는 정좌한 채 고개를 숙이고 있었다. 이따금 징이 울렸고, 염주를 맞대고 문지르는 소리가 났고, 나한테도 분향할 차례가 돌아왔다. 간혹 훌쩍이는 소리가 들렸다. 나는 고개를 숙인 채 계속 내 무릎을 보고 있었다.

장례 절차가 끝나고 마지막 인사로 모두가 관에 꽃을 넣었다. 고인은 입이 살짝 벌어져 있었고 코는 하얀 솜으로 막혀 있었다. 별로 특징이 없는 얼굴이었는데, 죽었기 때문에 그렇게 보이는 것인지 원래 그런 생김새인지는 알 수 없었다. 나는 처음 보는 유체에 대해 어떤 두려움이랄지 꺼림칙함을 느꼈다. 하지만 한 발짝도 다가가고 싶지 않다고 생각하는 한편으로 살아 있는 인간과 무엇이 결정적으로 다른지 확인하고 싶은 듯한 종잡을 수 없는 기분이 들어서 눈을 돌릴 수 없었다.

나는 지금 여기서 죽어 있는 여성에 대해 뭔가 생각해보려 했지만 당연히 아무것도 떠오르지 않았다. 그러나 모르는 사람을 떠나보내는 자리에 우연이나 다름없이 참석했다는 점을 생각하니, 멀어져가던 현실 감각이 내 몸으로 돌아오는 듯해서 조금 안심했다.

관이 마을 회관 밖으로 빠져 나가자 그 자리에 모인 친척들은 함께 점심을 먹기로 했다. 하지만 엄마는 그 제안을 거절하고 집에 가기로 했다. 화장터에도 안 가는 모양이었다. 그리 많지 않은 친척들은 나의 얼굴을 유심히 보다가 내가 마주 보면 얼른 눈을 피했다. 그중 몇 명이 엄마에게 말을 걸었고 엄마는 나를 소개했다. 모든 것이 의례적인 분위기였다. 나는 누가 누구냐고 묻지 않았고 엄마도 말해주지 않았다. 그래도 엄마의 엄마, 요컨대 나의 의붓할머니에 해당하는 사람은 한눈에 알아볼 수 있었다. 하지만 그 사람은 장례식이 끝나도 엄마에게 말을 걸지 않았고, 당연히 나한테도 아무 말이 없었다. 우리는 도시락을 나눠주기 전에 장례식장에서 나왔다.

"소금이야."

돌아가는 전철에서 엄마는 내 질문에 대답했다.

"그걸 몸에 뿌리고 나서 집에 들어가야 해."

"어째서?"

"정화하는 거지."

엄마와 나는 묵묵히 전철에 몸을 맡겼다. 엄마는 몹시 지쳐 보였다. 그래도 지친 것과 장례식장에 다녀오는 길이라는 점을 빼면 아주 기분 좋은 오후였다. 전철을 타기 전까지는 관 속에 있던 얼굴의 피부 느낌과 색깔, 주름 같은 세세한 인상이 머릿속에서 떠나지 않았지만, 전철이 움직이기 시작하자 더 이상 아무것도 생각나지 않았다. 덜컹거리는 전철 속에서 나는 고지마를 떠올렸다. 내리쬐는 빛도 달리는 장소도 전혀 달랐으나 나는 아주 짧은 순간 그 여름 속에 있는 듯한 기분에 잠겼다. 우리가 이렇게 나란히 앉아서 나눴던 이야기 하나하나를 떠올렸다.

"그나저나 참 이상하네."

엄마가 문득 생각난 듯이 말했다.

나는 엄마의 말에 정신을 차리고 다음 이야기를 기다렸지만 아무 말도 없었다.

"뭐가?"

조금 기다렸다가 물어보자 엄마는 응, 하고 대꾸하더니 뭔가를 회상하는 것처럼 불쑥 말했다.

"…오늘은 이상한 날이었구나 싶어서."

"이상했어?"

"응, 꽤 이상했어. 그리고 엄청 피곤하네."

엄마는 그 말을 끝으로 입을 다물었고, 눈을 감고 꼼짝하지 않았다.

역에 도착해 집으로 가는 길에 마트에 들렀다. 손님들은 탐탁지 않은 눈빛으로 상복을 입은 엄마와 교복 차림의 나를 힐끔거렸다. 엄마는 신경 쓰는 척도 하지 않고 장바구니에 시금치와 양파와 얇게 썬 돼지고기 같은 것을 담았다. 소금 안 뿌리고 들어왔는데 괜찮냐고 내가 묻자 마트는 기가 세서 괜찮다고 했다. 쇼핑 봉투는 두 개 다 내가 들었다. 맨션에 도착해 엘리베이터를 기다릴 때, 엄마가 내 얼굴을 보지 않은 채 따라가 줘서 고맙다고 말했다. "다음에 이런 일이 있으면 또 따라갈게" 하고 내가 말하자 엄마는 한숨을 쉬며 내 어깨를 끌어안고 난처한 표정으로 웃었다.

장례식과 관련된 일이 대충 끝나고, 컨디션이 망가진 것도 있어서 나는 사흘이나 학교를 결석했다. 이대로 안 가도 되면 얼마나 좋을까 몇 번이나 생각했지만 당연히 그럴 수는 없었다.

나는 여느 때처럼 아침 일찍 집에서 나와 콘크리트 도로에 한 걸음 한 걸음 발을 내던지듯 횡단보도를 건너고, 가로수 길을 빠져나와 학교로 향했다. 가로수 사이에 끼여서 막대처럼 위아래로 뻗은 땅바닥은 짙은 갈색으로 변해 축축하게 젖어 있었다. 코로 크게 숨을 들이마셔 봤지만 비 냄새는 이제 남아 있지 않았다. 그래도 땅바닥은 확실히 젖어 있어서, 신발 바닥의 감촉과 소리가 그대로 땅속 깊이 빨려 들어가는 것 같았다.

한밤중 아니면 새벽에 비가 조금 왔을 수도 있겠다고 생각했다. 가로수 길을 걷는 사람은 나뿐이었다. 멀리서 자동차가 달리는 소리가 들렸다. 나는 방금 걸어온 길의 모든 것을 질질 끌 듯이 학교로 갔다.

당연히 교문에는 아직 아무도 서 있지 않았고, 그 시간이면 늘 그렇듯 문이 살짝 열려 있었다. 나는 교정을 가로질러 안쪽의 학교 건물로 향했다. 나 말고는 아무도 없었다. 도중에 뒤로 돌아 내가 지나온 곳을 보니 거대한 생물의 오래된 뼈처럼 보였다. 덩그러니 놓인 조회대는 페인트가 벗겨지고 조금 기울어져서 어쩌다가 흩어진 그 뼈의 파편처럼 보였다.

교실에 들어가 의자를 빼서 앉고 책상을 당겼는데 평소와는 다른 느낌이 들었다. 서랍 속에 손을 넣자 걸레 쪼가리가 튀어나온 것이 보였다. 쭈그려 앉아 책상 안을 들여다봤더니 뭔가가 꽉 들어차 있었다. 걸레 쪼가리를 잡아당기자 그것을 따라 뭉쳐진 내용물이 툭 소리를 내며 바닥으로 떨어졌고, 그런 다음 천천히 펼쳐졌다.

딱딱한 지점토처럼 말라비틀어진 빵과 유충 같은 것(자세히 보니 바싹 마른 귤 알갱이였다), 구깃구깃 뭉쳐진 체육복과 실내화(자세히 보니 내 것이었다), 키 홀더, 이상하게 생긴 봉제 인형, 마스크, 프린트 다발, 싹 난 감자, 도서관 장서임을 나타내는 스티커가 붙은 문고본, 수세미, 칠판지우개. 과일 맛 우유 팩은 내용물이 절반쯤 남았는지 빨대가 꽂힌 입구에서 우유 방울이 떨어지고 있었다. 지독한 냄새가 났다. 책상을 기울여 안쪽을 들여다보자 아직 틀어박혀 있는 것이 있어서, 손을 넣어 꺼냈더니 검은 비닐봉지에서 사용한 생리대 뭉치가 쏟아져 나왔다.

나는 한동안 우두커니 서서 책상 속에서 나온 것을 보고 있었다. 의자를 빼내어 앉아 바닥에 쏟아진 것을 잠시 멍하니 바라봤다. 분명 내 몸에 익숙한 의자인데 등받이와 금속 부분이 전부 너무 딱딱해서, 몇 번을 고쳐 앉아도 그 위화감을 떨쳐낼 수 없었다.

얼마나 그렇게 발치에 흩어진 것들을 보고 있었는지 모르겠지만, 잠시 후 누군가가 복도를 걸어오는 기척이 났다. 어째서인지 종업식 날 교실에 온 그 여학생일 것만 같아서 숨을 죽였다. 발소리가 가까워지자 심장이 쿵쾅거렸다. 교복과 곧게 뻗은 머리카락이 생각났고, 그런 다음 모모세의 얼굴이 떠올라 나는 몸이 굳었다. 하지만 들어온 것은 다른 아이였다. 전혀 관계없는 여학생이었다. 그 애는 나를 보더니 곧바로 눈을 돌리고는 가방을 내려두고 곧장 교실 밖으로 나갔다. 늘 내 다음으로 오는 아이였다. 그 애가 나간 뒤에도 나는 여전히 움직일 수 없었다. 칠판 위에 걸린 시계를 보니 다른 아이들이 오기까지는 10분 정도밖에 시간이 없었다. 나는 천천히 일어나 교실 입구 근처에 있는 청소 도구함에서 쓰레기봉투를 한 장 뽑아 들고 내 자리로 돌아왔다. 그리고 발치에 흩어져 있는 것들을 하나하나 손으로 주워 담았다.

　얼마 있다가 다른 아이들과 마찬가지로 니노미야의 부하들도 교실에 들어왔고, 내 얼굴을 보며 책받침 모서리로 머리를 세게 때리거나 "너 왜 그렇게 냄새나냐?" 하고 즐거운 듯이 히죽거렸다.
　"너, 책상 속에 들어 있던 거 어떻게 했어?"
　그중 하나가 웃으며 말했다. 나는 의자에 앉아 입을 다문 채 아무 대답도 하지 않았다.
　"너희 집, 누가 죽었다면서? 그건 모두가 주는 그거야, 그거. 왜, 그걸 뭐라더라?"
　책받침으로 내 머리를 때린 아이가 옆에 있던 다른 아이에게 물었다. 조사弔辭야, 아냐, 전보야, 하고 주위 아이들이 저마다 떠들어대며 웃었다. 나는 조의금, 하고 속으로 중얼거렸지만 물론 그것은 누구의 귀에도 들리지 않았다.
　잠시 후 다른 책상에서 여자애랑 웃으며 이야기하던 니노미야가 이쪽으로 왔고, 나와 가까워지자 과장되게 눈살을 찌푸렸다.
　"뭐야, 이거. 이 냄새는 대체 웬 거야?"

니노미야는 내 얼굴 앞에서 손을 두세 번 흔들었다.

"인마, 이건 심하잖아. 아무리 그래도 이건 민폐지. 몸 씻는 게 낫지 않아? 목욕은 하는 거냐?"

니노미야의 말에 주위 아이들이 웃음을 터트렸다.

"목욕 안 하는 건 고지마잖아."

누군가가 즉시 받아쳤다. 고지마의 이름이 나오자 나는 가슴이 덜컥 내려앉으며 명치 언저리가 갑자기 차가워지는 것을 느꼈다.

"반에 그런 게 둘이나 있다니 견딜 수가 없군."

니노미야는 팔짱을 낀 채 말한 뒤, 나를 보고 조금 생각하는 척하다가 입을 뗐다.

"지금부터 발가벗고 분수에서 머리랑 몸을 씻고 오든가, 학교 마치고 작은 게임을 같이 하든가, 둘 중 하나 골라봐."

나는 의자에 앉은 채로 침묵했다.

"대답이 없다는 건 게임이라는 거네."

니노미야가 웃었다.

"네가 없는 사이에 나 말이야, 책을 읽다가 좀 해보고 싶은 걸 찾았거든. 게임이지? 결정한 거다. 멋대로 집에 가지 마."

나는 책상 표면만 물끄러미 쳐다보며 아무 말도 할 수 없었다.

칠판에 늘어났다가 사라지는 하얀 글씨와 거기에 선생님의 목소리가 뒤섞이는 것을 바라보면서, '나는 왜 이런 꼴을 당하면서까지 학교에 오는 걸까?' 하고 여태까지 몇 번이나 생각해봤지만 아무 결론도 내지 못한 것을 또 생각했다.

학교에 가기 싫고 이제 정말 학교에 갈 수 없다면, 나는 그이유를 엄마에게 설명해야 했다. 나처럼 괴롭힘을 당하는 많은 아이의 부모가 그러하듯 엄마는 나의 이런 상황을 몰랐다.

나는 내가 괴롭힘당한다는 사실을, 일테면 엄마에게 털어놓는 장면을 지금까지 몇 번이나 상상했다. 하지만 그 상상은 금세 지워졌다. 엄마한테는 괴롭힘당한다는 사실을 알리고 싶지 않았다. 그리고 그보다 더, 아빠에게만은 무슨 일이 있어도 알리기 싫었다. 그런 사실을 아빠가 안다면 어떤 일이 일어날지 나는 상상조차 할 수 없었다. 게다가 그 사실을 밝힌다 한들 엄마나 아빠가 내가 속한 이 세계에 관여할 수는 없다는 것을 나는 알고 있었다. 괴롭힘당한다고 밝혀봤자 좋아지는 건 하나도 없었다.

학교를 그만두는 것도 생각해봤지만 그 또한 좋은 방법인지 알 수 없었다. 중학교는 의무교육인데 그만둘 수 있는지도 모르겠다. 만약 엄마에게 털어놓았다 치고 그 결과 학교에 안 가게 된다 해도, 그다음에 나는 대체 어떻게 해야 할까. 나는 그 가장자리로 내몰리면 늘 절망적인 기분에 잠겼다. 중학교를 안 나오면 고등학교도 못 갈 텐데, 앞으로 1년 남짓 뒤에 닥쳐올 그 미래를 어떻게 살아가면 좋을지 짐작조차 되지 않았다. 아르바이트를 하면서 나머지 몇십 년을 보내는 걸까. 그런 게 가능할까? 게다가, 하고 나는 이 문제를 생각하면 늘 부딪치는 벽에 또다시 가로막혔다. 등교 거부를 한다 쳐도, 이대로 어떻게든 이 상황을 넘겨 사회로 나가거나 고등학교와 대학교에 진학해 조금은 세계가 바뀐 것처럼 보인다 해도, 거기서 또 이런 일들이 숨어서 나를 기다리지 않으리라고는 단정할 수 없다. 절대로 단정할 수 없는 것이다. 내가 이 모습으로, 내가 이 눈으로 지내는 이상 이런 상황은 나를 놓아주지 않을 게 아닌가. 내가 다음에 도착할 장소는 내가 모르는 곳에서 이미 결정되어, 내게 닥칠 가혹한 상황이 벌써부터 그곳에서 가만히 몸을 숨기고 지금의 나를 기다리고 있을지도 모른다.

하교 때가 다가왔고, 그 시간이 되자 나는 지독한 공포에 사로잡혀 자리에서 가만히 있을 수가 없었다.

교실이 시끄러워지기를 기다렸다가 니노미야와 그 일당의 눈을 피해 가방을 들고 움직이는 아이들 사이에 숨어서 복도로 나왔다. 점심때 뭘 먹었는지, 애초에 뭘 먹긴 했는지조차 기억나지 않을 정도로 내 명치는 딱딱하게 굳었다. 클럽활동을 하러 가는 학생들과 줄지어 떠드는 아이들의 대열에 섞여 들어 어쨌든 오늘은 여기서 도망가야 한다는 생각밖에 없었다. 도망친 다음의 일도 내일의 일도 더 이상 생각할 여유가 없었다.

고개를 숙인 채 빠른 걸음으로 복도 모퉁이를 돌았을 때 불쑥 고지마가 나타나 부딪칠 뻔했다.

고지마는 놀란 표정으로 한 걸음 뒤로 물러서서 나를 봤다. 그리고 입을 꾹 다물고 눈만으로 기쁜 듯이 웃었다. 그때 나는 나한테도 또렷하게 들릴 정도로 소리를 내면서 숨을 쉬고 있었고, 그에 맞춰 눈언저리에서 눅눅하게 젖은 열기가 고동치는 것을 느꼈다.

고지마는 무수한 얼룩이 묻은 드럼통 같은 쓰레기통을 들고 있었다. 아이들은 늘 고지마에게 쓰레기를 버리고 오라고 명령했다. 고지마는 비어 있는 쪽 손바닥으로 배 언저리를 북북 문질렀다.

"고지마."

나는 고지마의 이름을 또박또박 불렀다.

나는 처음으로 학교에서 고지마의 이름을 불렀다.

복도를 오가는 아이들 중 어느 누구도 나와 고지마에게 주의를 기울이지 않았다. 고지마는 쓰레기통을 쥔 채로 천천히 복도 바닥에 내려놓았다. 스쳐가는 아이들을 조금 신경 쓰며, 그래도 내 눈앞에 가만히 서 있어줬다. 나는 크게 숨을 들이쉬며 다시 한번 고지마, 하고 이름을 불렀다. 그런 다음 한 번 더 고지마, 하고 불렀다. 고지마는 왜 그러냐는 듯이 눈썹을 찌푸렸고, 고개를 숙이기도 하며 다른 아이들을 신경 쓰는 기색을 내비쳤지만 그래도 똑바로 내 얼굴을 봐줬다.

"답장을 못 써서 미안해."

나는 몇 번이나 입술을 핥으며 쥐어짜듯 말했다.

"엄청 신경 쓰고 있어, 편지."

그러자 내 얼굴을 보고 있던 고지마의 눈이 뒤로 휙 사라지나 싶더니 허리에서 둔탁한 충격이 느껴졌고, 다음 순간 나는 복도 바닥에 거칠게 내던져졌다. 순간적으로 고지마를 피하려고 몸을 비틀었기 때문에 어깨로 떨어져서 뺨을 세게 부딪친 것이다.

"어딜 가려는 거야?"

나를 뒤에서 걷어찬 부하 옆에서 니노미야가 재미없다는 듯이 말했다.

나는 그대로 학교 건물에서 끌려 나왔고, 교정을 가로질러 다른 건물을 빠져나온 곳에 있는 작은 중정을 지나 체육관 앞으로 갔다.

평소 이 근처는 구령에 맞춰 스트레칭을 하거나 라켓 휘두르기 연습을 하는 학생들과 체육관을 쓰는 클럽활동 부원들로 바글바글한데, 체육복이나 유니폼을 입은 아이가 어디에도 보이지 않았다. 하교를 재촉하는 음악이 스피커에서 작게 흘러나왔고, 몇몇 여학생의 새된 웃음소리와 누군가를 부르는 목소리가 멀리서 자투리 천처럼 겹쳐 들려올 뿐이었다.

왜 아무도 없는 걸까? 나는 의아했지만 그 이유가 금세 생각났다. 오늘은 한 달에 한 번 있는 교직원 회의가 열리는 날이었고, 그 경우 모든 클럽활동을 쉬고 학생 전체가 예외 없이 하교해야 한다는 규칙이 있었다.

체육관 정면의 출입구는 당연히 자물쇠가 채워져 있었다.

그 왼쪽으로 돌아서 거기 있는 벽을 따라 걸어가자 조금 작게 만들어진 비상용 문이 있었다. 은색 알루미늄으로 된, 보기에도 가벼울 듯한 문이었다. 그들은 손잡이를 돌려 문을 열고 신발을 신은 채 차례차례 들어갔다. 나도 교복 재킷의 어깨를 잡힌 채 안으로 떠밀려 들어갔다. 그 비상구는 무대 측면에 설치된 낮은 계단 옆 공간으로 이어져 있어서, 들어가자마자 거대한 진홍색 벨벳 커튼이 묶인 채 매달려 있는 것이 보였다. 낡은 천에서 나는 먼지 냄새가 훅 끼쳤다. 멈춰 섰더니 등을 퍽 떠밀려서 앞으로 고꾸라져 구를 뻔했다. 그때 어깨에 멘 가방이 흘러내려 지퍼가 없는 바깥 주머니에 넣어둔 문고본이 발치로 떨어졌다. 나는 허겁지겁 그것을 주워서 원래 있던 주머니에 집어넣었다.

이 학교에 입학한 이후로 행사나 수업 때문에 몇 번이나 와 봤지만, 체육관은 마치 처음 오는 장소처럼 보였다. 천장은 내가 그때까지 인식하고 있던 것보다 훨씬 더 높았고 내부는 훨씬 더 컸다.

아이들은 조금 흥분했는지 들어오자마자 까불기 시작했다. 누군가가 큰 소리를 내자 니노미야가 주의를 줬다. 주의를 준 뒤의 발소리와 소곤거리는 이야깃소리, 숨죽인 웃음소리는 아주 기묘하게 울려서 독특하게 부풀었고, 공기 속에서 천천히 뛰어 오르며 한동안 거기서 사라지지 않았다.

비상구 쪽에서 소리가 나서 모두가 일제히 입을 다물고 쳐다봤다. 들어온 것은 모모세였다.

모모세가 느긋한 동작으로 문을 닫는 것이 내가 서 있는 곳에서 보였다. 잠시 후 문을 잠그는 금속음이 작게 울렸다.

니노미야는 모모세를 보자 표정을 누그러트리고 웃으며 가볍게 손을 들었다. 모모세는 그에 대해 딱히 반응하지 않았고,

재킷 주머니에 양손을 찔러 넣은 채 이쪽으로 걸어왔다. 휘파람 소리가 들린 듯했지만 그건 나의 착각이었다. 그때 모모세가 내 얼굴을 힐끔 쳐다보는 듯했으나 우연찮게 모모세의 시야에 내가 들어왔을 뿐, 나를 본 것은 아닌 모양이었다. 그건 아무런 표정도 감상도 없는 그냥 시선일 뿐이었다. 상대는 니노미야와 모모세를 포함해 모두 여섯 명이 되었다.

니노미야는 두꺼운 커튼이 쳐져 안이 보이지 않는 정면의 문으로 걸어가서 그 옆에 쌓인 매트 속에 손을 넣어 무언가를 찾은 뒤, 그것을 들고 천천히 돌아왔다.

"이걸 너한테 씌워서 축구를 해보려고."

니노미야가 나에게 말하더니 찢어져서 공기가 완전히 빠진 공 가죽 같은 것을 보여줬다. 그건 배구공이었다. 나는 반사적으로 고개를 가로저었다.

"사실은 축구공을 제대로 준비하고 싶었지만 여긴 없더라."

니노미야는 손안에서 축 처진 배구공을 빙글빙글 돌리며 말했다.

"그야 그렇지. 축구는 체육관에서 안 하니까."

그렇게 말하며 니노미야는 콧방귀를 뀌었다.

"축구공은 말이야, 배구공 따위에 비해 훨씬 비싸니까 하나하나 번호를 적어두거든. 연습이 끝났을 때 한 개라도 없어지면 나올 때까지 찾고, 그래도 못 찾으면 축구부 녀석들은 1학년 전원이 기합을 받지, 아마도."

니노미야는 배구공의 찢어진 부분에 손가락을 집어넣고 뒤집는 듯한 동작을 되풀이하며 말했다.

"난 꽤 친절한 면이 있으니까 이번에는 배구공으로 해주는 거야. 뭐, 탁구공만큼은 아니지만 이거라면 얼마든지 흔하게 굴러다니고, 게다가 나는 공 중에선 배구공을 제일 좋아하거든. 감촉이 좋잖아. 난 딱딱한 것보다 물렁한 게 좋아. 붕대처럼 부드럽지."

나는 니노미야의 발치를 보고 있었다.

"내가 방학 때 책을 읽었거든. 드물게 한 권 봤지. 독서는 전혀, 요만큼도 좋아하지 않지만 말이야. 그래도 한 권 정도는 어쩌다가 읽을 때도 있어. 그나저나 넌 책 같은 거 읽는 타입이야?"

니노미야가 나에게 물었다.

"아까 떨어트렸잖아. 그거 뭔데? 재밌냐?"

나는 아무런 대답도 할 수 없었다.

"소설은 기본적으로 인간의 인생에 대해 이것저것 쓴 거잖아? 근데 나한테나 너한테나 가짜가 아닌 자기 인생이 이미 있는데, 어째서 일부러 다른 데서 가짜를 가져와 새삼스럽게 덧

붙여야 하지?"

나는 그 말에도 입을 다문 채 아무 대답도 할 수 없었다.

"그런 건 마술쇼랑 똑같은데 뭐가 좋은 걸까? 난 도무지 이해가 안 돼. 그렇지 않냐? 반드시 트릭이 있는 손장난일 뿐이잖아? 그냥 기술이라고. 그런 걸 암만 많이 봐봤자 본질적인 건 아무것도 바뀌지 않아. 바뀌기는커녕 안 좋아지기만 하지. 비참해지는 거야. 왜냐하면 그건 분명한 가짜니까. 진짜 마법이 아니면 의미가 없어. 말도 못 하게 시시해."

니노미야는 나에게 넥타이를 풀라고 하더니 조금 생각한 뒤 안경도 벗는 게 좋겠다고 말했다. 그리고 부하 중 한 명에게 안경을 벗기고 내 손을 뒤로 돌려 넥타이로 묶으라고 명령했다.

"살살해, 살살" 하며 니노미야는 웃었다. 모모세는 조금 떨어진 곳에 서서 팔짱을 끼고 왼쪽 집게손가락 끝으로 입술을 만지며 이쪽을 보고 있었다.

"인간 축구. 음, 이건 배구공이니까 엄밀히 말하면 다르지만, 그래도 발로 차니까 역시 축구지. 아무튼 널 먼저 골로 몰아가면 이기는 게임이야."

니노미야는 나에게 설명했다.

"일대일로 할 거야. 먼저 이 녀석들이 하고, 그다음에 또 한 팀이 하고, 마지막으로 나랑 모모세가 할 건데, 뭐, 토너먼트인

셈이지. 자, 골을 만들어" 하고 니노미야는 명령했다.

"자, 다들 신발은 벗자고."

부하 둘이 2미터 정도로 간격을 벌려서 벗은 신발을 각각 놓고, 그것과 평행하게 10미터쯤 떨어진 곳에 같은 폭으로 다른 신발을 둬서 즉석 골대를 만들었다.

나는 묶여 있는 손목을 움직여봤지만 손을 뺄 수는 없을 것 같았다. 게다가 지금 손을 빼봤자 상황이 변할 리도 없는 데다 다음번에는 더 세게 다시 묶일 뿐이다. 겨드랑이에서도 등에서도, 그리고 허벅지에서도 엄청나게 많은 땀이 솟아났다.

"넌 공의 마음을 이해해서 공과 한 몸이 되려고 노력해야 돼. 제대로 공 흉내를 내란 말이야. 알겠어?"

니노미야가 들고 있던 배구공의 찢어진 부분을 손으로 젖히 듯이 벌려서 내 머리에 대고 당기며 씌우려 했지만, 몇 번을 해도 관자놀이 아래로는 내려가지 않아서 애를 먹는 듯했다.

"너, 귀가 큰 거 아니야?"

그렇게 말하며 니노미야는 혀를 찼다.

"이런 거 짜증 난다고."

그러자 모모세가 다가와 아무 말 없이 니노미야에게서 공을 빼앗더니, 벌어진 부분을 찢어서 넓힌 뒤 다시 한번 내 머리에 씌웠다. 지익지익 소리가 울리며 두개골이 꽉 조였고, 이윽고 눈앞이 먼지 냄새로 뒤덮여 나는 아무것도 볼 수 없었다. 몸속 깊은 곳이 딱딱하게 굳었고, 이마 바로 뒤에서 무언가가 빠른 속도로 점멸하는 듯한 영상이 보였다. 나는 여러 번 도리질을 치며 벗어나려 했지만 누군가가 내 발을 걸어차며 성가시다는 듯이 가만히 있으라고 말했다. 공 가죽은 턱까지 닿지 않아서 입의 절반이 드러났다.

"배구공이 의외로 작구나."

감탄한 듯한 니노미야의 목소리가 들렸다.

"그럼 시작해볼까."

무슨 색이라고 해야 할지 모를 둔탁한 어둠 속에서, 나는 서 있을 수가 없어서 몇 번이나 몸을 비틀며 저항했다. 내가 어떻게 움직이고 있는지 알 수 없었다. 생전 본 적 없는 까맣고 무거운 액체가 내 바로 앞까지 밀려 들어와 발을 적시며 기어 올라왔다. 그리고 그것은 입속으로 미끄러져 들어와서 폐를 가득 채우고, 순식간에 나를 안쪽부터 흐물흐물 녹여버릴 것 같았다. 나는 그 액체로부터 벗어나기 위해 발을 움직여 도망가려 했지만 금세 균형을 잃고 넘어졌다. 무릎을 꿇고 자세를 고쳐서 일어서려 하다가 또다시 뒤로 넘어졌다. 숨죽인 듯한 웃음소리와 숨소리가 흐려지는 가운데 나는 몇 번이나 똑같은 시도를 했고, 몇 번이나 똑같이 넘어질 수밖에 없었다.

"뭐, 공 같지는 않지만 괜찮은 느낌이긴 하네."

니노미야가 즐거운 듯이 말했다. 누군가가 내 팔을 붙잡아 일으켜 세웠고, 나는 질질 끌리듯이 걸어갔다. 니노미야는 거기에 꼿꼿이 서 있으라고 명령했다.

"자, 해보자. 내가 신호를 주면 시작이야. 여러분, 축구답게 제대로 찹시다."

합장하듯 맞잡은 내 두 손과 무릎은 덜덜 소리가 들릴 정도로 떨렸다. 온몸에 힘을 주고, 미간에도 있는 대로 힘을 주며 눈을 감고, 이를 꽉 깨물었다. 일그러진 얼굴에서 입술이 말려 올라가 치아 틈 사이로 숨이 새어 나오는 것이 느껴졌다. 심장 박동은 여태까지 경험한 적 없을 정도로 빨라졌고 귓속에서 서걱거리는 기묘한 소리가 났다. 그 소리에는 귓구멍에 손가락을 집어넣을 수 있다면 만져질 정도의 질량이 있었다. 내가 처음 듣는 두려운 떨림의 소리였다.

"자, 간다."

니노미야가 말하자 주위의 공기가 움직인 것이 또렷하게 느껴졌다. 나는 몸에 힘을 잔뜩 줬다.

바로 다음 순간, 니노미야가 신호를 한 직후에 무언가가 세계의 위쪽에서 터진 듯한 어마어마한 충격이 퍼졌고, 은색으로 빛나는 것이 눈 안쪽에서 타오르듯 확 흩날렸다. 무슨 일이 일어났는지 알 수 없었다. 두 발이 공중에 뜬 것을 느꼈다. 온몸의 무게가 실리며 벌렁 자빠져서 숨을 쉴 수 없었다. 얼굴 전체에 가득 달라붙은 통증이 소용돌이치면서 의식 속을 엄청난 속도로 내달렸다. 그 통증에는 선명한 소리가 있었다. 그것이 어디에서 들려오고 어떻게 표현되는지 명확하게 느끼면서도 나는 그 정체를 전혀 알 수 없었다. 얼마 지나자 얼굴 표면이 마비되기 시작해서 혹시 얼굴의 일부가 날아가버린 게 아닐까 싶었다. 나는 바닥에 쓰러진 채 최대한 등을 말고, 윤곽에서 비어져 나와 퍼져가는 뜨거운 통증 속에서 접힌 무릎에 어떻게든 얼굴을 파묻으려 애썼다.

그로부터 시간이 얼마나 지났는지 정확히는 모르겠지만, "참 나…" 하며 성가셔하는 듯한 니노미야의 목소리가 들렸다. 주위에서도 비슷한 소리가 났다.

"어째서 처음부터 날려버리는 거야? 너희는 규칙이란 걸 전혀 모른단 말이야. 아 씨, 더러워."

내 두 눈에서는 둑이 터진 것처럼 눈물이 흘러 얼굴 전체를 적셨다. 끝도 없이 흘러나오는 눈물은 입술을 적시고 턱으로 흘러내렸고, 바닥에 닿아 있는 관자놀이에서 두피로 질금질금 퍼져가는 느낌이 들었다.

나는 움직일 수 없었다. 그러던 중 누군가의 손이 머리에 닿는 느낌이 들었고, 그대로 위로 잡아당겨 나를 공 밖으로 꺼냈다. 눈을 감고 있는데도 따끔거릴 정도로 눈이 부셔서, 쓰러진 자세 그대로 눈을 뜰 수가 없었다.

얼굴은 계속 저렸고, 감은 눈꺼풀 틈새로 여전히 눈물이 새어 나와 뺨으로 흘러내리는 것이 느껴졌다. 눈물은 연신 저절로 흘렀다. 그렇게 꼼짝 않고 있다 보니 손을 묶고 있던 넥타이가 풀렸고, 가늘게 뜬 눈에 누군가의 발 그림자가 내 안경을 걷어차는 것이 보였다. 손을 뻗어 안경을 집으려 했을 때 바닥에 피가 퍼져 있다는 것을 알았다. 세면기의 물을 쏟은 것처럼 피가 흥건히 고여 있었다. 어디를 보나 이제 막 흘린 새빨간 피였다. 나는 눈을 부릅뜨고 그것을 봤다. 내 몸에서 이렇게 많은 피가 나왔다는 데 놀랐다. 안경을 집은 뒤 그 피의 표면을 덧그리듯 만져보니 눈물과는 다른 액체의 미끈한 감촉이 손끝에 전해졌다. 손끝을 왼눈에 갖다대자 그 끈적한 피는 지금이라도 나에게 말을 걸어올 듯이 싱싱하게 보였다.

이 많은 피는 얼굴 어딘가가 찢어져서 나온 것인지, 아니면 코피인지 판단이 안 됐다. 코언저리의 격렬한 통증은 가라앉을 기미가 없었다.

"종료."

니노미야가 나른하게 말하며 손뼉을 짝 쳤다. 수군거리던 나머지 여러 목소리가 멈췄고, 그 뒤 누군가가 하품을 했다. 또다시 저마다 조그맣게 말하는 소리가 들렸다.

"인간 축구 중지. 기분 잡쳤어."

니노미야는 재미도 뭣도 없다는 듯한 목소리로 내뱉듯이 말했다.

나는 팔꿈치와 손바닥으로 떠받치듯이 해서 상체를 일으켰고, 그런 다음 손가락 끝으로 코를 살짝 만지며 거기에 코가 있다는 것을 확인했다. 코에 손가락이 닿자 격렬한 통증이 솟구쳤다. 겨우 고통을 참으며 들고 있던 안경을 썼다. 안경 브릿지가 콧대에 닿기만 해도 숨이 멎을 것 같았다. 덜덜 떨리는 눈꺼풀을 천천히 열고 몇 차례 눈을 크게 깜빡였다.

니노미야는 나를 내려다보고 있었다. 그 뒤에서 모모세가 팔짱을 끼고 짝다리를 짚은 자세로 내 쪽을 보고 있는 듯했다. 다른 녀석들은 장난이라도 치는지 뒤쪽에서 이따금 신발 밑창으로 바닥을 찌익 찌익 문지르는 소리가 들렸고, 그에 맞추듯이 웃음소리가 새어 나왔다.

"너 말이야, 반드시 남의 눈에 띄지 않게 집에 가. 우리가 여기서 나가고 나면… 그렇지, 30분쯤 뒤에 나가. 아직 회의 중이겠지만 조심 또 조심하라고. 그리고 너도 알겠지만 가족들한테도 안 들키게 주의하고. …참, 그보다도."

니노미야는 조금 생각하다가 말했다.

"인마, 잘 들어. 넌 저 문으로 나갈 거잖아? 그럼 시청각실 건물이 있잖냐. 그 뒤로 돌아가면 다른 곳보다 조금 낮은 담장이 있거든. 오늘 넌 그리로 집에 가. 만일을 위해서 말이지. 힘들겠지만 근성으로 잘 넘어가 봐. 부탁한다."

나는 상체를 일으킨 채로 고개를 숙이고 바닥에 끈적하게 퍼진 피를 보고 있었다. 셔츠 가슴팍에 묻은 피는 새빨갰고, 재킷에 묻은 피는 색깔이 구분되지 않았다. 니노미야 일당은 느긋한 발걸음으로 문을 향해 걸었다. 그러다 니노미야가 문득 생각난 듯이 나를 돌아보며 말했다.

"그거, 깨끗하게 닦고 가."

그런 다음 정면 입구를 가리키며 "바깥쪽 수도는 쓰지 마. 거기 있는 수도를 써서 깨끗하게 청소한 다음에 가라고" 하고 갔다.

문이 닫히는 소리가 나고 니노미야 패거리가 떠난 뒤, 나는 또다시 등을 대고 누워서 멍하니 천장을 바라보았다.

나는 아무것도 생각할 수 없었다.

그저 입을 크게 벌리고 그리로 숨을 반복해서 쉬었다. 그러자 피를 흘리며 쓰러져 있는 내 모습이 천장의 직선 무늬에 겹치듯 떠올랐다.

천장에 나타난 나는 바닥에 드러누운 나를 향해 그대로 스르륵 내려오기 시작했다. 교복을 입고 안경을 쓰고 눈 아래쪽이 온통 피투성이인 내가 점점 나에게 다가왔다. 그러다가 2미터 정도 떨어진 지점에서 딱 멈췄다.

조용히 멈춘 나는 그저 거기서 꼼짝 않고 있을 뿐, 나에게 아무 말도 하지 않았다. 나의 검은자위는 안경 속에서 주르륵 흘러서 어디를 보는지 알 수 없었다. 너는 뭘 보고 있는지 모르겠어, 하고 나는 나를 향해 중얼거렸다.

그렇게 마주 본 나의 몸은 무척 작았다. 팔다리도 목도 놀라우리만치 가늘었고, 어디에서도 힘이 느껴지지 않았다. 교복 재킷의 어깨 폭은 전혀 맞지 않았고, 가슴팍에 새빨간 피가 묻은 셔츠 자락은 튀어나와 있었으며, 바지 사이즈는 컸다. 그 안에서 나의 몸은 균형을 잃은 채 비스듬히 고정되어 있는 것처럼 보였다.

나는 그렇게 꼼짝 않고 그저 거기에 붙어 있는 나를 한동안 물끄러미 바라봤다. 그때 맞은편의 내 입술이 천천히 움직이며 무언가를 말했다. 하지만 그것은 너무나 희미한 움직임이어서 무슨 말을 하는지 읽어낼 수 없었다. 그리고 잠시 후, 맞은편의 내 표정이 흔들리며 나를 향해 미소 짓는 듯했다. 피투성이인 내가 나를 보며 분명 천천히 미소 짓는 것처럼 보였다. 나는 그게 무슨 뜻인지 잘 몰랐지만 그대로 가만히 그 얼굴을 바라보았다. 코를 훌쩍이자 입안에서 피가 흥건히 나와 혓바닥에 고였다. 조금 망설이다가 얼굴을 옆으로 돌려 입에 있는 것을 뱉어냈다. 침과 자잘한 거품이 뒤섞인 피였는데, 그 안에 작고 까만 덩어리 같은 것도 보였다.

그때 문 쪽에서 소리가 나서 순간적으로 몸이 굳었다. 그 소리를 듣고 선생님이 왔다고 반사적으로 생각했다.

하지만 거기서 나타난 것은 고지마였다.

고지마는 얼마간 문 앞에 서서 나를 보고 있었다. 그러다가 문득 생각난 것처럼 나를 향해 달려왔다.

"피가 많이 났네."

고지마는 무릎을 꿇고 나를 보더니 얼굴을 찌푸리며 고개를 저었다.

그러고는 "아파? 어떡하지" 하고 고개를 좌우로 흔들며 몇 번이나 입술을 핥았다.

"아프지만 이제 끝났으니까" 하고 나는 말했다.

"그 뒤에 너희를 따라왔어. 그리고 아까 걔네들이 나가는 걸 보고 들어온 거야."

고지마의 목소리는 거센 바람에 휩쓸리는 것처럼 군데군데 떨리고 있었다.

"미안해, 놀라고만 있어서. 어쨌든… 일어날 수 있어?"

고지마는 내 어깨로 살짝 손을 뻗었고, 몇 번이나 고개를 끄덕이며 침을 꿀꺽 삼켰다.

"일어날 수 있어" 하고 내가 말했다.

"피가 이렇게 많이 난 건 처음이야."

나는 살짝 웃어 보인 뒤 코밑을 손등으로 닦아봤다. 아직 끈적한 피가 묻어났지만 콧속 피는 이미 멎기 시작한 듯했다. 얼굴 전체가 맥박 치는 듯한 아픔은 잦아들기는커녕 더욱 심해지는 것 같았다. 고지마는 바닥에 주저앉아 그 자세 그대로 한동안 움직이지 않았다.

나는 일어서서 셔츠 자락을 바지 속에 집어넣고, 넥타이를 주운 다음 뭉쳐서 재킷 주머니에 넣었다.

나는 아까 니노미야가 손가락으로 가리킨 수도까지 걸어갔다. 일어섰을 때 눈앞이 어지러웠지만 그대로 똑바로 걸어갈 수 있었다. 발걸음을 내디딜 때마다 온 얼굴이 쑤셨다.

하얀 도기로 된 싱크대는 선명하게 금이 가 있었고, 양동이 바닥에는 바짝 마른 수세미가 들어 있었다. 그 외에는 대걸레가 벽에 세워져 있었는데 그것 역시 바싹 말라 있었다. 나는 수도꼭지를 비틀어 물을 약하게 튼 다음 손으로 떠서 얼굴에 갖다대듯이 하며 살살 씻었다. 손가락이 닿는 곳에 통증이 집중되어 피부가 찢어질 것 같았다. 그런 다음 짠 형태 그대로 말라 있는 걸레를 물을 받은 양동이에 넣어서 들고 피가 고인 곳으로 돌아왔다. 그러자 고지마도 수도 쪽으로 가서 자기가 쓸 걸레를 가져왔다. 우리는 묵묵히 바닥의 피를 닦았다. 닦으면 닦을수록 걸레의 물기 때문에 핏자국이 번져서 한층 더 심해지는 것 같았다. 고지마가 물기를 꼭 짠 걸레로 그것을 흡수시켰다. 벌써 굳기 시작한 부분도 있어서 나는 그런 부분을 손톱으로 긁어 벗겨냈다. 양동이 속 물은 걸레 때와 묽어진 피 색깔이 뒤섞여 탁해졌고, 금세 바닥이 보이지 않게 되었다.

"나 말이야, 저쪽 창문에서 보고 있었어."

고지마는 손을 움직이며 바닥을 보고 작은 목소리로 말했다. 나는 바닥을 닦으면서 잠자코 고개를 끄덕였다.

"네가 걸어차일 때까지…. 그 뒤로는 몸이 떨려서 못 보겠더라."

"응."

나는 또다시 고개를 끄덕이며 양동이 속에서 걸레를 짰다.

"나도 화장실에서 맞은 적이 있어."

고지마는 더욱 조그만 소리로 말했다.

"피는 안 났지만 그래도 엄청 아팠거든. 걔네들은 말이야,

그런 건 절대로 밖에서는 못 알아보게 해. 그런 데는 도가 텄지. 있잖아, 그런 건 누구한테 배우는 걸까?"

고지마가 나에게 물었다.

"분명 그런 걸 자세하게 설명한 책이 있을 거야."

나는 고지마를 보지 않고 대답했다.

"그걸로 공부해서 우리한테 시험해보는 걸까?"

고지마가 중얼거리듯이 말했다.

나는 대답하지 않았다.

"연습일까, 본 시험일까? 우리 말이야."

아마 둘 다일 거야. 나는 속으로 말한 뒤 양동이의 물을 갈고 그 속에서 걸레를 헹군 다음 다시 한번 물기를 꼭 짜서 바닥의 피를 꼼꼼하게 닦아냈다. 다 닦은 뒤에 일어서서 바닥을 봤더니 아까까지 거기에 퍼져 있던 피는 흔적도 없이 사라져 있었다.

"옷은 어떻게 할 건데?"

고지마가 내 얼굴을 보며 물었다.

고지마는 기진맥진한 것처럼 보였다. 실제로 몇 분이나 거기서 바닥을 닦았는지 나는 이제 알 수 없었다. 여기 온 지 얼마나 됐을까. 그렇게 생각하며 2층에 난 창문으로 하늘 색깔을 살폈지만 아무리 쳐다봐도 아무것도 알 수 없었다. 아까부터 조금도 변하지 않은 것 같기도 했고, 벌써 날이 저물기 직전인 것 같기도 했다. 나는 고지마의 얼굴을 보지 않은 채 도와줘서 고맙다고 감사 인사를 했다. 고지마는 내 얼굴을 물끄러미 바라봤다. 그러고 나서 코와 입가를 가만히 살피는 듯했다. 나는 지금 내 얼굴이 대체 어떨까 생각했다.

"인사는 됐고, 옷은 어떻게 할 거야?"

고지마가 다시 물었다. 나는 어떻게든 할 테니 걱정하지 말라고 대답했다.

그런 다음 고지마와 나는 비상구 문을 살그머니 열고 손을 뒤로 돌려서 닫은 뒤, 주위에 인기척이 없다는 것을 확인하고 나서 옆 건물 뒤쪽을 향해 달렸다. 건물 벽과 돌담 사이에 있는 좁은 마당 같은 곳은 고요하고 어두웠다. 이끼 같은 잡초가 무성했고 구석에는 빈 깡통과 목장갑이 떨어져 있는 것이 보였다. 거기서 벽을 따라가자 니노미야가 말한 대로 다른 담장에 비해 높이가 4분의 1 정도 낮은 곳이 눈에 들어왔다.

"왜 여기로 온 거야?"

고지마는 멈춰 선 내 등에 대고 물었다.

"난 이리로 집에 가야 해."

나는 잠시 시간을 둔 뒤 벽 쪽으로 얼굴을 돌린 채 말했다.

"피도 묻어 있고, 정문으로 나갔다가 누굴 만나기라도 하면 곤란하잖아."

설명하면서 팔에서도 발에서도 힘이 빠져나가는 것을 느꼈다. 그것을 느끼면서 내가 누구를 향해 무슨 말을 하는 건지도 알 수 없어졌다.

"거길 넘어가면 어디가 나오는데?"

고지마가 물었다.

"이리로 나가본 적은 없지만 정문 바로 뒤니까 분명 정문 바로 뒤가 나올 거야."

나는 잘 알지도 못하면서 입에서 나가는 대로 말했다.

"난 그리로 안 나가는 편이 좋겠어?"

"그럴 것 같아. 넌 정문으로 나가도 괜찮을 거야. 만약 누가 널 봐도 딱히 성가실 일은 없겠지. 교실에 있었다고 말하면 될 걸."

그런 다음 고지마도 나도 한동안 말없이 그 자리에 우두커니 서 있었다.

나는 더 이상 나의 이런 한심한 모습을 고지마에게 보여주고 싶지 않았다. 고지마가 보고 있다고 생각하면 그것만으로도 이곳에서 사라져버리고 싶었다. 나는 입을 다물고 고지마가 떠나기를 기다렸다. 하지만 고지마는 거기서 꿈쩍도 하지 않고 가만히 내 등을 바라보고 있는 듯했다.

"그럼 네가 담을 넘은 다음에 갈게."

잠시 후 고지마가 불쑥 말했다. 지금은 그냥 가줬으면 해. 나는 진심으로 그렇게 생각했지만 그 말을 실제로 하지는 않았다. 고지마에게서 등을 돌린 채 아무 말도 할 수 없었다.

"아프니?"

망설이는 듯한 목소리로 고지마가 물었다.

나는 침묵했다.

"어떻게든 병원에 가는 편이 좋아" 하고 고지마가 말했다.

"가도록 할게."

"응."

"그럼."

나는 짧게 대답하고 돌담 가장자리에 손을 걸쳤다. 발꿈치를 들지 않아도 충분히 손이 닿는 높이였다. 찰흙으로 감싼 납처럼 몸이 둔하고 무겁게 느껴졌고, 어디에 힘을 줘야 힘이 들어가는지 알 수 없었으며, 벽에 댄 발바닥을 다음에 어떻게 움직여야 할지도 알 수 없었다. 나는 그냥 사라져버리고 싶었다.

담장에 올려둔 손이 저렸고, 머리로는 담을 넘는 순서를 알고 있었지만 거기서 다음으로 움직일 수가 없었다. 무리해서 기어오르려다가 몇 번이나 실패해서 발이 땅에 닿았다. 고지마는 뒤에서 내 가방을 들고 있었다. 얼굴은 계속 욱신거렸다.

나는 아무 말 없이 몇 번이나 담장 가장자리를 붙들고 발과 팔에 힘을 줬다. 하지만 잘되지 않았다. 배 언저리에서 열이 올라오는 것을 느꼈다. 얼굴은 다친 아래쪽이 뜨거워지기 시작했고, 치솟아 오르는 열감은 분출될 곳이 없었다. 코로 숨을 쉬자 굳은 핏덩이가 점막에 닿아 통증이 퍼졌다. 나는 뒤로 돌아 고지마의 얼굴을 볼 수 없었다. 한시라도 빨리 고지마의 눈앞에서 사라지고 싶었다. 운동화 밑창은 평평한 담장 표면을 문질러서 마른 소리를 내며 회색 모래알을 떨어트렸고, 나는 그것과 같은 횟수만큼 잡초가 난 우중충한 땅을 밟았다.

"저기."

고지마가 나를 불렀다. 나는 손을 뻗어 담장 가장자리를 움켜쥐려 하고 있었다.

"있잖아."

고지마는 다시 한번 나를 부르더니 내 팔을 잡아당기며 자기 쪽으로 돌려세웠다. 그런 다음 미간을 찌푸리고 내 얼굴을 물끄러미 바라봤다.

"얘기 좀 하고 싶은데."

고지마는 평소보다 낮은 목소리로 말했다. 나는 고지마의 발치를 보며 아무 말도 하지 않았다. 고지마의 꾀죄죄한 운동화에서 반쯤 풀린 끈이 땅으로 늘어져 있는 것이 보였다.

"걔네들한테 둘러싸인 널 보면서 나는 전혀 다른 게 보인 듯해."

고지마는 천천히 이야기하기 시작했다.

"난 네가 옳다고 생각해. 봐, 너랑 난 걔네들이랑 나이도 같고 체격도 같으니까 정말로 그럴 마음이 들면 걔네들이랑 같은 방법으로 저항하거나 복수할 수 있을 텐데, 어째서 우린 그러지 않는 것 같아?"

"내가, 약해서겠지."

나는 잠시 사이를 두고 입을 열었다. 그러자 고지마는 곧장 그건 아니라고 부정했다.

"너도, 나도 약하기 때문에 당하고만 있는 건 아니야. 걔네들이 시키는 대로 그냥 복종하는 게 아니라고. 처음에는 그랬을지 몰라도, 우린 그냥 복종만 하는 건 아냐. 받아들이고 있는 거지. 우리 눈앞에서 대체 무슨 일이 일어나고 있는지 똑똑히 이해하면서 받아들이고 있는 거라고. 강한가 약한가로 따지자면, 그건 오히려 강하지 않고서야 할 수 없는 일이지."

"받아들이고 있다고?"

나는 고지마가 했던 말을 되풀이했다.

"그래. 겉으로는 그냥 당하기만 하는 것처럼 보일지 몰라도, 우리는 분명 의미 있는 일을 하고 있어."

나는 입을 다문 채 고지마가 한 말에 대해 생각했다.

"우리는 네 말대로… 약할지도 몰라. 하지만 약하다고 해서 나쁜 게 아닌걸. 우리는 약할 수도 있지만 이 약함은 매우 의미 있는 약함이야. 약할 수도 있지만, 우리는 똑똑히 알고 있는걸. 뭐가 중요하고 뭐가 몹쓸 일인지. 우리처럼 되는 게 싫다는 이유만으로 보고도 못 본 척하고, 그 녀석들의 비위를 맞추면서 웃는 반 애들도 자기 손만은 더럽히지 않았다고 믿고 있을지 모르지만 걔네들은 아무것도 몰라. 걔네들은 우리를 계속 괴롭히는 녀석들이랑 완전히 똑같단 말이야. 우리 반에서 그 녀석들이랑 참된 의미로 관계가 없는 건 너랑 나뿐이지. 넌 아까… 아니, 꼭 아까가 아니라도, 여태까지 내내 걷어차이든 무슨 짓을 당하든 그걸 받아들였잖아. 그런 널 보면서 여러 가지 단단한 매듭이 풀리는 느낌이 들었어. 잘 표현이 안 되지만, 모든 게 스르륵 납득이 되는 것 같더라. 너의 그 방법만이 지금 상황에서 유일하게 옳은, 옳은 방법이라고 생각해."

"…나는, 어떤 방법으로 뭘 하는 걸까."

나는 얄팍한 종이로 만든 글씨를 눈앞의 공간에 하나하나 붙여나가듯이 천천히 소리를 냈다.

"네가 하는 게 옳다는 얘기를 하는 거야."

그렇게 말하며 고지마는 울음을 터트렸다.

"너는 옳다고 말하는 거라고."

"울지 마."

나는 고지마의 얼굴을 보며 말했다. 얼굴을 감싼 손가락 사이로 보이는 고지마의 입은 일그러진 채 벌어져 있었고, 그 틈으로 이가 작게 보였다. 손바닥으로 누른 뺨은 붉게 변해 있었다. 나는 초여름 미술관 벤치에서 고지마가 처음 울었을 때를 떠올렸다. 고지마는 벤치에 앉아 미동조차 없이, 소리도 내지 않고 울었다. 그리고 그때도 무언가 말해주고 싶었지만, 말해야 했지만, 그렇게 울고 있는 고지마에게 결국 나는 아무 말도 해줄 수 없었고 지금도 아무 말도 못 하고 있었다.

"우는 거 아니야."

고지마가 고개를 홱 들더니 두 손등으로 눈을 북북 문지르며 말했다.

"울고 있지만, 이건 슬퍼서만은 아냐" 하고 코를 훌쩍이며 내 얼굴을 본 다음, 입꼬리를 올리며 웃어 보였다.

"이건 말이지, 옳다는 증거야. 슬픈 게 아니라."

나는 고개를 끄덕였다. 고지마는 심호흡을 하며 고개를 들었고, 그런 다음 다시 한번 크게 숨을 내뱉었다.

"…아까 내가 넌 옳다고 했던 말 믿어줄래? 내가 정말, 진심으로 널 그렇게 생각한다는 거 믿어줄 거야?"

"믿을게."

나는 조그맣게 고개를 끄덕였다.

"…애들은 네 눈이 무서운 거야."

고지마는 작지만 잘 들리는 또랑또랑한 목소리로 나에게 말했다.

"네 눈이 징그럽다느니 뭐라느니 하지만 그건 거짓말이야. 너무너무 무서워서 견딜 수 없는 거야. 생긴 게 무섭다거나 그런 뜻이 아니라, 자기네들이 이해하지 못하는 것이 있다는 점이 무서운 거지. 개네들은 혼자서는 아무것도 못 하는, 그저 가짜들의 집합이니까 자기네랑 다른 종류의 뭔가가 있으면 그게 무서워서, 그래서 때려눕히려고 하는 거거든. 쫓아내려고 하는 거라고. 사실은 무서워 죽겠으면서 얼버무리는 거지. 오직 자기네가 안심하기 위해서 그런 짓을 하는 거야. 그런 짓을 오래 하다 보면 감각이 둔해지거든. 그래도 처음 느낀 공포로부터는 달아나지 못하니까 같은 짓을 계속하는 거고. 다음 날도, 그다음 날도 말이야. 너나 나나, 개네들이 아무리 괴롭혀봤자 선생님이나 부모님한테 알리지도 않고 무슨 짓을 당하든지 학교에 오니까 개네들은 그게 점점 더 무서운 거야. 우리가 학교에서 엉엉 울거나 그만 멈춰달라면서 납죽 엎드리기라도 하면, 어쩌면 개네들은 쉽게 그만둘 수도 있어. 하지만 우리는 그냥 복종만 하는 게 아니거든. 여기에는 틀림없는 의지가 있는 걸. 받아들이고 있는걸. 선택했다고 말해도 좋아. 그러니까 더더욱 그런 우리를 그냥 내버려둘 수가 없는 거야. 불안한 거지. 무서워 죽겠는 거지."

그렇게 말을 마치고 고지마는 손끝으로 입술을 여러 번 더듬었다. 그런 다음 안구의 형태를 확인하듯이 오른쪽 눈 위를 살짝 눌렀다. 빛이 비치며 고지마의 얼굴에 희미한 눈물 자국이 떠오르는 것이 보였다. 고지마는 내 얼굴을 보고 미소 지으며 말했다.

"걔네들도 언젠가 알게 될 때가 올 거야."

칙칙한 흙 위에 발을 붙이고 서 있었더니 발치부터 공기가 눈에 보일 듯이 차가워지는 느낌이 들었다. 하늘은 어느덧 군데군데 새까맣게 변한 두꺼운 구름으로 뒤덮여 있었고, 먼 곳에서 희미하게 천둥소리가 들렸다. 지금이 대체 몇 시인지 짐작조차 되지 않았다. 코로 숨을 쉬자 피딱지가 닿아서 아팠지만, 많은 것이 조금씩 섞인 냄새가 계속 났다. 그 냄새는 내가 내뱉는 숨과도 뒤섞여 떠돌다가 얼마 후 어딘가로 사라졌다. 거기서 나던 냄새 하나하나를 설명하지는 못하겠지만 모두 다 내가 잘 아는 냄새 같았다.

"난 네 눈이 좋아."

고지마가 말했다.

"전에도 말했지만 소중한 표시인걸. 그 눈은 너 자체야."

그리고 아직 눈물이 희미하게 어린 눈으로 생긋 웃으며 나를 봤다.

"난 네 눈이 좋아."

*

그날 밤은 좀처럼 잠들 수 없었다.

몇 번이나 구역질이 치솟을 정도로 몸은 지쳐서 축 늘어져 있는데도, 눈을 감고 가만히 있으면 그만큼 신경이 곤두서는 것이 느껴졌다. 눈꺼풀 아래 어둠은 짙어졌다 옅어졌다를 반복할 뿐 아무리 시간이 지나도 졸음이 올 기미는 없었다. 목이 조이는 듯이 아팠고 이불 속은 열로 가득해서 숨이 막혔다. 자려고 애를 쓰면 쓸수록 잠은 더더욱 멀어지는 것 같았다.

엄마한테는 자전거를 못 피해 정면에서 부딪쳤다고 설명했다.

셔츠에 묻은 변색된 피를 보고 엄마는 경악했다.

코피니까 괜찮다고 내가 말하자, 얼굴을 찌푸리며 가만히 나를 살펴봤지만 곧 납득한 모양이었다. 상처가 없다는 것을 확인한 뒤, 머리에 이상이 있을 수도 있으니까 병원에 가는 게 좋겠다고 말했다. 나는 그 말에도 괜찮다고 대답했다. 목소리를 낼 때마다 여전히 코가 욱신거렸지만 만약 뼈가 부러지기라도 했으면 이 정도 아픈 것으로 넘어가지 못했을 테고, 통증은 맞은 직후와는 비교도 안 될 정도로 상당히 가라앉긴 했다. 하룻밤 상태를 살펴보겠다고 말하고 나는 방으로 돌아왔다. 이제 누구와도 이야기하고 싶지 않았다.

옷을 갈아입은 뒤 피 묻은 셔츠를 세탁기에 넣으려고 하자, 그건 이제 버리자고 하기에 잠자코 엄마에게 셔츠를 건넸다. 엄마는 찌푸린 얼굴로 셔츠를 받아 들고 둘둘 만 다음, 그래서 상대는 대체 어쩌더냐고 물었다. 나는 그대로 달아났다고 대답했다. 어떤 사람이었냐고 엄마는 이어서 물었다. 젊은 남자였다고 말했다. 나는 어릴 때부터 이런 식으로 남들과 자주 부딪쳤다. 실제로 자전거에 부딪친 적도 있고, 피하지 못해서 넘어진 적도 있다. 내 눈 때문이었다. 거리가 잘 파악되지 않는 것이다.

"자전거였으니 망정이지, 차였으면 어쩔 뻔했어?"

그렇게 말하며 엄마는 한숨을 내쉬었다.

나는 피가 더 많이 나고 더 죽을 것 같겠지, 하고 대답했다.

다음 날 엄마는 병원에 갔다가 등교하는 게 좋겠다고 끈질기게 말했지만, 나는 하교 후 집에 들렀다가 곧바로 가겠다고 엄마를 설득해 평소와 같은 시간에 현관문을 나와 학교로 향했다. 침대에서 일어났을 때 여태까지 경험한 적 없는 목과 가슴의 통증을 느껴서 한동안 꼼짝할 수 없었다.

모든 것을 엄마에게 털어놓고, 아니 털어놓지 않고서라도 좋으니 이대로 계속 이 방에 있을 수 있다면 얼마나 편할까 생각했다. 하지만 나는 여기에 있을 수 없었다. 고지마에게는 내가 필요하고, 나도 고지마가 필요하기 때문이었다. 학교에서 서로에게 무언가를 할 수 있는 것은 아니지만 나는 고지마의 등을 보기만 해도, 거기에 고지마가 있기만 해도 몇 번이나 구원받았던 것을 떠올렸다. 내가 교실에 있음으로 인해 나처럼 구원받을지도 모를 고지마를 그곳에 혼자 둘 수는 없었다.

걸어가며 나는 어제 고지마가 나에게 했던 말을 가능한 한 정확하고 꼼꼼하게 떠올렸다.

고지마는 울었고, 웃었고, 그런 다음 내 눈을 무척 좋아한다고 말했다. 좋아한다고 말해준 건 처음이 아니었지만, 고지마의 그 말에는 어찌할 바 모르고 있던 나를 걷어차이기 전의 장소로 가만히 되돌려놓는 따뜻한 힘이 있었다.

고지마는 아이들이 내 눈을 무서워한다고 했다.

어디를 보는지 알 수 없는 내 눈을 보면 자기네들한테 뭔가 모르는 것이 있는 듯해서, 그 공포를 무마하기 위해 그런 짓을 반복하는 거라고 말했다. 그리고 내 눈은 나 자신이라고 말했다. 또 우리는 그저 걔네들의 괴롭힘에 굴복하기만 하는 것이 아니라 그 상태를 선택해서 받아들이고 있는 거라고, 고지마는 몇 번이나 나에게 거듭 말했다. 우리가 아무리 지독한 꼴을 당해도 누구에게도 호소하지 않고, 무슨 일이 있어도 학교에 가고, 그리고 거기서 같은 일이 반복되고, 그럼에도 거기서 그저 그것을 받아들이는 것. 그것이야말로 정말로 중요하고 의미 있는 일이라고 말했다.

고지마와 나에 대해, 어제에 대해, 모든 일에 대해 나는 내 언어로 사고해야 한다고 생각했지만, 우선 무엇을 실마리 삼아 어떻게 해야 할지 알 수 없었다. 괴롭힘당하는 것에 대해? 그런 당연한 일을 새삼 어떻게 생각하면 그에 대해 사고한 것이 될까? 내 사시에 대해? 고지마의 표시에 대해? 나는 눈을 감고 온기 없는 깊은 진흙탕 밑바닥으로 가라앉는 기분이었다. 그곳은 고지마의 편지를 읽을 때나 고지마와 둘이 있을 때, 그리고 고지마를 떠올릴 때 느꼈던 밝은 징조와도 같은 작은 감촉은 전혀 닿지 않는 곳이었다.

이렇다 할 대답을 찾지 못한 채 나는 가로수 길을 걸었다.

그리고 딱 한가운데쯤에 멈춰 서서 크게 숨을 들이쉬었다. 폐가 아플 만큼 길고 깊게 숨을 들이쉬었다. 그런 다음 하늘을 올려다봤다. 옅은 물빛 하늘에는 아무것도 없었다. 무수한 나뭇잎이 무거운 목화솜처럼 여전히 빼곡하게 들어차 있었다. 그것은 지금이라도 나에게 스르륵 내려와 눈 깜짝할 사이에 내 온몸을 푹 뒤덮고, 아무 느낌도 없이 숨통을 끊어버리는 게 아닐까 싶을 정도로 무거워 보였다. 방금 전까지 분명 거기 있었던 여름의 잔상은 흔적도 없이 사라져버렸고, 정신을 차려보니 나는 가을 속에 우두커니 서 있었다. 마치 내가 모르는 사이에 소리 없이 내린 비가 모든 것을 모조리 적신 것처럼 빛도, 땅도, 냄새도, 그 순간 차가운 가을로 가득했던 것이다.

"얼굴이 왜 그래?"

학급 회의가 끝난 뒤 담임선생님이 나를 불러 놀란 표정으로 물었다.

나는 자전거에 부딪쳐서 넘어졌다고 대답했다. 하얀 폴로셔츠를 입은 선생님은 말아 쥔 프린트 끝으로 콧방울 옆을 긁으며 내 얼굴을 가만히 바라보았다.

"넘어졌다니, 어제 말이냐?"

"네."

"집에 가는 길에?"

나는 고개를 끄덕였다. 그러고 나서 몇 시쯤 어디서 어떻게 부딪쳤는지, 상대는 그 뒤 어떻게 했는지 이것저것 묻기에 나는 엄마한테 했던 것과 똑같은 설명을 되풀이했다.

"뭐, 어느 정도는 어쩔 수 없었다 쳐도 조심해야지. 많이 부었는데 병원은 갔고?"

"아직 안 갔어요."

"가는 게 좋아. 꽤 많이 부었으니까 양호실에도 가보는 게 좋겠구나."

선생님은 그렇게 말하더니 시계를 찬 팔을 흔들어 손목 위치로 되돌려놓고, "깜빡했는데 오후 체육 시간은 실기가 아니라 보건이니까 그대로 교실에 있어"라고 모두에게 말한 다음 나갔다. 그 뒤 곧바로 니노미야의 부하들이 와서 선생님이랑 무슨 얘기를 했냐고 물었다. 그들은 나를 위협하듯이 웃으며 "문제없겠지?" 하고 확인을 했다. 나는 아까 선생님께 이야기 했던 것을 설명하며 쓸데없는 소리는 한마디도 안 했다고 말했다. 고지마가 걱정스럽게 내 쪽을 몇 번 쳐다보는 것이 느껴졌지만 나는 고지마를 볼 수가 없었다.

나는 걷어차인 얼굴을 아직 한 번도 보지 않았다. 벌써 오랫동안 나는 거울을 보지 않았다. 학교 화장실에 갈 때는 의식적

으로 거울을 피해 들어갔고, 집에서도 되도록 보지 않으려고
애썼다. 일단 해보면 생각보다 어려운 일이 아니라서, 나는 거
울 없는 생활에 금세 익숙해졌다.

　방과 후, 나는 학교를 나와 집에 들렀다가 동네에 하나밖에
없는 종합병원으로 향했다.

　병원 냄새라고밖에 표현할 길이 없는 냄새가 가득한 실내에
는 다양한 사람들이 있었다. 새하얀 붕대를 머리에 감은 남자
가 전화를 거는 모습이 보였다. 대형 텔레비전을 향해 줄줄이
놓인 긴 의자에 앉아 있는 사람들은 대부분 노인이었다. 간호
사가 그들의 귀에 대고 커다란 소리로 약 설명을 하기도 했다.
마치 공중에 쓰여 있는 큰 글자를 따라 읽는 듯한 말투였다.

　나는 종합 창구에 의료보험증을 내고 노인들 옆에 앉아 텔
레비전에서 흘러나오는 뉴스를 아무 생각 없이 보고 있었다.
내 옆에는 지팡이 위에 두 손을 올려두고 꿈쩍도 하지 않는 할
머니가 있었다. 눈을 뜬 건지 감은 건지 알 수 없었다.

　이름이 불려서 플라스틱 카드를 받았다. 로비를 가로질러
정형외과 창구로 가서 기다리라고 했다. 간호사는 컨베이어
벨트 앞에서 일하는 듯한 손동작으로 내 손끝만 보면서 순서
를 알려줬다.

정형외과는 다른 어떤 과보다 환자 수가 많았는데, 겉보기에는 어디를 다쳤는지 알 수 없는 사람이 태반이었다. 간호사에게 받은 문진표의 지시에 따라 체크 표시를 해서 낸 다음, 선 채로 내 차례가 오기를 기다렸다.

이름이 불려 진료실에 들어가자 의사가 내 얼굴을 보고 저런, 하며 눈을 동그랗게 뜨더니 말했다.

"많이 아프겠구나."

아버지 또래거나 조금 위일 듯한, 갸름한 얼굴에 체격이 좋은 남자 의사였다. 꾀죄죄한 벽과 손때 묻은 기구 속에서 의사의 하얀 가운만 파르스름하게 보일 정도로 새하얬고, 가슴 주머니에는 볼펜과 지우개 달린 연필이 몇 자루 꽂혀 있었다.

"피가 났지?"

의사는 나에게 앉으라고 의자를 밀어주며 말했다.

"네."

"얼마나 났니?"

"홍건하게 났어요."

그랬겠지, 하고 고개를 끄덕이며 의사는 문진표를 쓱 훑어봤고, 당시 두통이나 구역감은 없었다는 것을 확인한 후 자전거 어디에 부딪쳤는지 물었다. 나는 자전거에 직접 얼굴을 부딪친 게 아니라 넘어졌을 때 땅에 부딪친 것 같다고 대답했다.

의사는 흐음, 하더니 의자에 앉은 채 나에게 다가와 이마를 자기 손가락으로 누르며 턱을 내밀어보라고 했다. 그런 다음 작은 은색 라이트로 콧속을 비추며 콧구멍에 손가락 끝을 넣어서 뒤집어가며 들여다봤다. 시큼한 입 냄새가 희미하게 났다. 그것이 끝나자 콧등 위쪽부터 아래쪽으로 강약을 조절해가며 몇 군데를 집어보더니 어디가 아픈지 물었다. 나는 전부 아프다고 대답하며 눈이 그렁그렁해졌고, 마지막에는 눈가에서 눈물이 주르륵 흘렀다. 의사는 끽 소리를 내며 의자째 책상 앞으로 돌아가 진료 기록부에 무언가를 적은 다음, 엑스레이를 찍어야 하니 일단 복도에 나가서 기다리라고 말했다.

촬영이 끝나고 얼마 뒤 다시 진료실에서 이름을 불러 들어갔더니, 의사가 엑스레이 사진을 가리키며 뼈에는 이상이 없다고 말했다.

그러고 나서 "부러지지는 않았지만 심한 타박상이니까 한동안은 아플 거야" 하고는 주먹을 입에 대고 기침을 했다.

"뭐, 시간이 약이지."

"딱히 통원을 안 해도 괜찮을까요?"

나는 작은 목소리로 의사에게 물었다.

"오고 싶으면 와도 돼."

의사는 그렇게 말하며 웃었다.

"음, 이런 건 상태를 지켜보는 거야. 진통제랑 파스를 처방해줄게. 약은 아플 때 먹고 파스는 잘 때만 붙여도 되는데, 뭐, 괜찮다면 낮에도 붙이는 게 좋지. 근데 밤에만 붙여도 돼."

말을 마친 뒤 의사는 볼펜 끝으로 가볍게 책상을 두드렸다.

"파스는 그대로 쓰면 클 테니까 적당히 자르렴. 진통제는 하루에 두 번까지만 먹고."

나는 알겠다고 대답한 뒤 인사를 하고 일어섰다.

"그리고 부기가 빠져도 일단 체육은 쉬려무나. 아직 덜 나았으니까. 뭐, 선생님도 그 얼굴을 보면 아무 소리 안 하겠지만."

의사는 그렇게 말하더니 소리 없이 표정만으로 활짝 웃었다. 벌어진 입술 사이로 가지런한 치아가 보였는데, 그 하나하나는 어른 엄지손톱만큼이나 큰 것 같았다.

"일주일 뒤에 다시 와. 한 번쯤 더 상태를 보자꾸나."

의사는 두 손으로 자기 무릎을 탁 친 뒤 "몸조심하고"라고 덧붙였다. 그러자 그것이 신호라도 되는 듯, 옆에 있던 간호사가 잽싸게 커튼을 치고 생긋 웃으며 나를 복도로 내보낸 뒤 다음 환자의 이름을 불렀다. 묘하게 코맹맹이 소리가 났다.

6

가을은 날마다 확실하게 깊어져갔다.

평소 다니는 가로수 길을 지나 학교에 도착하면, 정문 바로 안쪽의 커다란 화단에 이름 모를 꽃들이 피어 있었다. 연분홍 색과 흰색의 둥그스름하고 큰 꽃잎을 가진 꽃이 마른 수초가 얽힌 듯한 초록색 줄기 위에서 문득 생각났다는 듯이 제멋대 로 툭툭 핀 모양이었다.

나는 가을꽃이겠거니 생각했다. 하지만 그런 광경을 아무리 바라봐봤자, 어차피 그것들은 아무리 시간이 흘러도 내가 관 여할 수 없는 세계에서 일어나는 일 같았다. 내가 분명하게 느 낄 수 있는 건 코에 남은 통증뿐이었다. 게다가 그 통증조차 시 간이 지나면서 조금씩 옅어져 사라지고 있었는데, 내 기분은 아무리 기다려도 나아질 기미가 전혀 없었다.

10월 10일이 지났을 때 고지마가 나에게 만나고 싶다는 편지를 보냈다. 짧은 쪽지였다. '내일 학교 마친 뒤 계단에서 기다릴게'라고 쓰여 있었다.

그 쪽지는 전처럼 책상 속에 붙어 있었고, 나는 그것을 화장실에서 읽었다. 거기에 쓰여 있는 글씨는 처음 봤던 고지마의 글씨에 비해 뭔가 꽤나 달라진 느낌이었다. 그것은 분명 고지마가 보낸 쪽지였지만, 옅은 샤프로 쓴 실처럼 연약했던 글씨는 어느 틈에 한 자 한 자가 크고 짙어졌으며 필압까지 느껴지게 되었다. 하지만 글씨체는 틀림없이 고지마의 것이었다. 나는 신기한 마음으로 그 쪽지를 바라보며 한참 고민하다가 볼일이 있어서 못 간다고 답장을 썼다.

다음 날에도 '나는 언제라도 만나고 싶어. 뭐든 말해줬으면 해'라는 편지가 왔고, 그다음 날에는 만나서 이야기하고 싶다는 편지가 붙어 있었다. 나는 그 두 편지에 전부 답장할 수 없었다.

고지마를 만날 기분이 들지 않았다.

그리고 나는 잠을 거의 못 자게 되었다.

아침에 일어나면 반드시 목과 가슴의 똑같은 곳이 똑같이 아팠고, 물을 마시면 더욱 확실하게 통증이 느껴졌다. 멍한 머리와 몸을 질질 끌며 학교에 갔고, 수업 중에는 졸음이 쏟아져 꾸벅꾸벅 졸다가 선생님께 주의받는 경우가 많아졌다. 니노미야 일당은 그런 나를 재미있어 했다. 밤에 잠을 못 자는 탓에 몸이 하루 종일 화끈거리며 늘 진땀이 났고, 그 땀은 끝도 없이 끈질기게 내 피부를 축축하게 만들었다.

집에 있어도 엄마에게 아침 인사를 하거나 엄마가 외출하고 돌아왔을 때 잘 다녀왔냐는 말을 건네는 것조차 힘들어졌고, 내 방에 있을 때도 책을 읽기는커녕 만지지도 않게 되었다. 종일 커튼을 친 방에서 그저 꼼짝도 하지 않고 침대에 누워 있을 뿐이었다. 무언가가 깎여나가는 것처럼 점점 식욕이 없어졌고, 언제나 머리 한쪽에 뭔가를 쑤셔 넣은 느낌이 들었다. 욕실에 들어가도 어디부터 씻어야 할지 몰라서 탕에 몸만 담글 뿐, 비누칠은 하지 않게 되었다.

"병원은 언제 가니? 넌 일반인이니까 전문가의 말을 잘 듣지 않으면 코가 썩을 거야."

어느 날 아침 엄마가 나에게 말했다. 나는 애매하게 대답하고 현관으로 향했다. 그러고 보니 요전에 병원에 다녀온 뒤로 시간이 꽤 지난 듯했다.

"코가 썩으면 다음에는 어떻게 되는지 알아?"

엄마가 내 등에 대고 물었다.

"떨어지겠지."

"그 정도로 끝나지 않아. 그냥 떨어지는 게 아니라 뽑힌다고."

엄마는 조심스럽게 말했다.

"너, 떨어지는 거랑 뽑히는 거 차이가 뭔지 알아? 뽑히는 건 말이지…" 하고 엄마가 이야기를 계속하려고 해서, 나는 다시 애매한 대답을 한 뒤 현관문을 열고 밖으로 나갔다.

10월도 끝나가고 있었고, 그 무렵에는 잠을 못 자는 것이 예삿일이 되었다. 한 시간쯤 잤나 싶으면 금세 눈이 떠졌고 그런 다음에는 더 이상 잠들지 못했다. 일어나서 아무것도 안 보이는 어두운 창밖을 바라보다가 얼마 뒤 다시 침대로 돌아와 눈을 감는 것을 되풀이했다.

책상 위의 달력을 멍하니 봤더니 잠을 못 잔 지도 한 달이 다 되어가고 있었다. 달력에는 1991년 10월이라고 쓰여 있었다. 이렇게 되고 나서 아직 한 달밖에 안 지났구나 싶었다. 나는 날이 밝기 전 희붐한 방에 누워 요 한 달 동안의 일을 회상해보려 했지만, 구체적인 것은 하나도 머릿속에 떠오르지 않았다.

나는 점점 자살을 생각하게 되었다.

처음에는 자살이라 해도 막연한 단어일 뿐이라서 그 말에 아무런 현실감이 없었다. 자살이라는 단어에서 연상되는 것은 '어딘가에 사는 모르는 누군가의 죽음'에 지나지 않았다. 하지만 자살이라는 단어가 일단 머릿속에 들어오자, 그것은 조금씩 시간을 들여 내 안에서 기묘한 형태로 부풀어갔다. 자살이란 어딘가에 사는 모르는 사람에게만 일어나는 사건이나 상황이 아니라, 마음만 먹으면 나의 지금 이 몸에도 충분히 일어날 수 있는 일이라는 것을 몸속 깊은 곳에서 느끼게 되었다.

생각은 조금씩 구체적인 발상으로 이어졌다.

나는 손목을 만지며 칼로 그것을 확 긋는 상상을 했다. 하지만 그으려 하는 오른손도 그어지려 하는 왼손도, 나에게는 역시 아직 멀리서 일어나는 일일 뿐이었다. 그러나 체육관에서 났던 코피와는 비교도 안 될 정도로 많은 피가 나오리라는 것은 나도 알고 있었다. 그때는 죽지 않았지만, 손목은 죽으려고 긋는 것이니까.

약을 많이 먹고 죽는 상상도 해봤다. 무수한 흰 알약이 목구멍 가득히 빡빡하게 내려가서 위장 바닥을 채우는 장면을 상상했다. 위액과 뒤섞여 흐물흐물해진 약이 내 몸 어느 곳에 무슨 작용을 해서 어떻게 나를 죽이는 걸까 생각했다. 잠든 채로 죽으면 나 자신조차 죽었다는 사실을 알지 못할 테니 이것이 가장 괜찮은 방법인 듯도 싶었다. 하지만 이 또한 아직 먼일이었다. 현실의 나는 무슨 약을 어떻게 손에 넣어서 어떤 식으로 먹어야 하는지도 몰랐다. 그저 약을 먹고 죽은 뒤의 내 몸은 분명 차갑겠구나 생각할 뿐이었다.

죽는다는 건 대체 뭘까. 나는 캄캄한 방에서 그런 걷잡을 수 없는 생각을 끝없이 했다. 그리고 지금도 이 순간 죽어가고 있는 사람이 확실히 존재한다는 사실을 떠올려봤다. 이건 비유나 농담이나 상정이 아니라 진짜 일어나고 있는 일이라고, 그렇게 생각해봤다. 그건 완벽한 사실이었다. 살아 있는 한 빠르건 늦건 모두 죽을 텐데, 그렇다면 산다는 것은 그저 죽기를 기다리는 상태라고도 할 수 있지 않은가. 그렇다면 사람은 뭘 위해 사는 걸까. 살아 있는 나란 대체 무엇인가. 나는 뭐가 뭔지 알 수 없어져서 몇 번이고 몸을 뒤척이며 무거운 숨을 토해냈다. 그리고 죽는다는 건 잠들어 있는 것과 같지 않을까 생각하기도 했다. 잠들었다는 것은 다음 날 아침에 눈을 떠야 비로소 알 수 있다. 아침이 영원히 오지 않으면 그 사람은 잠든 채로 있는 것이다. 죽음이란 그런 것이 아닌가. 그렇다면 죽은 본인은 분명 자신이 죽었다는 사실을 모를 것이다. 요컨대 죽는 사람은 모두가 죽지 못하는 게 아닐까 하는 기묘한 실감이 솟구쳐 올라서 나는 고개를 저었다.

처음 나를 사로잡은 죽고 싶다는 기분은 이곳에서 사라지고 싶다는 감정이었다. 그저 사라져버리고 싶다, 이제 편안해지고 싶다는 감정이었다. 하지만 죽어도 진정한 의미로 죽지 못한다면 제대로 사라졌다고 할 수 있을까? 영원히 꿈결 속을 헤매고 다닐 수도 있지 않은가. 그렇게 살아가는 꿈같은 세상이, 내가 지금 살고 있는 이 세상과 어떻게 다른지는 아무도 모르지 않나.

교복을 입고 관 속에 누워 있는 내가 보인다. 콧구멍에는 하얀 솜이 채워져 있다. 지난번 장례식과 같은 장소고, 관 주위를 몇 사람이 둘러싸고 있다. 그리고 나는 조금 웃고 만다. 제대로 죽었다 쳐도 내가 죽은 뒤의 세상을 보기란 불가능할 텐데, 자신이 죽은 다음의 세상을 상상하고 있다는 게 뭔가 우스웠다. 반 아이들은 어떻게 생각할까? 유서 내용에 따라 달라지겠지만, 니노미야 일당은 처벌을 받을까? 아니면 반 전체가 합심해서 어물쩍 넘어갈까? 이 정도의 집단 괴롭힘이라면 죽은 애한테 문제가 있다고 생각하는 사람도 있을까? 분명 있겠지. 애당초 죽을 인간이었으니까 마침 잘된 거 아니냐고 생각하는 사람도 있을까? 참을성이 부족하다고 하려나? 그럼 내가 자살해서 없어진다 치면, 이것만은 잘됐다고 여길 법한 일은 일어나지 않는 걸까? 가령 고지마는 집단 괴롭힘에서 벗어날까? 아니면 상황이 더 심해질까? 눈을 감으면 온갖 생각이 떠올라 희미한 무늬처럼 떠돌다가 감쪽같이 사라져갔다. 하지만 그 어떤 일이 일어나든 사람들은 반드시 잊어버리고, 나라는 한 인간이 집단 괴롭힘 때문에 죽은 정도로는 분명 아무것도 변하지 않을 것이다.

나는 한밤중에 자주 울게 되었다. 의식적으로 운다기보다 그냥 땀을 흘리듯이 저절로 두 눈에서 눈물이 주르륵 흘러내렸다. 흘러내리는 눈물은 언제나 끝이 없었다. 슬프냐고 스스로에게 물어봐도, 슬픔이란 어떤 기분이 드는 감정인지 잘 알 수 없어졌다. 눈물이 나니까 슬픈 것이라면 분명 나는 슬펐지만, 둘 중 어느 것이 먼저인지는 이제 알 수가 없었다. 그저 이유 없는 눈물이 줄줄 흘러나와 가슴이 아팠고, 그에 맞춰 또다시 눈물이 얼굴을 타고 흘러내렸으며, 그러다가 밤이 끝나가는 것을 나는 침대 속에서 꼼짝도 못 하는 채로 몇 번이나 바라보았다.

✿

고지마는 변함없이 짤막한 쪽지나 조금 긴 편지를 나에게 보냈다.

다정한 편지였다. 그것을 읽으면 고지마를 만나 이런저런 이야기를 나눌 수 있으면 좋겠다는 생각이 몇 번이나 들었다. 하지만 어째서인지 그럴 수 없었다. 나는 답장을 쓰지도 못했다. 그 여름의 일이나 비상계단에서의 대화, 나를 따뜻한 기분으로 만드는 것은 전부 뿔뿔이 흩어져 이제는 그 무엇도 손에 닿지 않았다.

수업 시간에 들려오는 말은 귀에 들어오기 전에 산산이 흩어졌다. 나는 그냥 앉아 있을 뿐이었다. 힘을 어떻게 줘야 할지 알 수 없었다. 그렇게 스스로가 하루하루 쇠약해지는 것을 남의 일처럼 어렴풋이 느꼈다. 하지만 그와 반비례하듯이 고지마가 보내는 편지에서는 정체를 알 수 없는 어떤 힘 같은 것이 날이 갈수록 강하게 느껴졌다. 나는 그것을 보면서도 더는 아무것도 생각할 수 없었다.

교실이나 복도에서 반 아이들에게 놀림과 괴롭힘을 당하는 고지마한테서도 그 변화는 뚜렷하게 나타났다. 예전에는 생기라고는 전혀 없는 낡아빠진 이불처럼만 보였던 고지마가, 지금은 편지와 같은 성질의 힘으로 보호받고 있었다. 아니, 보호받는다기보다 고지마 자신이 그 힘을 갖게 된 것처럼 보였다. 교실에서는 모든 것이 예전과 똑같았으나 고지마만은 아무도 모르는 방법으로 확실히 변하고 있다는 것을 나는 알아차렸다. 고지마는 분명 반 여자애들에게 걷어차이거나 심부름꾼 노릇을 하고 있지만, 보면 볼수록 **실제로 거기서 대체 무슨 일이 일어나는 중인지** 문득 알 수 없어지는 순간이 있었다.

고지마는 아주 가끔 나와 눈이 마주치면 천천히 몸을 돌려 입꼬리만 올리고 나를 향해 생긋 웃었다. 나는 편지에 답장을 못 써서 죄스러운 마음이었는데, 고지마는 그런 건 아무것도 아니라는 듯한 미소를 지으며 내가 눈을 피할 때까지 나를 물끄러미 바라보고 있었다.

❋

그다음 주 목요일에 병원에 갔다.

도착한 것은 오후 다섯 시가 조금 지나서였고, 지난번에 왔을 때와 마찬가지로 접수창구도 로비도 붐볐다.

사람들과 그곳에 있는 색깔, 텔레비전 방송의 내용, 들려오는 소리와 냄새, 모든 것이 지난번과 조금의 차이도 없이 똑같게 느껴졌다. 물론 같은 병원에 왔으니 당연한 일이지만, 그것은 그리움이 느껴지는 풍경도 아니고 여태껏 경험했던 데자뷔라고 하는 기시감도 아니었다. 나는 지금이 대체 **언제**인지 문득 알 수 없어졌다. 그 감각에는 뭔가 기묘한 데가 있었다.

접수창구에 가려고 한 발짝 내디뎠을 때, 로비 의자에 앉은 사람들의 얼굴 속에 모모세가 있는 것을 발견했다.

교복 차림 그대로, 수많은 환자들과 처방전을 기다리는 사람들 사이에 섞여서 가장 안쪽 자리에 모모세가 앉아 있었다.

심장이 그 순간 크게 철렁거렸다. 나는 반사적으로 공중전화 뒤에 재빨리 숨었다. 턱과 어깨 사이에 수화기를 끼우고 웃으며 통화하던 중년 여성이 나 때문에 놀랐고, 원을 그리듯이 내 얼굴을 휙 훑어보더니 등을 돌렸다. 모모세의 자리에서는 내가 보이지 않을 터였다. 그러나 그곳에 있는 것은 틀림없는 모모세였다. 모모세다, 하고 생각하자 그것만으로 내 심장박동은 점점 빨라졌다.

돌이켜보면 나는 여태까지 학교 밖에서 니노미야나 모모세 무리를 마주친 적이 없었다.

학교에서 일어난 일은 어디까지나 학교 안의 일이었다. 집단 괴롭힘을 포함해 니노미야나 모모세, 반 아이들의 존재는 언제나 나를 힘들게 만들었지만 그것은 본질적으로 내 생활의 절반하고만 얽힌 일이었다. 학교 밖에서 모모세의 모습을 본 나는 이루 말할 수 없는 불안에 사로잡혔다. 이대로 진찰을 받지 말고 바로 뒤쪽의 자동문으로 나가 집에 가면 된다는 것은

알고 있었지만, 나는 여러 대의 황록색 공중 전화기와 관엽식
물 사이에서 한 발자국도 움직일 수 없었다.

그러나 다음 순간, 나는 교대로 천천히 발을 내밀어 모모세
를 향해 걸어갔다.

딱딱하지도 폭신하지도 않아서 그 중간이라고밖에 표현할
길이 없는, 뭘로 만들어졌는지 모를 로비 바닥에 신발의 고무
밑창 전체를 단단히 맞붙이며, 무언가를 확인하려는 듯이 나
는 서서히 모모세에게 다가갔다. 그때 내 머릿속은 텅 비어 있
었다. 모모세한테 하고 싶은 말이 있었던 것도, 아무러면 모모
세의 얼굴을 보고 싶었던 것도 아니었다. 나조차 내가 무슨 짓
을 하고 있는지 알 수 없었다.

모모세는 가장자리 의자에 깊숙이 걸터앉아 팔짱을 낀 채
자기 발끝을 보고 있었다.

나는 그 발끝 바로 앞에 내 발끝을 갖다대듯이 섰다.

모모세의 시야에 들어갔을 내 발끝에서 무릎, 무릎에서 허
벅지 언저리, 그렇게 순서를 따라 모모세의 시선이 올라오는
것이 느껴졌다. 그런 다음 쇄골 근처에서 숨을 한 번 쉬고 드디
어 내 얼굴에 이르렀다. 모모세는 바람 없는 날 흘러가는 구름
그림자처럼 검은자의 위치만 움직일 뿐, 몸은 꿈쩍도 하지 않
는 채로 마지막에 아주 살짝 턱을 들었을 뿐이다.

나는 아무 말 없이 거기에 서서 모모세를 내려다봤다.

모모세는 몇 초 동안 나를 쳐다봤지만 금세 자기 발끝으로 시선을 되돌렸다. 벽에 붙은 예방접종 포스터라도 보는 듯한 눈빛이었다. 표정은 하얀 새 장갑을 연상케 했다.

나는 모모세의 발에 닿지 않도록 두 무릎을 넘어 빈 옆자리로 갔다. 의자 등받이 부분은 변색되었고, 좌판에는 여러 번 펼쳐 봐서 주름이 지고 불룩해진 신문이 놓여 있었다.

내가 넘어갈 때도 모모세는 몸을 움찔거리지조차 않았고, 나를 보려 하지도 않았다. 모모세의 태도는 무언가를 가장하려고 하는 느낌이 아니었다. 거기에 있는 것은 다른 무엇도 아닌 순수한 무관심이었다. 나는 팔짱을 낀 채 아까부터 꼼짝도 않는 모모세의 옆에 걸터앉아 똑같이 팔짱을 끼고 내 발끝을 가만히 바라보았다. 모모세는 나와는 전혀 관계없는 다른 무언가를 생각하는 것처럼 보였다.

한동안 기다려도 접수처 방송에서 모모세의 이름을 부르지 않았다. 물론 내 이름도 마찬가지였다.

모모세가 진찰을 끝내고 수납이나 약을 기다리는 것인지, 아니면 이제부터 진찰을 받을 것인지 나는 알 수 없었다. 어디를 다친 것 같지도 않았고 딱히 컨디션이 나빠 보이지도 않았다.

얼마간 우리 둘 다 가만히 있었다.

주위 사람들은 마치 우리 몫까지 더 많이 움직이는 것처럼 보였다. 자동문이 열렸다 닫혔다 하는 소리와 간호사의 부드러운 신발 밑창에서 나는 타박타박 소리, 과장된 인사 소리가 들리는 가운데 나는 모모세 옆에 꼼짝 않고 앉아 있었다.

거기에 얼마나 앉아 있었는지, 고작 몇 분 정도인지 아니면 더 오래되었는지 모르겠지만, 한동안 흘러가는 시간 속에서 나는 몹시 긴장했을 텐데도 여러 번 납덩어리 같은 잠이 찾아와서 그것을 떨쳐내느라 머릿속 심지가 지끈거렸다. 어제도 잘 자지 못했다. 수업 시간과 오후 이 시간이 되면 참을 수 없이 졸음이 쏟아졌다. 희뿌옇게 겹친 스니커즈의 윤곽이 점점 흐려지고 그 위로 눈꺼풀이 내려오려 하는 것을 이마에 힘을 주며 몇 번이나 참았다.

그러던 중 모모세가 무언가 생각난 듯이 갑자기 일어나 놀랄 틈도 주지 않고 걸어가기 시작했다. 나도 곧바로 일어나 그 뒤를 쫓아갔다. 모모세는 나를 돌아보지도 않고 빠른 걸음으로 사람들 사이를 지나 자동문 밖으로 나갔다. 나도 따라서 밖으로 갔다. 주위가 한층 어두워져 있었다. 아까까지 낮의 빛이 남아 있던 곳에 밤이 서서히 스며들기 시작했다. 뚜렷하게 느껴지는 찬 공기가 가득했고, 그 가운데 강한 바람이 한바탕 불어서 나뭇잎을 바스락바스락 흔드는 소리가 들렸다. 교복을 입은 모모세의 뒷모습은 지금 병원에 오는 사람들의 얼굴 틈에 파묻히고 더욱 깊어지는 밤의 색깔에 섞여 들어, 실제로 걸어가는 속도보다 몇 배나 빠르게 저쪽으로 사라지려고 했다. 나는 발길을 재촉해 거의 종종걸음으로 모모세를 쫓아갔다. 병원 부지는 무척 넓었다. 수많은 자전거가 은색으로 덩어리져 보이는 커다란 자전거 주차장이 있었고, 작고 파르스름한 가로등이 잔디밭을 따라 같은 간격으로 늘어서 있었으며, 거기에 맞춰 벤치가 놓여 있었다. 모모세가 병원 문을 막 나서려는 순간, 나는 거의 무의식적으로 손을 뻗어 모모세의 교복 재킷 목덜미를 힘껏 잡아당겼다.

모모세의 두 손이 짙은 남색 하늘에서 크게 흔들렸다. 모모세는 뒤로 나자빠지려다가 한 손으로 아스팔트 바닥을 짚었다. 그리고 얼굴을 들어 나를 흘끗 보더니, 곧바로 시선을 돌리며 말없이 일어서서 꼼꼼하게 손을 털었다. 모모세는 몸을 옆으로 돌린 채 나를 노려보았다. 나도 모모세의 시선을 피하지 않고 그대로 빤히 쳐다봤다.

"뭐야?"

모모세는 재킷에 손을 집어넣고 나에게 말했다. 고개가 조금 기울어졌다. 모모세의 목소리를 이렇게 가까이에서 듣는 것은 처음이었다. 내가 기억하던 목소리와는 느낌이 상당히 달랐다. 내가 아무 대답을 하지 않자, 조금 있다가 모모세는 다시 한번 같은 질문을 했다.

"뭐야?"

"할 이야기가 있어."

할 이야기 따위 전혀 없었지만 나는 모모세에게 그렇게 말했다.

"누구한테?"

모모세는 표정을 바꾸지 않고 물었다.

"너한테야."

"누가?"

"내가 너한테."

"난 없는데."

"내가 너한테, 할 이야기가 있어."

모모세는 내 얼굴을 물끄러미 쳐다봤다. 나는 나 자신이 무슨 말을 한 건지 잘 모르는 채로 모모세의 얼굴을 바라보고 있었다. 무릎과 손가락 끝이 가늘게 떨리는 것이 느껴졌다.

"그러니까 내가 왜 네 이야기를 들어줘야 하는데?"

"들어줘야 하는 건 아냐."

"게다가 너랑 내가 여기서 만난 건 우연이지? 그럼 꼭 지금이 아니어도 되잖아. 다음 우연을 기다리자고."

모모세는 입가에 희미한 미소를 띠며 말했다.

"우연이 아니야. 네가 병원에 들어가는 걸 봤거든."

나는 거짓말을 했다.

"너한테 할 이야기가 있었으니까."

모모세는 조금 생각하는 기색으로 내 얼굴 전체를 관찰하듯 바라보았다. 작게 한숨을 내쉬는 소리가 들렸다.

"섬뜩하네."

모모세는 킥킥 웃으며 말했다.

"짧은 이야기야? 아님 긴 이야기? 그전에 그 이야기, 나랑 관계있는 건가?"

"그건 모르겠어. 하지만 난 너한테 할 이야기가 있어."

"그럼 해봐."

그렇게 말하더니 모모세는 가로등 아래에 있는 벤치로 걸어가 걸터앉았다. 나는 앉지 않았다.

"잠을 통 못 자."

나는 잠깐 사이를 두고 말했다. 해야 할 이야기는 물론이고 순서도 전혀 머릿속에 없었지만, 그 말은 마치 혼잣말처럼 내 입에서 튀어나왔다. 잠을 통 못 자. 나는 방금 전 소리 내어 한 말을 다시 한번 속으로 중얼거렸다. 그것은 사실이었다. 나는 잠을 통 못 자고 있었다.

"최근 한 달 정도 제대로 자지 못했어."

"흐응. 잠을 못 자는구나."

모모세가 무릎 위에서 깍지를 낀 자신의 손가락 끝을 보면서 말했다.

"그래. 못 자고 있어."

"그래서, 네가 잠을 못 자는 게 나랑 대체 무슨 상관인데?"

모모세는 정말로 모르겠다는 표정을 나에게 지어 보였다.

"너희 때문에 못 자는 거야."

"너희라는 건?"

모모세는 내 말이 더욱 이해가 안 된다는 얼굴로 물었다.

"너희 때문에, 못 자는 거라고."

"그러니까 너희라는 건?"

"너희 말이야."

흐응, 이라고 하듯이 모모세는 고개를 끄덕이며 손가락 끝으로 눈꼬리를 긁적거렸다.

"뭐, 일단 '우리'라는 게 있다 치고, 그 '우리'가 너한테 뭘 했는데?"

괴롭히고 있잖아, 라는 말이 금방이라도 튀어나올 것 같았지만 입 밖으로 꺼낼 수 없었다. 그 표현은 뭔가 틀린 것 같았다. 입안이 떨려서 이가 딱딱 부딪쳤다. 나는 침을 삼키고 턱에 힘을 주며 심호흡을 한 차례 한 다음, 너희는 나한테 지독한 짓을 하고 있다고 말하려 했다. 하지만 그 표현도 내가 놓인 상황이나 니노미야 일당이 나에게 하는 짓을 제대로 드러내지 못하는 것 같았다. 어떤 표현이 옳은지 찾지 못해서 나는 잠자코 있을 수밖에 없었다.

"뭐야?"

모모세는 감정 없는 목소리로 나에게 물었다.

"뭐냐고."

"너희는."

나는 떨리는 손가락 끝을 재킷 주머니에 숨기고 천천히 말했다.

"일상적으로, 나한테, 폭력을 휘두르고 있어."

"폭력?"

"너희가 시키는 대로 하게 하고, 걷어차고, 때리잖아. 내가 사시라는 이유로, 나는 너희한테 폭력을 당하고 있어."

"그걸 그만해달라는 이야기야? 이거?"

"그럴지도 몰라."

"그럴지도 모른다니, 무슨 소리야?"

그렇게 말하며 모모세는 웃었다.

"그게 뭐야?"

"어째서…" 하고 나는 입을 열었다. 하지만 그다음 말을 이어갈 수가 없었다. 입을 다물고 있자 모모세가 한숨을 쉬더니 어이없다는 듯이 "야, 뭔데?" 했고, 그런 다음 또 한숨을 내쉬었다.

"어째서…."

나는 다시 말했다.

"어째서… 너희는 그렇게 할 수 있는 거야? 어떻게… 그런 무의미한 짓을 할 수 있지? …누구라도 다른 사람한테 그런 폭력을 휘두를 권리는 없어. 어디에도 없다고."

나는 한 마디 한 마디를 덧쓰는 것처럼 천천히 말했다.

"나는 너희한테 맞을 만한 행동을 전혀 하지 않잖아."

모모세는 손깍지를 바꿔 끼면서 내 무릎 언저리를 보고 있는 듯했다.

"내가 사시라는 걸… 내 겉모습이 이렇다는 걸 아무렇지도 않게 여겨달라는 건 아니야."

천천히 말을 이어가며 침이 연신 넘칠 듯이 나오는데도, 입 안과 입술은 바싹 마른 듯한 위화감이 계속 들어서 나는 몇 번이나 입술을 핥아야 했다. 모모세는 벤치에 가볍게 걸터앉아 손끝으로 손톱을 만지작거리고 있었다. 나는 침을 삼키고 이야기를 이어갔다.

"…누구나 내 얼굴을 보면 놀라거나 눈을 돌리는데, 그런 건 나한테도 이미 당연한 일이야. 속으로는 뭐라고 생각하든 상관없어. 하지만 되도록 날 내버려뒀으면 해. …나는 내가 선택해서 이 눈으로 태어난 게 아니야. 너도 평범한 눈으로 태어난 게 너의 선택이 아니잖아? 그런 의미에서 너랑 난 똑같아. 징그럽다고 생각하는 건 어쩔 수 없지. 하지만 그렇다고 해서… 폭력을 휘둘러도 되는 건 아니야. 누구에게도 그런 권리는 없어."

나는 아직까지도 가늘게 떨리는 손가락 끝을 숨기듯이, 주머니 속에서 주먹을 꽉 쥔 채로 말했다. 내 뒤로 자전거가 지나가는 소리가 들렸고, 여자 몇 명이 즐겁게 떠들면서 걸어갔다.

"네가 무슨 말을 하는 건지 잘 모르겠는데."

잠시 후 모모세가 한쪽 눈썹을 살짝 치켜올리며 내 얼굴을 보고 말했다.

"잘 모르겠어."

"어떤 부분이?"

"일단 방금 한 말 중에 자신이 선택한 게 아니라는 점에서 너랑 내가 똑같다고 했는데, 완전 다르지. 보다시피 난 사시가 아니고, 난 네가 아니잖아? 또 넌 사시가 아니지 않고, 넌 내가 아니지."

그렇게 말하며 모모세는 웃었다.

"너랑 난 하나부터 열까지 다르잖아. 그리고 다음으로 네가 아까 이야기한 거, 뭐랬더라? 누구에게도 폭력을 휘두를 권리가 없다고 한 거랑, 아무것도 안 했는데 왜 가만히 내버려두지 않느냐고 한 거 말이야. 그렇게 생각할 수 있다는 게 난 잘 이해가 안 돼."

"뭐가 이해가 안 되는데?"

"사람이란 권리가 있기 때문에 뭔가를 하는 게 아니잖아? 하고 싶으니까 하는 거지."

모모세는 그렇게 말한 다음 헛기침을 한 번 하고, 집게손가락의 관절을 쓰다듬듯이 만지면서 말했다.

"또 뭐였지? 맞다, 무의미한 짓 하지 말라고 했지? 무의미하다는 점은 동의하지만, 그런 건 무의미하니까 괜찮은 거 아니야? 무의미하기 때문에 아무래도 좋은 거잖아. 그것에 대해 네가 가만히 내버려두기를 바라는 건 물론 백 퍼센트 너의 자유지만, 주위 사람들이 어떻게 반응할지도 백 퍼센트 주위 사람들의 자유지. 이 부분은 좀처럼 일치가 안 되는 법이거든. 세상이 네가 바라는 태도로 너를 대해주지 않는다고 해서 세상에 대고 불평할 수는 없잖아? 그렇지? 즉 이런 맥락으로 말하자면, 뭔가를 기대해서 이야기하는 건 네 자유지만 내가 뭘 생각하고 어떤 행동을 취할지에 대해서는 넌 원칙적으로 관여할 수 없다는 거야. 그거랑 이건 다른 이야기거든."

나는 모모세가 한 말을 머릿속에서 되풀이하며 모모세의 손언저리를 보고 있었다.

"게다가."

모모세는 말을 이어나갔다.

"신경이 좀 쓰여서 말이야. 너, 아까부터 네 눈이 어쩌고 하던데 너의 눈이 사시든 아니든 그런 건 별로 관계없어."

나는 모모세의 말에 온몸이 딱딱하게 굳었다.

사시라는 게 관계없다고? 목 부근에서 맥박이 뛰는 소리가 들리기 시작했고, 귀 안쪽이 지잉 지잉 수축되는 것이 느껴졌다. 나는 몇 번이나 입술을 핥았고, 숨을 내쉬었다가 들이마신 다음 쥐어짜내듯이 말했다.

"그건⋯ 무슨 뜻이야?"

모모세는 나의 말에 재미있다는 듯이 웃었다.

"그러니까 말이지, 넌 뭔가 오해하고 있는 것 같아. 음, 넌 반 아이들한테 괴롭힘을 당하고 있지. 뭐, 나야 별로 즐겁지도 않고 아무래도 상관없지만 반 아이들 대부분이 너를 놀리고, 얕보고, 걷어차거나 때려. 네가 말한 대로 일상적으로 일어나는 일이야. 그건 인정할게. 그리고 네가 사팔뜨기인 것도, 다들 너를 사팔뜨기라고 부르는 것도 알아. 하지만 말이지, 그런 건 우연일 뿐이고 기본적으로는 네가 사시이건 말건 관계없어. 네 눈이 사시인 건 네가 괴롭힘을 당하는 결정적인 요인이 아니라고."

"무슨 말을 하는 건지 잘 모르겠어. 너희는 몇 번이나, 몇 번이나… 늘 내 눈을, 여태까지 셀 수도 없이 내 눈을 놀리고, 내 눈을 무시해왔잖아. 나를 사팔뜨기라고 부르면서… 나한테 폭력을 휘둘러왔잖아. 그런데도 어째서 내 눈이 관계없다는 거야?"

"그러니까 말이지."

모모세는 쿡쿡 웃으면서 나를 봤다.

"딱히 네가 아니라도 아무 상관없는 거야. 누구라도 괜찮아. 근데 우연히 거기에 네가 있었고, 우연히 우리의 분위기 같은 게 있었고, 또 우연히 그게 일치했을 뿐이니까."

"무슨 말을 하는 건지 잘 모르겠어."

나는 가까스로 목소리를 쥐어짜서 같은 말을 반복했다.

"왜 모를까? 그러니까, 네가 괴롭힘을 당하는 건 네가 사시인 것하고는 관계가 없다는 이야기야."

모모세는 질렸다는 듯이 한숨을 내쉬며 말했다.

"그럼 어째서 그 많은 아이 중 내가 괴롭힘의 대상이 된 거야?" 하고 나는 물었다. 그리고 조금 망설이다가 덧붙였다.

"나뿐만이 아니야. 너희는… 고지마도 똑같이 괴롭히잖아. 지저분하다고 깔보면서 계속 괴롭히잖아. 그게 우연이라면 왜 나랑 고지마야? 우연이라는 이유만으로 어째서 우리가 그런 꼴을 당해야 하는데?"

나의 목소리가 떨리기 시작했다.

"고지마?"

모모세는 고개를 갸웃거리며 나를 봤다.

"아아, 그런 애가 있지."

바람이 세게 불어와 나뭇가지가 흔들리는 소리가 났다.

"우연이라는 건, 간단히 말하자면 이 세계의 시스템이야" 하고 모모세는 말했다.

"네가 괴롭힘당하는 것뿐만 아니라, 우연이 아닌 게 이 세상에 있어? 없을걸? 물론 이유야 나중에 얼마든지 찾아낼 수 있고 설명도 할 수 있지. 하지만 무슨 일이든 시작은 언제나 그냥 우연일 뿐이야. 네가 태어난 것도 우연이고, 내가 태어난 것도 당연히 우연이지. 너랑 내가 같은 장소에 있었던 것도 우연이야. 다만 그 안에서도 경향 같은 건 있어서 우연히 그때 하고 싶은 게 생기잖아? 욕구랄까, 그런 게 우연히 생기지? 누구를 때리고 싶다거나 걷어차고 싶다거나, 그런 우연히 생긴 욕구가 우연히 잘 충족될 때가 있거든. 네가 처한 상황은 그런 우연이 일치한 단순한 결과라고 생각해."

"…우연이라고?"

나는 모모세의 말을 이해하지 못한 채 되물었다.

"그래, 우연. 난 너 같은 건 아무래도 상관없고, 니노미야랑 애들이 너한테 하는 짓도 개인적으로는 전혀 흥미가 없어. 그 자리에 있어도 아무 생각이 안 들고, 아무런 느낌이 없거든. 그런 것에 흥미가 없단 말이야. 내 입장을 말하자면 그래."

"그런 이유로…"

나는 작은 목소리로 말했다.

"…그런 이유로 다른 사람한테… 다른 사람을, 이런 꼴로 만들어도 된다고, 그렇게 생각해?"

"저기 말이야."

모모세는 또다시 한숨을 내쉬며 말했다.

"이거, 옳다느니 옳지 않다느니 하는 이야기로 이어지는 거야? 그런 말을 하는 게 아니라 난 상황을 설명하고 있을 뿐인데."

나는 입을 다문 채 꼼짝도 할 수 없었다. 무슨 말을 해야 할지 몰라서 그저 우두커니 선 채로 모모세의 무릎 언저리만 보고 있었다. 모모세는 손을 만지작거리며 이야기를 이어갔다.

"의미 따위 전혀 없어. 다들 그냥 하고 싶은 걸 할 뿐이겠지, 아마도. 먼저 걔네들한테 욕구가 생겼어. 그 욕구가 생겨난 시점에는 옳다거나 옳지 않다는 건 없어. 그리고 걔네들한테는 그 욕구를 충족시킬 만한 상황이 우연히 주어졌지. 너를 포함해서 말이야. 그래서 걔네들은 그 욕구를 충족시키기 위해 마음 가는 대로 행동하는 것뿐이야. 너한테도 하고 싶은 게 있잖아? 그리고 가능하면 그걸 하고 있지? 기본적으로 작동하는 원리는 얼추 같아."

"아니야."

나는 반사적으로 대꾸했다. 그런 다음 주머니 속에서 여러 차례 손톱을 맞비볐다.

"그건… 네가 너 자신에게 유리하도록 해석하고 있을 뿐이야. 예를 들어… 가고 싶은 곳에 혼자서 가는 거랑 때리고 싶으니까 다른 사람한테 폭력을 휘두르는 건 다르잖아?"

"물론 형태는 다르지. 하지만 원리는 같아. 뭐가 다른데?"

"…그게 잘못된 짓이라는 건 너희도 알잖아? 너는 욕구를 따르는 것뿐이라고 했지만, 그게 용납되지 않는 일이라는 건 너희도 알잖아."

"글쎄, 어떨까."

모모세는 고개를 갸웃거렸다.

"근데 그게 중요해?"

"그럼 어째서 남의 눈을 피해서 하는 거야? 너희한테는…
켕기는 구석이 있잖아. 그래서 언제나 나한테 입막음을 하고,
떳떳하지 못하게 선생님 눈에 안 띄게… 그런 식으로 하잖아.
겉으로 표시가 안 나게 상처를 입히잖아. 그게 다른 욕구랑 똑
같다면 왜 당당하게 모두의 앞에서 못 하는 건데? 그게 나쁜
짓이라는 걸 알기 때문이잖아. …아니면 당당하게 하면 되지."

"왜? 어째서 그런 귀찮은 짓을 해야 하는 건데?"

영문을 모르겠다는 표정으로 모모세가 물었다.

"왜냐고."

"자기 행동이 정말 옳다고 생각하면, 그렇게 할 수 있잖아."

"권리 이야기랑 똑같아. 그 일이 옳아서 하는 게 아니잖아?
하고 싶은 일이 옳기 때문에 하는 건 아니라고. 내 이야기 제대
로 들었어?"

"그런… 그런 게 아니야."

"그런 거야."

나는 한숨을 쉬고 얼굴을 들어 고개를 가로저었다. 공기는
조금씩 차가워졌고 주위의 어둠도 더욱 짙어진 듯했다. 눈을
가늘게 뜨자 가로등 주위에서 하얀 벌레가 날아다니는 것이
보였다. 안경을 벗고 눈을 문질렀다. 그리고 지금까지 모모세

가 나에게 했던 말을 다시 떠올려보려 했다. 하지만 잘 되지 않았다. 나는 그 자리에 서 있는 것이 고작이었다.

"…네가 만약 내 입장이라면, 지금 나한테 한 말을 듣고 납득할 수 있겠어?" 하고 나는 물어봤다.

"내가 너한테 납득해달라고 하든?"

모모세는 지겹다는 듯한 어투로 말했다.

"내 생각에 납득할 필요는 전혀 없어. 마음에 안 들면 스스로 어떻게든 하면 되잖아."

"그러니까 나는…."

"이것 봐, 이 세상은 말이지, 뭐랄까, 하나가 아니야. 모두가 똑같이 이해할 수 있는 그런 편리한 하나의 세상은 아무 데도 없다고. 그렇게 보일 때도 있지만, 그건 그냥 그렇게 보이는 것뿐이야. 다들 결정적으로 다른 세상에서 살아가고 있거든. 처음부터 끝까지. 나머지는 그것의 조합에 지나지 않아."

"그건 너의…" 하고 입을 연 나를 또다시 가로막으며 모모세는 말을 이어갔다.

"그 조합 속에서 우리 쪽에 일어나는 일이랑 네 쪽에 일어나는 일은 얼핏 이어져 있는 것처럼 보이지만, 실은 전혀 관계없기도 하다는 뜻이야. 그렇잖아? 예를 들어 넌 방금 전까지 네 눈 때문에 괴롭힘을 당한다고 생각했지. 하지만 그런 건 나한테는 전혀 관계없는 일이거든. 네가 당하는 잠을 못 잘 정도의 괴롭힘은, 나한테는 아무것도 아닌 일이란 말이야. 양심의 가책 같은 건 손톱만큼도 안 느껴. 아무런 생각도 안 들고. 나한테는 괴롭힘조차 아닌 거지. 나랑 너한테만 해당하는 일이 아니라, 생각해보면 전부 그렇잖아? 생각대로 되지 않는 것투성이지. 자기가 생각하는 거랑 세상 사이에는 애초에 관계가 없다고. 각자의 가치관 속으로 서로를 끌어들이고, 그 각자가 각각 완결될 뿐이야."

헛기침을 한 차례 하더니 모모세는 계속해서 말했다.

"그러니까 네가 말하는 괴롭힘이라는 걸 당하기 싫으면 우리를, 아니 그보다 니노미야를 어떻게든 하는 수밖에 없겠지. 아까도 말했지만 난 그게 즐겁지도 재밌지도 않거든. 근데 어쩌다 보니 그런 운수에 속하게 돼서, 내가 가끔 아이디어를 낸다든지 할 수 있는 것뿐이야. 너랑 여기서 이렇게 이야기하는 것도 그런 거고."

"그럼 남의… 남의 마음은 어떻게 되는데?"

나는 혼잣말처럼 중얼거렸다.

"나야 모르지. 당연한 말이지만 자기 마음은 스스로 생각하는 수밖에 없잖아? 난 너한테 내 마음을 생각해달라는 그런 말도 안 되는 소리는 안 해. 그렇지? 아무도 그런 말은 안 해."

그렇게 말하더니 모모세는 재미있다는 듯이 소리 내어 웃었다. 나는 잠자코 모모세가 웃는 모습을 쳐다봤다. 모모세는 한동안 웃음을 그치지 않았다.

"그러니까 말이지, 예술이든 전쟁이든 뭐든 마찬가지야. 저게 맛있다는 둥, 그게 아름답다는 둥, 이것이야말로 진리라는 둥, 이건 가짜라는 둥, 어딜 봐도 그런 이야기만 하고 있잖아? 질리지도 않고 그런 것만 하잖아. 그냥 닥치고 있지 못하는 거지. 살아 있다는 건 그런 거야. 화를 내기도 하고 기뻐하기도 하면서 결국 그런 걸 즐기는 거라고."

그렇게 말하더니 모모세는 어깨를 움츠리고 뒷목을 쭉 폈다.

"내가 가끔 무섭다고 생각하는 건 거기에 있는 욕구야. 즉 살아 있는 거 말이지. 살아 있는 자신으로부터는 아무도 자기를 지켜주지 못하니까."

모모세는 그렇게 말하더니 우스워죽겠다는 듯이 폭소를 터트렸고, 머리를 쓸어 올리면서 계속 웃었다. 입술 사이로 하얀 치아가 보였다.

"근데 이 이야기 언제까지 계속할 거야?"

한바탕 웃은 뒤에 모모세는 웃는 얼굴 그대로 나에게 물었다.

"네가 마음에 걸려하는 것에 대해서는 제대로 답해준 듯한데."

나는 그 말에 대답하지 않았다. 잠시 침묵이 흐른 뒤 나는 모모세에게 말했다.

"내가 자살하면, 넌 어떻게 할 거야?"

그러자 모모세는 또다시 소리를 내어 웃었다.

나는 상관하지 않고 계속 말했다.

"…너희가 한 짓을 유서에 쓸 거야. 남김없이 전부 다."

"흐음."

모모세는 겨우 웃음을 그치고 내 얼굴을 봤다.

"소소하게 문제는 되겠지만, 그게 어때서? 우리 나이면 무슨 짓을 하든 처벌받지 않아. 그런 건 금세 없었던 일이 된다고. 괴롭힘이라는 건 애매하지. 그런 건 해석의 문제니까 말이야."

"죄책감은 안 들어?"

나는 거의 꺼져가는 목소리로 물었다.

"죄책감?"

"니노미야 일당이랑 같이 있을 때 말고… 일테면 혼자가 되었을 때, 자신이 하는 짓에 대해… 죄책감이 안 들어?"

"안 들어."

모모세는 즉시 대답했다.

"안 드는데."

"…만약 네 가족이 나랑 같은 꼴을 당하면, 너도… 분명 괴로울 거야."

"그야 괴롭겠지."

모모세는 뜻밖이라는 표정으로 말했다.

"정말이지 넌 나를 뭐로 보는 거냐? 네가 알지 모르겠지만 나한테는 엄청 귀여운 여동생이 있다고. 절대로 그런 꼴은 안 당하게 할 거야."

"그럼 자기나 가족이 당하면 견딜 수 없는 짓을 어째서 남한테는 할 수 있어?"

"그 두 가지는 전혀 관계없잖아? 여동생이 당하면 싫을 일을 남한테 하면 안 된다니, 왜 그런데?"

모모세는 눈을 동그랗게 뜨고 내 얼굴을 빤히 쳐다봤다.

"자기가 당하기 싫으면 스스로 제 몸을 지키면 되지. 단순한 일이잖아? 너도 사실은 알고 있겠지만, '자기가 당하면 싫은 짓은 남한테도 하면 안 됩니다'라는 말은 속임수야. 뻔한 거짓말이란 말이야. 그런 건 제 머리로 생각하지도, 돌파구를 만들지도 못하고 능력도 힘도 없는 수준 낮은 녀석들의 변명일 뿐이지. 정신 똑바로 차리라고."

모모세는 그렇게 말하며 웃었다.

"실제로 그렇잖아? 예를 들면 저 남자 말이야."

모모세는 턱으로 내 대각선 뒤쪽을 가리켰다. 40대 중반의 부부와 나보다 몇 살 정도 많아 보이는 교복을 입은 여고생 가족이 문을 향해 걸어가는 모습이 보였다.

"저 남자가 어떤 인간인지 나야 당연히 모르지만, 예컨대 저 딸이 매춘 업소라든가 동영상 같은 데서 발가벗고 아무 남자랑 마구 뒹구는 일을 한다고 하면 틀림없이 반대하겠지? 체면상 하는 소리라면 그나마 괜찮지만, 아마 저런 사람이라면 진심으로 반대할 거야. 그런데 말이지, 디테일한 이야기지만 저녀석도 남의 딸이 나오는 비디오를 보거나 남의 딸이 발가벗고 해주는 가게에 가거든. 그런 짓을 태연하게 한다고. 상대방 입장에서 생각하는 게 도리라면, 다리를 벌리거나 홀딱 벗고 자기한테 이것저것 해주는 여자의 아빠 마음을 알아줘야겠지? 하지만 그거랑 이건 별개잖아, 완전히. 어떤 아버지도 눈앞에 있는 발가벗은 여자의 아빠 같은 건 생각 안 해. 아, 난 그래도 전혀 상관없다고 봐. 당연한 일이잖아. 그건 옳거나 그른 게 아니라, 애초에 구분이 되어 있는 일이거든. 자기한테 편리하도록 말이지."

모모세는 눈을 비비면서 말을 이어갔다.

"상대의 입장에서 행동하라고 말할 수 있는 건 그런 구분이 없는 세상에 사는 사람들뿐이야. 모순이 없는 인간이나 그렇게 말할 수 있지. 하지만 그런 사람이 어디 있겠어? 없잖아? 누구나 자기 입맛에 따라 생각하고, 자기 편할 대로 행동할 뿐이야. 모두가 각자 자신의 편의를 방해받고 싶지 않으니까 그런 거짓말을 여기저기 퍼트리고 다니는 거지. 맞잖아? 자기가 당하면 싫을 일을 다들 아무렇지 않게 하고 있잖아. 육식동물은 초식동물을 먹고, 학교는 인간이 특정 시기에 지닌 능력에 확실한 우열을 매기기 위한 장소고, 언제나 강한 자는 약한 자를 두들겨 패지. 겉만 번드르르한 말을 있는 대로 그러모아서 자기네 입맛에 맞는 규칙을 늘어놓고 그 속에서 안심하는 녀석들도 그 사실로부터는 벗어날 수 없어."

"그럼 뭘 하든 마찬가지라는 거야? 하고 싶은 걸 하면서 살아가면 그만이라는 거냐고."

나는 거의 고개를 떨군 채 모모세를 향한 것인지 나를 향한 것인지 알 수 없는 작은 목소리로 말했다.

"어릴 때 나쁜 짓을 하면 지옥에 떨어진다고들 했지? 근데 그런 게 없으니까 굳이 만들어내는 거 아니겠어? 뭐든 마찬가지야. 의미 따위 어디에도 없으니까 날조할 필요가 있는 거라고."

모모세는 그렇게 말하며 웃었다.

"약한 녀석들은 진실을 못 견디거든. 괴로움이나 슬픔 같은 것에, 그야말로 인생이라는 것에 애당초 의미가 없다는 당연한 진실도 못 견디는 거야."

"누가… 그런 걸 알아?"

나는 목소리를 쥐어짜듯이 물었다.

"평범한 머리를 갖고 있다면 누구라도 알아."

모모세는 웃으며 말했다.

"지옥이 있다면 여기고, 천국이 있다면 그것도 여기야. 여기가 전부지. 그런 것에는 아무런 의미가 없어. 그리고 난 그게 너무 즐겁거든."

나는 입을 다문 채 모모세의 얼굴을 바라봤다.

"그러니까 그런 바보 같은 거짓말에 기대지 말고, 자기 몸은 스스로 지킬 수밖에 없지."

"만약… 내가."

나는 혼란한 머릿속에서 벗어나기 위해 조금씩 숨을 내뱉으며 말했다.

"내가 너를, 죽인다고 하면?"

"죽일 수 있다면 죽이면 돼."

모모세는 곧바로 대답했다.

"할 수 있는 건 할 수 있는 거잖아? 하고 싶은 걸 하면 돼. 누구에게도 너를 막을, 그야말로 권리 같은 건 없거든. 하지만 문제는 그런 예시로 드는 이야기가 아니라, 너한테는 죽일 동기나 타이밍이 충분히 있는데도 왜 지금 우리 중 누군가를, 그게 나라도 상관없고, 아무튼 죽이지 않느냐는 거잖아? 뭐, 죽인다느니 죽는다느니 하는 건 비약이 지나쳐서 좀 그렇지만. 가령 지난번에 우리가 배구공에 네 머리를 집어넣고 걷어찼잖아. 우린 그럴 수 있었지? 넌 세게 걷어차였고. 근데 넌 우리처럼 할 수 없어. **왜 그러지 못할까?** 이 점이 중요하겠지? 넌 일 대 다수기 때문이라고 말할지도 모르지만 그건 내가 보기엔 거의 상관없는 일이야. 만약 보복이든 뭐든 안 할 테니까 지금 해보라고 한다면, 너는 내 머리에 배구공을 씌워서 걷어찰 수 있겠어?"

"나는."

그렇게 운을 떼고 목이 막혀서, 침을 꿀꺽 삼키고 조금 있다가 말을 이었다.

"그런 짓은 하고 싶지 않아."

"그렇지? 문제는 그거야."

모모세는 즐겁다는 듯이 웃었다.

"넌 어째서 그걸 하고 싶지 않아? 왜 못 하는데? 문제는 그거라고. 어째서 너는 우리를 식칼 같은 걸로 찌르고 다니지 않는 거지? 해보면 상황이 의외로 바뀔지 모르는데, 왜 넌 그러지 못할까? 잡혀가는 게 무서워? 하지만 지금이라면 처벌도 안 받는데?"

"처벌을 받건 말건 관계없어."

나는 거의 떨려오는 목소리로 그렇게 말했다.

"하고 싶지 않을 뿐이야."

"하면 죄책감이 싹트기 때문에? 그렇다면 왜 너한테는 죄책감이 생기고 나한텐 안 생기지? 어느 쪽이 맞는 걸까?"

그렇게 말하고 모모세는 웃었다.

"어느 쪽이든 똑같아."

나는 아무 말도 하지 않았다.

"어쨌거나 넌 그런 걸 못 해. 못 하고, 굳이 죽인다느니 험한 말을 쓰지 않아도 인간 축구조차 하고 싶지가 않지. 근데 우리는 어찌된 일인지 죽이지는 않더라도 인간 축구는 할 수 있단 말이야. 이 세상은 이런저런 일을 할 수 있거나 없는 사람들로 가득해. 내가 다니는 학원의 어떤 녀석은 매일같이 집에서 돈을 가져오라는 명령을 받아. 부잣집 아들이거든. 그런 경우도 있어. 또 남들 앞에서 자위하게 시켜놓고 좋아하는 녀석도 있고. 하지만 우리는 그런 거랑도 좀 달라. 어느 쪽이 낫다거나 좋다거나 나쁘다는 그런 이야기를 하는 게 아니야. 그저 사람에게는 할 수 있는 일과 할 수 없는 일, 하고 싶은 일과 하기 싫은 일이 있다, 취향이 있다는 소리지. 할 수 있는 일은 해버린다는, 단지 그뿐인 단순한 이야기야."

모모세는 그렇게 말하더니 입안에서 하품을 삼켰다.

"하지만 그것도 전부 우연이거든. 우리는 지금 우연히 그걸 할 수 있어. 너는 지금 우연히 그걸 못 하고. 그뿐이지, 뭐. 반년 뒤의 일은 몰라. 내년 일은 더더욱 알 수 없지."

7

"좀 어때?"

간호사가 이름을 불러서 정신을 차리고 진료실에 들어갔더니 의사가 내 얼굴을 보자마자 물었다.

그러고는 "어지간히 심한 상태가 아니고서야 의사 입으로 환자한테 병원 좀 오라고 말할 수 없으니까, 부탁한다"라고 하면서 웃었다. 나는 죄송합니다, 하고 사과했다.

"그래도 뭐, 거의 다 나았네."

의사는 내 얼굴에 자기 얼굴을 가까이 대더니 그렇게 말했다. 의사의 시선이 내 얼굴 중앙에서 작은 원을 그리듯이 빙그르르 돌았다.

"통증은 어때? 아직 욱신거리니?"

"이제 거의 없어요."

"뭐, 뼈가 부러진 건 아니니까."

"네."

"진통제는 먹었고?"

"딱 한 번, 밤에 먹었어요."

나의 대답에 의사는 그랬구나, 라는 듯이 고개를 끄덕였다.

"그나저나 뼈가 부러졌다면 이 정도로 끝나지 않았을 거야."

의사는 끼익 끼익 소리를 내며 의자를 책상 쪽으로 끌고 가더니, 진료 기록부에 뭔가를 쓰면서 나에게 등을 돌린 채 말했다.

"나도 젊었을 때, 10대 시절에 코뼈가 부러졌지."

그렇게 말하더니 의사는 뒤로 돌아 검지와 엄지로 자신의 코를 집어 보였다.

"싸움을 하다가 코가 완전히 돌아간 거야. 치고받던 중에는 흥분해서 뭐가 뭔지 몰랐거든. 나중에 거울을 보고 깜짝 놀랐어. 놀랐달까, 뭐, 자기 코가 옆으로 누운 모습은 흔하게 볼 수 없으니까 경악했지. 보통 코라는 건 똑바로 붙어 있는 상태로만 보잖아? 그게 완전히 옆으로 누워 있더라고. 큰일 났다며 달려간 병원의 의사가, 이 사람이 또 엄청난 돌팔이였거든. 뭐, 돌팔이라기보다 옛날에는 대부분 그랬겠지만, 아직 피도 멎지 않았는데 콧구멍에 나무젓가락 같은 걸 쑤셔 넣고 있는 힘껏 제자리로 돌려놓는 거야. 힘으로 말이야. 당연히 마취도 뭣도 없었지. 그 고통은 지금도 소름이 돋을 정도야. 이것 좀 봐, 소름 맞지? 이 이야기를 하면 꼭 소름이 돋거든."

의사는 가운 소매를 조금 걷어 나에게 팔을 보여주는 시늉을 했다. 나는 잠자코 그것을 보며 의사의 이야기에 애매하게 맞장구를 쳤다.

"그러고 나서는 학생처럼 기본적으로 시간이 약이었는데, 1년 동안은 이래저래 통증이 가시지 않더라. 밤에 잘 때 이불이 살짝 닿기만 해도 아팠거든. 그 돌팔이 의사는 이미 나이가 지긋했고, 게다가 나처럼 미적 감각이 있는 의사가 아니었으니까 붙기만 하면 됐겠지. 봐, 덕분에 내 코가 휘어졌잖아."

듣고 보니 확실히 의사의 코는 조금 휘어진 듯했다. 그래도 그 코는 다른 코에 비해—내가 다른 코를 얼마나 아는지는 모르겠지만—꽤 그럴싸한 코로 보였다. 콧대가 시작되는 부분부터 우뚝 솟았고, 전체적으로 큼직했으며, 코끝은 도전적인 각도로 튀어나와 있었다.

"뭐, 그렇게 됐지. 학생도 코는 소중히 여기는 편이 좋아."

그렇게 말하며 의사는 웃었다.

"네, 하나밖에 없으니까요."

"맞아. 하나밖에 없지" 하며 의사가 또 웃었다.

그런 다음 의사는 통증은 조만간 없어질 테니 무슨 일이 생겼을 때 또 오면 된다고 말했다.

인사를 하고 일어나 진료실을 나서려는데 의사가 뒤에서 나를 불러 세웠다.

"아 참, 학생 눈 말인데, 그거 언제부터 그랬어?"

나는 놀라서 의사의 얼굴을 물끄러미 바라봤다.

"수술 예정 같은 건 없고?"

의사는 잠자코 있는 나를 개의치 않고 이야기를 이어갔다. 문 옆에서 내가 나가기 쉽도록 커튼을 젖힌 채 서 있던 간호사가 나와 마찬가지로 의사를 쳐다봤다. 뭐라고 대답해야 할지 몰라 나도 간호사 옆에 서서 의사의 얼굴만 바라봤다.

"그거, 여러 가지로 꽤 불편하지 않니? 두통이 생기는 사람도 있고 말이야."

나는 입을 다물고 몇 차례 작게 고개를 끄덕이며 눈을 감았다가 천천히 떴다. 아주 희미하게 귀가 울렸고, 그다음에는 먹먹한 무음이 퍼졌다. 정신을 차리고 보니 입안이 바짝 말라 있어서 아까 모모세와 이야기를 마친 뒤 아무것도 마시지 않았던 것이 후회됐다.

"이건요."

나는 천천히 이야기했다.

"저는… 어릴 적에 수술을 한 번 받았어요. 하지만 원래대로 돌아갔거든요. 치료가 안 돼서, 그러니까… 어쩔 수 없어요."

"그게 몇 살 때지?"

"다섯 살 때요."

"또 하면 되잖아."

의사는 아무것도 아니라는 듯한 어투로 말했다.

"난 잘 모르지만 그때 의사가 형편없었던 거 아니야?" 하며 의사는 웃었다.

"방금 한 말은 농담이고, 뭐, 요령 같은 게 필요하니까 미묘하다면 미묘한 수술이지만 수술 자체는 아주 간단해. 대학을 갓 졸업한 햇병아리 의사한테 시키는 수술이거든."

"하지만 전 전신 마취까지 했는데요" 하고 내가 말했다. 그것은 전혀 내 목소리처럼 들리지 않았다.

"그야 어렸기 때문이겠지?" 하며 의사는 웃었다.

"몇 번씩이나 할 수 있는 거예요?"

나는 침을 삼키며 신중하게 물어봤다.

"개인차는 있지만 기본적으로는 가능해. 게다가 여러 번에 걸쳐서 정상 위치로 돌려놓는 사람도 있고. 또 지금이라면 국부마취만으로 충분하단다. 사시 수술은 눈 근육을 조금 잡아당겨서 다시 붙이기만 하면 되니까 시간도 별로 안 걸리거든. 젊은 의사는 당기는 힘이 너무 약하거나 반대로 너무 센 경우가 많아서, 한가운데로 오게끔 붙이는 데 요령이 필요한 거야. 우리 병원 안과에 솜씨 좋은 전문의가 있으니까 부모님이랑 상의해보고 수술받는 건 어떠니?"

의사는 말을 이어갔다.

"뭐, 양안시 경험이 있다면 말이지만. 양 눈으로 사물을 본 적이 있냐는 뜻이야."

"세 살쯤부터 사시가 됐어요. 기억은 안 나지만요."

나는 작은 목소리로 말했다.

"그럼 괜찮지 않을까?"

의사는 머리를 벅벅 긁으며 말했다.

"얼마 전에도 학생보다 좀 어린 남자애가 수술을 했어. 야구 선수가 되고 싶다던데 뭐, 사시인 채로는 뜬공을 못 잡으니까 말이야."

"못 잡죠."

"그렇지? 학생은 야구 선수가 꿈이 아닐 수도 있지만 또 넘어져서 코를 찧으면 큰일이잖아? 수술에 더해 재활 치료도 해야 하니 한동안은 병원을 다녀야겠지만, 해볼 만한 가치는 있지 않을까?"

의사는 이번에는 책상 표면을 손가락 끝으로 리드미컬하게 툭툭 치면서 말했다.

"뭐, 억지로 권하지는 않을게."

나는 "아니에요" 하고 대답했지만, 그 뒤로 어떤 말을 이어가야 할지 알 수 없었다. 간호사는 내 옆에 서서 커튼 끝자락을 쥔 채로 나와 의사를 번갈아 보고 있었다.

"게다가 돈도 별로 안 들어."

조금 있다가 의사가 말했다.

"그런가요?"

나는 놀라서 물었다. 생각했던 것보다 훨씬 큰 목소리가 나왔다. 다섯 살 때 받은 수술 비용이 얼마 정도였는지 들은 적이 없으니 물론 자세한 건 몰랐다. 하지만 그때 나는 갑자기 돈이 내 눈과 연관된다는 사실에 기묘한 위화감을 느꼈다. 돈을 내고 수술을 받으면 내 눈은 정상이 된다. 그것은 내가 여태까지 생각해본 적도, 상상해본 적도 없는 일이었다. 한 번 수술에 실패한 걸로 내 눈은 평생 이대로이리라고 믿어 의심치 않았다. 내 눈이 평범한 눈이 된다고? 그건 놀라운 일이었다. 엄청나게 놀라운 일이었다. 나는 아무리 해도 가라앉지 않는 두근거림 같은 것을 품은 채 우두커니 서 있었고, 무의식중에 손을 입에 대고 손톱을 물어뜯기까지 했다. 그다음에 무엇을 생각

하면 좋을지 알 수 없었다. 모모세의 얼굴이 떠올랐고, 파르스
름한 가로등 아래의 짙은 그림자를 떠올렸다. 내 방의 어두컴
컴함을 떠올렸고, 거울에 비친 내 얼굴을 떠올렸다. 그 거울 속
에서는 흐릿한 왼쪽 눈만이 거울 속의 내 왼눈을 겨우 똑바로
포착하고 있었다. 오른쪽 눈은 여태까지처럼 눈꼬리로 주르륵
흘러가 있었고, 손가락 끝을 갖다대도 흐릿한 살색이 번질 뿐
이었다.

"뭐, 그럴 마음이 들면 또 오렴. 비용도 저렴하니까."

의사는 그렇게 말하며 웃었다.

"수술비 말인데요."

나는 조금 두근거리는 마음으로 물어봤다.

"얼마 정도 들까요?"

의사는 팔짱을 끼고 눈을 감더니, 이마 뒤편에 흩어져 있는
찌꺼기라도 모으는 듯한 표정으로 짤막하게 신음한 뒤에 나를
봤다.

"글쎄, 만 오천 엔 정도?"

"만 오천 엔이요?"

나는 놀라서 되물었다.

❁

"이제 완전히 가을이 됐네."

고지마는 나를 보고 웃으며 말했다.

11월이 되고부터 갑자기 바람이 쌀쌀해졌다. 고지마가 블라우스 위에 입은 교복 재킷에서는 희미하게 약품 냄새 같은 것이 났고, 거기에 겨울 냄새가 조금 섞여 있었다. 냄새는 여러가지를 연상시킨다. 그 연상 방식은 머리를 거치지 않고 손바닥이나 코로 스며들어 감정이 되기 전의 감정 같은 것을 직접자극했다.

나는 오랜만에 둘이서만 만나는 것에 대해 전날 밤부터 조금 긴장해 있었고, 비상계단에서 고지마를 기다리는 내내 진정하지 못했다. 그 긴장은 고래 공원에서 고지마를 처음 만났을 때를 떠오르게 했다. 높은 하늘에서 밤으로 향하는 진청색이 천천히 내려오는 것이 눈에 보이는 듯한 저녁이었다. 왠지까마득한 옛날 일처럼 느껴졌지만 실은 계절을 한두 개 건넌정도의 시간밖에 흐르지 않았다.

"있지, 이것저것 말로 하지 않아도 난 괜찮았어."

고지마는 석양이 코앞으로 다가온 하늘과 거리를 등지고 서서, 난간에 기댄 자세로 팔짱을 꼈다 풀었다 하며 기쁜 기색으로 말했다.

학교에서 볼 때도 살짝 느꼈지만 오랜만에 가까이에서 보는 고지마는 눈에 띄게 야윈 듯했다. 원래도 살찐 편은 아니었는데, 지금에 비하면 전에는 훨씬 통통했다고 여겨질 정도였다. 팔다리처럼 겉으로 보이는 부분과 턱 주위의 살이 확 빠져서 인상이 완전히 달라 보였다. 그 때문에 교복이 좀 헐렁하게 느껴질 정도였다. 얼굴색이나 표정으로 봐서는 지친 것 같았다. 하지만 처진 눈썹 아래의 두 눈은 내가 고지마의 몸에서 받은 느낌과는 반대로 반짝반짝 빛나면서 윤기마저 흐르고 있어서 예전보다 똑 부러진 인상을 주었다. 이따금 손가락으로 꼬거나 잡아당기는 머리카락은 자라는 대로 내버려뒀는지 상당히 길어졌다. 머리카락 끝은 뻣뻣한 빗자루처럼 여기저기로 뻗쳐 있었다. 실밥이 엉켜 있는 것이 보였다. 항상 의식하긴 했지만 멀리 있는 것과 가까이 있는 것은 보이는 게 전혀 다르구나 싶었다. 나는 계단에 걸터앉아 조금 올려다보는 듯한 자세로 고지마를 보고 있었다.

"너한테 받은 편지도 여러 번 반복해서 읽었어. 그러기만 해도 기운이 나더라. 저기, 내 편지는 읽어보니?"

나는 읽어본다고 대답했다. 고지마는 만족스러운 표정을 지으며 흐음, 하듯이 고개를 끄덕였다. 답장을 못 쓴 것에 대해 나는 아무 말도 할 수 없었고, 고지마도 아무것도 묻지 않았다.

"하지만 말이야… 만나지 않아도, 이야기를 안 해도 네 마음은 대충 알겠더라."

말을 마치고 고지마는 수줍다는 듯이 웃었다. 나는 고지마의 그 말에 뭐라고 대답하면 좋을지 알 수 없어서, 조금 있다가 "고지마, 살 빠졌어?" 하고 물어봤다.

"응."

고지마는 밝은 목소리로 대답하고 나서 요즘은 별로 안 먹는다고 말했다.

"못 먹는 거니?"

"그게 아니라, 표시 중 하나로 삼았거든."

"표시로 삼아?"

"그래."

고지마는 엷은 미소를 지으며 나에게 말했다.

"그래도 안 먹으면 안 되잖아."

"먹기는 해. 근데 거의 안 먹으려고 하는 거야."

고지마는 눈을 가늘게 뜨고 나를 봤다.

"깨끗하게 하지 않는 것에 안 먹는 걸 덧붙인 거지."

"그 표시로?" 하고 나는 되물었다.

"맞아. 표시야."

"표시라는 건, 아빠하고의 표시 말이지?"

"맞아" 하며 고지마는 웃었다.

"근데 이제 표시의 의미가 바뀌었어."

"어떻게?"

"처음에는 순수하게 아빠를 잊지 않기 위한 표시였잖아? 내 더러운 운동화는 아빠의 더러운 운동화였고, 안 씻어서 더러워지는 피부랑 냄새도 멀리 떨어져 있는 아빠의 피부랑 냄새였고. 하지만 이제 그뿐만이 아니야. 지금은 말이지, 이 표시는 그런 걸 잊지 않기 위해서만 하는 게 아니게 됐어. 즉 나랑 아빠 사이에 있는 건 이제 추억뿐만이 아니라는 사실을 깨달은 거지."

고지마는 말을 이어갔다.

"그건 말이야, 그건… 아주 아름다운 약함이야. 너랑 내가, 지금도 각자의 자리를 지키면서 맞서는 것이 아름다운 약함이지."

손가락 끝으로 내 손바닥에 글자 하나하나를 눌러 쓰듯이 느린 말투로 이야기하는 고지마는 희미한 어둠이 퍼지는 배경에 달라붙은 그림처럼 보였다.

"그리고 있지…. 그건 우리한테 그런 식으로 할 수밖에 없는 그 애들을 위해서도 존재하는 약함이야. 걔네들은 깨닫지 못

했어. 하지만 그건 어쩔 수 없지. 근데 너랑 난 이 일의 의미를 제대로 이해하고 있어. 알고 있다고. 그리고 그런 식으로, 이 약함으로 이 상태를 받아들이고 살아가는 건 세상에서 가장 중요한 강함이야. 이건… 걔네들이나 우리, 그리고 아빠… 그뿐만 아니라 이 세상에 있는 모든 약함을 위한, 그리고 진정한 의미의 강함을 위한 의식이야. 학대받고 괴롭힘당해도 그걸 극복하려고 하는 일의 중요함을 아는 사람들을 잊지 않기 위한 거지. 난 그래서 안 먹어. 안 먹는 것이 그 표시거든. 그걸 위한 한 가지 수단이 된 거야."

고지마는 내 바로 앞에 서서 나를 확실하게 바라보며 말했다.

"그걸 가장 잘 알아주는 사람이 너잖아. 너도 조금 말랐네. 너도 밥을 안 먹지? 네가 내 생각을 이해한다고, 나는 진심으로 느꼈어."

나는 "나는…" 하고 입을 열었다가 꾹 닫았다. 고지마는 그런 나를 보면서 신경 쓸 것 없다는 듯한 얼굴로 웃어 보였다. 바람이 똑바로 불어왔고, 잠시 후 고지마의 냄새가 났다. 여태까지 고지마 옆에 있으면서 이렇게까지 냄새가 난 적은 없었다. 벌써 며칠이나 몸을 씻지 않은 냄새였다. 나는 고개를 숙여 내 신발 끝을 가만히 바라봤다.

"아빠도, 그 약한 강함을 받아들이고 어딘가에서 우리처럼 괴로워하는 사람들도 소중하지만 나한테 제일 중요한 건 너야."

고지마는 생긋 웃으며 말했다.

"코는 이제 괜찮은 거지?"

"응."

"겉보기에는 이제 원래대로 돌아온 것 같아. 처음에는… 엄청났거든."

"응."

"뼈는 부러지면 튀어나오나?"

고지마가 물었다.

"옆으로 눕는대."

"코가 쓰러지는 거야?"

"응."

"그래도 넌 코가 높으니까 쓰러질 게 있지만, 나처럼 낮으면 어떻게 되니?"

고지마는 그렇게 말하며 웃었다.

"그냥 찌부러지기만 할까?"

"그래도 틀림없이 쓰러질 거야."

나는 눈앞에 있는 고지마에게 당혹감을 느끼면서도 병원에 갔던 이야기를 했다.

　무척 오랜만에 병원에 갔다는 것, 담당 의사가 아주 사람 좋았는데 그 의사의 코도 10대 때 부러졌다는 것, 그리고 그 시절의 난폭한 치료법에 대해 천천히 이야기했다. 하지만 병원에서 모모세를 만난 것과 그 뒤에 이야기를 나눈 것은 덮어두었다. 말하려고 해도 잘 말할 자신이 없었고, 또 그에 대해 고지마와 이야기하는 게 좋을 것 같지 않았다.

　집에서, 또 학교에서 모모세의 이야기를 거듭 떠올리며 혼자 그것을 쫓아가다 보면 모모세가 했던 말 전부가 완전히 터무니없는 소리일 뿐이라고 진심으로 여겨질 때도 있었고, 아무리 생각해봐도 모모세의 말이 옳게만 여겨질 때도 있었다. 그 두 가지 다른 결론 사이에서 나는 흔들렸고, 내가 무엇에 대해 어떻게 생각하는 것이 옳은 길인지 알 수 없어졌다. 어쩌면 내 사고방식의 기반에는 기본적으로 어떤 치명적인 결함이 있어서, 그걸로 무언가를 생각해봤자 애초에 이상한 것이니 항상 틀린 결론밖에 나오지 않는 게 아닐까 하는 확인할 길 없는 공포에 사로잡힐 때도 있었다.

　그럼에도 그날 밤 모모세의 이야기에는 차라리 뚜껑을 덮어두고 모르는 척하고 싶어도 그럴 수 없는 기운이 감돌았다. 나를 지탱하는 올바름의 파편조차 닿을 수 없는 부분이 있어서, 그 어둡고 딱딱한 감촉이 드는 고요한 곳에서 모모세는 그날 밤 벤치에서의 모습대로 걸터앉아 웃으면서 말없이 나를 바라보고 있었다.

나는 고지마를 생각했다.

고지마는 나에게 일어난 모든 일에 의미가 있다고 여러 차례 말해줬다. 함께 힘내서 함께 극복하자고, 만날 때마다 나한테 용기를 줬다. 고지마는 나에게 편지를 줬다. 여태까지 나에게 다른 사람이 그렇게 말을 걸어준 적은 없었다. 또 고지마는 만날 때도 만나지 않을 때도, 언제나 나를 가능한 한 밝은 곳으로 데려가주려 했다. 이야기를 잘 나누지 못하게 된 뒤에도 고지마는 나를 걱정하며 몇 번이나 편지를 써줬다. 그리고 고지마는 내 눈을 좋아한다고 말해줬다. 여태까지 살면서 나에게 그렇게 말해준 사람은 아무도 없었다. 내 눈에 대해 그렇게 말해준 것은 고지마 단 하나였다.

하지만 다른 한편으로 나는 그 체육관 사건이 일어난 다음부터 고지마를 똑바로 볼 수 없었다. 고지마에게 격려를 받으면 받을수록, 고지마가 괴롭힘당하면서도 그 태도에 설명할 수 없는 어떤 힘이 깃들면 깃들수록 나는 고지마를 똑바로 보지 못하게 되었다. 어째서 그런지 진짜 이유는 나도 알 수 없었다. 아직 더웠던 무렵 고지마의 조금 힘없는 말투나 곤란한 듯이 웃는 얼굴이 얼마나 나를 안심시켜줬던가, 그렇게 생각하면 가슴이 아팠다. 그러나 고지마는 조금씩 변해갔고, 멀리서 그 변화를 느끼면 느낄수록 내 몸은 딱딱하게 굳어갔다. 고지마 안에서 생겨난 변화는 고지마가 나에게 준 작지만 확실한 빛으로 가득한 장소에 먹구름처럼 드리웠고, 어느새 나는 그 장소에서 쫓겨나고 말았다.

나는 정말 오랜만에 고지마에게 하고 싶은 말이 있다고 짧은 편지를 썼다.

"저기, 듣고 있니?"

고지마가 내 얼굴을 들여다보며 말했다.

"듣고 있어."

고지마는 내가 간 병원에 얽힌 이야기를 진지한 얼굴로 해줬다. 우리 둘 말고는 아무도 없는데도 갑자기 목소리를 죽인 탓에 이따금 세찬 바람이 윙윙 불면 뭐라고 하는지 들리지 않았다. 그래서 고지마는 나에게 다가와 얼굴을 가까이 댔다. 여러 가지 냄새가 났다. 침 냄새가 났고, 땀 냄새가 났고, 시큼한 냄새가 났다. 그리고 "어째서 그렇게 큰 병원에 산부인과가 없는지 알아?" 하고 나에게 물었다. 내가 모른다고 대답하자 "생각도 안 해보고 모른다고 하면 어떡해?" 하고 웃으며 화난 척을 했다. 그런 다음 10년쯤 전에 그 병원에서 일어났다는 사건에 대해 이야기해줬고, 나는 응, 응, 하고 고개를 끄덕이며 고지마를 바라봤다.

야위어서 인상이 완전히 달라졌지만, 역시 즐겁게 이야기하는 고지마는 생기가 넘쳤다. 나는 그런 고지마를 보면서 말로 표현할 수 없는 쓸쓸함과 그리움을 느꼈다.

"있잖아, 고지마."

고지마의 이야기가 일단락되었을 때 나는 고지마를 불렀다.

"내가 너한테 편지를 쓴 건 할 이야기가 있어서야."

"응, 알아."

고지마가 대답했다.

"그렇지만 이렇게 만날 수 있는 것만 해도 기빠민."

나는 그 말을 듣고 무심코 울음을 터트릴 뻔했다. 고지마는 의아해하는 눈으로 나를 봤고, 윤곽이 달라진 듯한 얼굴로 나에게 방긋 웃어 보였다. 나는 이를 꽉 깨물며 겨우 마음을 진정시킨 후 조용히 말했다.

"…들어줬으면 하는 게 있어."

"물론 들어줄게."

"내 눈 이야기야."

웃고 있던 고지마의 눈과 입 주위에서 표정이 떨어져 나가 듯이 사라졌다. 고지마는 뭔가 희귀한 것이라도 보는 듯한 눈 빛으로 나를 봤다. 그리고 흐음, 하며 여러 차례 조그맣게 고개 를 끄덕였다. 무의식중에 움직인 듯한 끄덕임이었다.

나는 고지마에게 내 눈에 대해 이야기했다.

수술을 하면 내 눈은 사시가 아니게 될 가능성이 있다는 것. 고지마는 내 이야기를 묵묵히 들었고, 내가 말을 마친 뒤에도 한동안 계속 입을 다물고 있었다. 공기가 조용히 차가워지기 시작했고 가랑비가 내리는 것 같았다. 눈에는 보이지 않았지 만 가느다란 빗줄기가 바람에 섞여 날아와 뺨에 닿는 것을 느 꼈다. 나는 어깨를 움츠리고 주머니에 손을 찔러 넣었다. 서 있 던 고지마도 나처럼 두 손을 재킷 주머니에 집어넣었다.

"비에 젖을 거야. 이쪽으로 오는 게 어때?"

고지마는 나의 말에 아무런 대답을 하지 않았다.

"그래서⋯."

고지마가 작은 목소리로 말했다. 그러나 그 뒤 다시 입을 다 물었고, 나도 잠자코 고지마가 이야기하기를 기다렸다.

"⋯너는 수술을 할 생각이야?"

고지마는 한참이나 침묵한 끝에 혼잣말처럼 불쑥 말했다.

"아직 잘 모르겠어."

"잘 모르는 걸 왜 나한테 말하는 거야? 나한테 상담하는 거니?"

"그런 건 아니야. 상담이라기보다… 이런 사실을 알았다는 걸 너한테 이야기하고 싶었어."

"어째서?"

고지마는 암담한 목소리로 물었다.

"그걸 나한테 말해봤자 뭐가 어떻게 되는데?"

"그건…."

나는 말문이 막혔다. 입술을 여러 번 핥으며 마음을 진정시킨 뒤 고지마에게 천천히 말했다.

"그건, 네가, 내 눈을 좋아한다고 말해줬기 때문이야."

우리 둘 다 한동안 아무 말도 하지 않았다.

"그래서 눈 수술을 하는 거야?"

고지마는 고개를 숙인 채 나를 보지 않고 말했다.

"너는…."

나는 잠자코 고지마의 다음 말을 기다렸다.

"너는 아무것도 몰라."

"난 아무것도 모를 수도 있지만…."

"모를 수도 있는 게 아니라, 넌 몰라."

고지마는 그렇게 말하더니 내 얼굴을 봤다.

"그 눈은 너의 가장 중요한 부분이야. 다른 누구도 아닌 너를, 정말로 너를 구성하고 있는 중요하고 또 중요한 거란 말이야. 나한텐 아무것도 없으니까 이렇게 표시를 만드는 수밖에 없지만 넌 타고난 표시가 있잖아. 그래서 우리가 이렇게 만날 수 있었던 건데, 어떻게 넌 그걸 없앤다고 말할 수 있어? 너한텐 우리 만남이 중요하지 않았어?"

"그렇지 않아. 나한테도 중요했고, 지금도 매우 중요하게 생각해. 수술하기로 결정했다는 이야기가 아니야. 그냥, 방금 전에도 말했지만, 고칠 수 있을지도 모른다는 사실을 알았으니까 그걸 그냥 너한테 말하고 싶었을 뿐이야."

"그런 거 거짓말이야. 넌 기뻤지? 그걸 알고 기뻤던 거 아니야? 사실은 그 눈을 고쳐서 달아나고 싶은 거 아니냐고."

"달아나다니, 무엇으로부터?"

"전부로부터. 학교에서 일어나는 일, 지금 일, 너 자신, 모든 것으로부터 말이야."

고지마는 눈언저리를 손바닥으로 북북 문지르며 말했다.

"고지마, 울지 마."

"그리고 나한테서도 달아나고 싶은 거잖아?"

고지마가 조용히 말했다.

"그런 일은 절대 없어."

나는 고개를 가로저었다.

"그런 게 아니야. 몇 번이나 다시 말하지만…."

"됐어."

고지마는 그렇게 쏘아붙이더니 똑바로 내 얼굴을 봤다. 눈물이 뺨에서 몇 줄기나 흘러내리며 빛나고 있었다.

"하지만 난 그만두지 않을 거야."

고지마가 말했다. 눈물이 고인 눈은 하얗게 빛났고, 고지마의 호흡에 맞춰 그렁그렁 흔들리고 있었다.

"난 그만두지 않아."

"고지마."

"난 그만둘 수가 없어."

그렇게 말한 후 고지마의 두 눈에서 눈물이 뚝뚝 흘러넘쳤다.

"넌 그러고 싶으면 눈을 고쳐서 그 녀석들한테 굴복하면 돼. 지겹게 표적이 되어온 눈을 고치면 이제 그런 심한 꼴을 당하지도 않겠지. 네가 그걸 선택한다면 난 아무 말도 할 수 없고, 어떻게도 못 해."

"내가 눈을 고치면 니노미야 일당에게 굴복하는 것이 돼?"

"그래. 이건 이제 너랑 나만의 문제가 아니야."

나는 잠자코 고지마의 얼굴을 봤다.

"너랑 내가 지금 여기서 무슨 일이 생겨 죽든지 해서 더는 그런 심한 괴롭힘을 당하지 않더라도, 언제나 어딘가에서 비슷한 일이 일어나고 있어. 약한 사람은 늘 처참한 꼴을 당하지만 어떻게도 할 수 없지. 그런 사람이 없어지는 일은 없어. 그렇다고 강한 녀석들의 흉내를 내서 어떻게든 그 녀석들 편에 들어가고, 그런 방법으로 약한 데서 벗어나면 되는 거야? 그런 거니? 아니잖아? 이건 시련이야. 이걸 극복하는 게 중요한 거라고. 우린 늘 얘기했잖아."

"고지마, 진정해."

내가 그렇게 말하자 고지마는 입을 다물었다. 코를 훌쩍이는 소리가 들렸다. 고지마의 두 눈에서는 믿을 수 없을 만큼 많은 눈물이 연신 흘러내리고 있었다. 그대로 잠시 둘 다 침묵했다. 어딘가 먼 곳에서 구급차 사이렌 소리가 들렸고, 어린아이의 울음소리가 희미하게 섞여 들었다. 고지마와 나는 몇 분이나 입을 다문 채 그곳에 우두커니 서 있었다.

"너는."

얼마 뒤 고지마가 작은 목소리로 말했다.

"같은 편이라고 생각했어."

"같은 편이야."

"근데, 아니었어."

"아니지 않아."

내 말에 고지마는 천천히 고개를 저었다.

"고지마."

"너는 분명 눈을 고칠 거야."

고지마는 흐느끼면서 울음 섞인 목소리로 그렇게 말했다.

"고지마."

"이제 내 이름 부르지 마."

가쁜 호흡으로 그렇게 말한 뒤, 고지마는 눈을 꼭 감고 소리 없이 어깨를 들썩이며 울었다. 사람이 그렇게 괴로워하는 얼굴로 우는 모습을 나는 여태까지 본 적이 없었다. 이를 꽉 깨물고 허벅지 근처에서 두 주먹을 꼭 쥔 채, 고지마는 꼼짝도 하지 않고 계속 울었다. 가끔 목소리가 새어 나왔다. 콧물과 눈물이 뒤범벅되어 고지마의 얼굴에서 곧장 아래로 뚝뚝 떨어지고 있었다. 나는 어떻게도 할 수 없었다. 그저 그런 고지마를 보고 있기만 할 뿐, 말을 걸 수도 움직일 수도 없었다.

그로부터 오랫동안 고지마는 울음을 그치지 않았다. 나는 어떻게 해야 할지 모르는 채로 고지마가 소리 없이 우는 모습을 바라볼 뿐이었다.

얼마쯤 시간이 지나 들썩이던 어깨가 멈춰서 다 울었나 하면 또다시 갑자기 오열하는 소리가 들리고는 했다. 나는 견딜 수 없어져서 몇 번이나 고지마 곁으로 가려 했지만 그럴 수 없었다. 내가 그러는 것을 진심으로 거부하고 있다는 게 고지마의 딱딱하게 움츠러든 몸으로부터 명확하게 전해졌기 때문이다. 나는 그저 망연히 고지마를 보고 있을 수밖에 없었다. 더욱 시간이 지난 뒤에 고지마가 입을 열었다. 사라져버릴 듯이 작은 소리였다.

"여름에."

"여름에?"

나는 그 목소리를 놓치지 않으려고 되물었다.

"여름에, 엄마 이야기를 했지? 내가."

"했어."

나는 고개를 끄덕였다.

"아빠랑… 왜 결혼했는지 물어봤다는 거."

"응."

"아빠가 불쌍해서 결혼했다고… 엄마가 그렇게 말했다는 이야기."

"응."

"모든 게 불쌍했다고."

"응."

"엄마는 아빠가 하나부터 열까지 불쌍했다고."

"응."

나는 몇 번이나 고개를 끄덕였다.

"내가 엄마를 절대로 용서할 수 없는 건…."

고지마는 고개를 들어 나를 봤다.

고지마의 꾀죄죄한 얼굴 표면에 눈물이 말라붙어 있었고, 흰자위는 새빨갛게 충혈되어 있었다. 눈 밑은 퉁퉁 부어서 그 부분만 피부색이 희끄무레하게 보였다. 고지마는 나를 빤히 쳐다봤다. 머리카락이 가늘게 뭉쳐서 뺨에 달라붙었지만 걷어내려고도 하지 않았다.

"아빠를 버렸기 때문도, 새로운 사람한테 가서 모든 걸 없었던 셈 쳤기 때문도 아니야."

나는 잠자코 고개를 끄덕였다.

"마지막까지…."

나는 또다시 고개를 끄덕였다.

"마지막까지, 계속 불쌍하다고 생각하지 않기 때문이야."

그 말을 남기고 고지마는 계단을 내려갔다.

고지마는 아무런 망설임도 없이 순식간에 모습을 감췄다. 나는 고지마를 붙잡기는커녕 목소리조차 낼 수 없었다. 계단을 내려가는 고지마의 발소리가 들리다가 곧 사라졌다. 그 발소리와 교대하듯이 거세게 퍼붓는 빗소리가 들렸다. 남겨진 나는 그곳에 우두커니 서 있는 수밖에 없었다. 안개 같던 빗방울은 어느새 선명한 비로 변했다. 천천히 시간을 들여 많은 것을 적시는 빗소리가 났다. 그것은 낯선 생물의 울음소리처럼 떨리며, 어둡게 펼쳐진 하늘 어딘가의 밑바닥에서 들려오는 듯했다.

8

주말에 엄마가 팔을 베였다.

설거지를 하다가 손을 잘못 놀리는 바람에 위에서 부엌칼이 떨어졌다고 했다. 방에서 책을 읽던 중 소리가 나서 부엌에 갔더니 엄마가 높이 든 왼팔 팔꿈치 근처를 오른손으로 꽉 쥐고 나를 보며 웃음 짓고 있었다.

"저기, 피가 안 멎는 것 같은데 구급차를 불러야겠어."

엄마가 말했다. 치켜든 팔을 타고 겨드랑이로 피가 흘러내려서, 걷어 올린 블라우스 소맷자락부터 가슴팍까지 새빨갛게 물들어 있었다. 나는 황급히 전화를 걸러 갔다.

"많이도 나네."

엄마가 장난스럽게 말해서 나는 조금 화가 났다. 엄마에게 지금 해야 할 일은 없는지 물었다. 수건으로 어깻죽지 묶는 것을 도운 뒤 여전히 우왕좌왕하고 있었더니 엄마가 진정하라며 웃었다. 구급차를 기다리는 동안 내 무릎이 미세하게 떨리는 것을 느꼈다.

"금방 올 거야. 베인 것도… 잘 모르겠지만, 아아, 꽤 깊이 베인 것 같은데 이럴 때는 구급차를 불러도 괜찮겠지? 병원도 쉬는 날이니까."

"왜 웃는 거야?"

"난 무서우면 웃음이 나더라."

"무서워?"

"그야 무섭지. 이렇게 피가 많이 났는걸. 보통은 무섭잖니. 아프진 않지만. 게다가 피가 이대로 안 멎으면 어떻게 될 거 같아?"

"…죽을 것 같아."

잠시 사이를 두고 내가 말했다.

"맞는 말씀."

엄마가 고개를 끄덕였다.

구급차 오는 소리가 들리더니 조금 있다가 초인종이 울렸다. 남자 둘이 들어와 상처를 보고 응급처치를 한 다음 엄마를 데려갔다. 나도 따라가려 했지만 엄마가 집에서 기다리라고 해서 그러기로 했다.

"밖에 나올 것도 없어. 휙휙 꿰매고 금방 올 테니까."

엄마는 그렇게 말하며 현관문을 닫고 나갔다. 나는 순간적으로 망설이다가 문을 열고 아빠한테 연락을 안 해도 되는지 물었다. 엄마는 뒤돌아보며 전혀 할 필요 없다고 말한 뒤 오른손을 팔랑팔랑 흔들었다.

나는 잠시 소파에 앉아 망연자실해 있었지만, 금방 일어나 세면대에서 걸레와 물을 준비해 가지고 와서 부엌 바닥에 떨어진 피를 닦았다. 시간은 거의 걸리지 않았다. 피의 양도 생각보다 많지 않아서 금세 흔적도 없이 지워졌다. 흘러나온 피는 대부분 엄마 옷에 흡수된 모양이었다. 여전히 신경이 곤두서 있어서 책을 이어 읽을 마음도 들지 않았다. 나는 그대로 하릴없이 소파에 가만히 앉아 있었다.

엄마가 돌아온 것은 오후 4시가 지난 무렵이었다.

"꽤 깊이 베였더라."

엄마는 그렇게 말하며 팔뚝에 감은 새하얀 붕대를 보여줬다.

"꿰맸어?"

"물론이지. 다섯 바늘이나 꿰맸어."

엄마는 그러면서 손가락으로 붕대 위를 어루만졌다.

저녁 식사 준비는 내가 하게 되었다. 지금까지 내가 먹을 음식을 만든 적은 있어도 다른 사람의 몫까지 만든 적은 없었다.

엄마는 배달을 시켜도 된다고 말했지만 결국 집에 있는 것을 먹기로 했다. 저녁 식사라 해도 밥을 짓고 된장국을 끓이고 냉장고에 있던 식재료를 엄마가 시키는 대로 썰어서 볶기만 했을 뿐이다. 그러고 나서 원래 있던 반찬 몇 가지를 전자레인지로 데워 식탁에 차려놓자 나름대로 저녁 식사다워졌다.

"좀 이르지만 저녁밥 먹자" 하며 엄마가 텔레비전을 켰고, 평소처럼 화면을 보면서 밥을 먹었다. 나도 텔레비전을 보면서 묵묵히 식사를 했다.

"그나저나 왼팔이라서 다행이야."

"맞아" 하고 나는 맞장구를 쳤다.

"그런데 갑자기 흥분했더니 피곤하네" 하며 엄마는 크게 한숨을 내쉬었다.

"이런 거 싫은데. 난 이런 게 정말 싫더라. 갑자기 무슨 일이 생기는 건 딱 질색이야."

"응."

"이런 일이 생기면 역시 신경이 곤두서잖아? 스스로 아무리 진정하려고 노력해도 잘 안되고 말이야. 저절로 날카로워지는 걸. 그런 게 싫어."

"동요하지 않는 사람이 되고 싶다는 뜻이야?"

"그럴지도 몰라. 잘 모르겠지만 폭력적으로 느껴지거든. 내 안에서 갑자기 북받쳐 오르는 것 대부분이. 다른 건 대체로 신경 안 쓰이지만."

나는 잠자코 밥과 양배추 볶음 같은 것을 계속 먹었다. 나 자신이 허기져 있는지 알 수 없었지만 그래도 한참 더 먹을 수 있을 것 같았다. 그럭저럭 평소처럼 식사가 끝났고, 보통 때라면 각자가 사용한 식기를 개수대로 옮기겠지만 오늘은 내가 식탁 위의 빈 접시와 밥그릇을 겹쳐서 치웠다. 나는 딱히 생각이 없었지만 엄마는 늘 저녁 식사 후에 뜨거운 차를 마시기 때문에 물을 끓이고 차를 우려 엄마에게 갖다줬다. 엄마는 고맙다고 말했다.

"만약에 말이지."

잠시 후 차를 홀짝이며 엄마가 말했다.

"내가 아빠랑 이혼하면 어떨 것 같아?"

"이혼할 거야?"

"아직 확실하게 정한 건 아니야."

나는 한동안 아무 말 없이 잠자코 있었다. 아빠는 당연하다는 듯이 집에 오지 않았고, 그에 대해 나는 더 이상 아무런 느낌도 들지 않았다. 아빠가 집에 안 들어오기 시작하던 무렵, 가끔 마주치면 바쁘다고 변명처럼 말했던 기억이 있지만 그것도 이제 아득히 먼 옛날 일 같았다. 그러고 보니 아빠는 내가 어쩌다가 옛날이라는 단어를 쓰면, 아직 그렇게 오래 살지도 않은 주제에 옛날 같은 단어 쓰지 말라며 언짢은 기색을 내비쳤다. 그런 기억이 떠올랐다.

"아직 정해진 건 아니지만."

잠시 후 엄마가 말했다.

"아이한테 부모의 이혼을 어떻게 생각하느냐고 묻다니, 이건 좀 아닌 것 같네. 하지만 솔직히 말하자면 그렇게 되지 않을까 싶어."

"응."

그러고 나서 둘 다 잠자코 텔레비전을 봤다. 떠들썩한 화면을 멍하니 바라보며, 만약 이혼하면 나는 아빠를 따라가게 되겠지 생각했다. 아빠와 둘이서 사는 건 상상조차 안 되지만 상식적으로 생각하면 그렇게 되겠지, 뭘 생각하는지도 모르고 얼굴도 거의 안 마주치면서 생활하더라도 혈연이란 그런 거겠지 싶었다. 엄마는 손바닥에 턱을 괸 자세 그대로 아무 말 없이 텔레비전을 보고 있었다. 화면 속의 누군가가 크레인에 거꾸로 매달려 머리에 먹물을 묻히고 붓처럼 되어 있었다.

"지금 할 이야기는 아니었던 것 같네. 미안해. 뭔가 상태가 이상해져서 말이야."

엄마는 그렇게 말하며 웃었다.

"아, 싫다, 싫어. 미안해."

"괜찮아" 하고 나는 말했다.

그런 다음, 전혀 그럴 생각이 아니었지만 나는 왠지 눈 이야기를 하게 되었다. 수술하면 치료될 가능성이 있다는 이야기를 했다. 엄마는 내 말을 다 듣고 잠시 침묵하다가 "너는 어떻게 하고 싶어?" 하고 물었다. 나는 아직 잘 모르겠다고 대답했다.

엄마는 찻잔을 양손으로 감싸 쥐고 빙글빙글 돌렸다. 나는 일어서서 개수대로 가 내가 마실 차를 우려서 의자로 돌아왔다.

"…어떻게 할지는 곧바로 정하지 않아도 괜찮지 않을까? 마음만 먹으면 할 수 있다는 사실을 안 것만으로도 지금은 충분하지 않니?" 하고 엄마가 말했다.

"중요한 일이니까 천천히 생각해도 돼."

나는 "맞아" 하고 대답한 뒤, 마실 만한 온도로 차가 식을 때까지 하늘하늘한 김을 바라보며 기다렸다.

고지마한테서는 이제 아무런 연락도 오지 않았다.

편지도 없었고 학교에서는 이야기하는 것은 물론 눈도 마주치지 않았다. 나는 고지마를 봤지만 고지마가 나를 보는 일은 없는 듯했다. 나는 고지마에 관한 여러 가지를 자주 떠올렸다. 등교해서 반 아이들이 오기 전까지, 나는 아무것도 없는 책상 서랍에 손을 집어넣고 가만히 앉아 있었다. 고지마는 늘 자기가 쓴 편지를 여기에 붙여놓았지. 그렇게 생각하면 가슴이 욱신거렸다. 딱 한 번 걸려왔던 전화도 떠올렸다. 그건 여름이었지, 하고 생각했다. 그리고 지금은 가을이었다.

학교는 축제와 체육대회 준비로 매일 떠들썩했다. 나와는 별로 관계없는 곳에서 별로 얽히고 싶지 않은 종류의 여러 소리가 들려오는 느낌이었다. 그런 하루하루 속에서 나는 여느 때와 같은 취급을 받고, 강제로 달리고, 얻어맞고, 비웃음을 당했다. 아무도 그런 것에 질려하는 기색조차 내비치지 않았다. 모든 것이 당연하다는 듯이 반복되었다.

모모세에게도 아무런 변화가 없었다. 나는 그 뒤 새로운 보복 같은 것이 있을지도 모른다고 생각했지만 변한 점은 아무것도 없었다. 모모세가 나와 이야기했다는 사실을 아무도 모르는 눈치였다. 그보다 모모세 자신이 그런 일은 완전히 잊어버리고 전혀 기억하지 못하는 듯한, 혹은 처음부터 그런 일은 없었다는 듯한 태도를 보였다. 그리고 그것은 너무나 자연스러운 행동으로 여겨졌다.

나는 몇 번이나 망설인 끝에 고지마에게 편지를 썼다.

너를 만나서 이야기하고 싶다고 썼다. 내 눈에 대해 제대로 말하지 못한 탓에 오해하게 만들었어. 내 눈이 너한테도 무척 의미 있다는 건 알고 있었고, 그래서 누구에게보다 먼저 이야기해주고 싶었어. 좀 더 잘 이야기했다면 좋았을 거라고 후회하고 있어. 나는 너를 상처 입힐 생각이 아니었어.

그래도 고지마에게서 답장은 없었다.

나는 다시 한번 편지를 썼다. 답장이 없는데도 편지를 계속 써서 보내는 것은 두려운 일이었다. 내일 저녁 5시에 비상계단에 있을게. 혹시 올 수 있으면 와줘. 기다릴게. 나는 그 편지를 아침에 등교하자마자 고지마의 책상 서랍에 붙여뒀다. 하루 종일 고지마의 반응이 신경 쓰였다. 다음 날 다섯 시부터 두 시간 동안 기다려봤지만 고지마는 나타나지 않았다.

교실에서 보는 고지마는 눈에 띄게 야위어갔고, 그 변화는 누구의 눈에도 명백했다. 아무것도 안 먹는구나 싶었다. 반 아이들은 그걸 가지고도 고지마를 놀렸다. 입에 담기도 거북한 비유를 하며 고지마를 욕하고 웃었다. 진심으로 즐거워 죽겠다는 듯한 웃음이었다.

나는 다시 편지를 썼다. 눈 이야기가 아니더라도, 전처럼 다른 화제라도 좋으니 다시 이야기를 나누고 싶어. 게다가 나는 아직 너의 헤븐 그림을 못 봤잖아. 나는 그날을 자주 떠올려.

우리가 편지를 주고받았던 봄에 그랬던 것처럼, 그 후로도 나는 마음속에 있는 것에 대해, 문득 생각난 것에 대해, 읽은 책에 대해, 고지마의 기분이 조금이라도 밝아질 만한 이야기를 골라서 편지에 적어 몇 번이나 보냈다. 그래도 답장은 오지 않았다.

어느 쉬는 시간에 세게 떠밀린 고지마가 내 바로 근처에서 넘어졌다. 나무와 금속이 부딪치는 소리를 내면서, 고지마는 여러 개의 의자와 책상과 함께 바닥에 쓰러졌다.

그 모습을 구경하는 여자애들의 새된 웃음소리 속에서 고지마는 한동안 웅크린 채 꼼짝하지 않았다. 나는 몸이 얼어붙어 손을 내밀 수조차 없었다.

"일어나."

여자애 하나가 빗자루 손잡이를 고지마의 교복 재킷 옷깃에 쑤셔 넣어 일으키려 했다. 고지마한테서는 때 냄새가 났다. 고개를 숙인 채 힘없이 일어서려고 하는 고지마의 얼굴은 뻣뻣한 머리카락으로 뒤덮여 있었다. 나는 앉아서 고지마를 보고 있었다.

고지마가 일어설 때 머리카락 사이로 얼굴이 보였다. 나는 벌써 오랫동안 고지마의 얼굴을 보지 못했다. 나는 기도하는 심정으로 숨을 멈추고 고지마를 봤다. 뺨은 푹 꺼져 있었고 입 주변은 거무스름했으며 입술 껍질이 허옇게 일어나 있었다. 일어서서 여자애들한테 끌려가기 전까지의 짧은 순간 고지마도 나를 봤지만, 그 눈은 내가 여태까지 본 적 없는 고지마의 눈이었다.

"고지마."

내 입에서 고지마의 이름이 새어 나왔다. 하지만 고지마는 아무 대답도 하지 않았다. 아무것도 보지 않는 듯한 눈으로, 고지마는 무언가를 향해 또렷이 미소 짓고 있었다.

*

고지마로부터 편지가 온 것은 수요일이었다.

고지마의 그 미소를 본 뒤로 나는 편지를 잘 쓰지 못하고 있었다. 하지만 고지마한테서 편지가 온 것은 솔직히 기뻤다. 나는 몇 번이나 그 짧은 문장을 되풀이해 읽었다.

편지에는 힘 있는 글씨로 토요일 세 시에 고래 공원에서 기다리겠다고 쓰여 있었다. 우리가 처음 만난 그 공원이었다.

나는 지금도 그 봄날 저녁의 냄새를 선명하게 떠올릴 수 있었다. 걸터앉은 타이어의 딱딱한 느낌과 금이 간 콘크리트 고래의 감촉, 새까맣고 눅눅한 흙냄새를 금세 떠올릴 수 있었다. 나는 고지마의 힘차게 변한 글씨를 보고 처음 받았던 쪽지의 연약한 글씨를 떠올리지 않을 수 없었다. 왠지 무척 그리운 기분이 들었다. 그리고 조금 쓸쓸했다. 나는 그런 기분이 들자 여태까지도 자주 그래왔듯이 고지마한테 받은 편지를 책상에 늘어놓고 다시 읽어봤다. 거기에는 여러 이야기가 쓰여 있었다. 나는 몇 번이나 그 편지들을 되풀이해 읽은 뒤, 하나하나 소중하게 접어서 다시 사전 상자에 가만히 집어넣었다.

토요일 아침, 아빠가 오랜만에 집에 왔다. 휴일이었다. 부엌에 갔더니 소파에 앉아서 텔레비전을 보고 있는 모습이 눈에 들어왔다. 아빠는 내 기척을 느끼고는 "여어"라고만 한 뒤 다시 텔레비전으로 고개를 돌렸다. 리모컨으로 채널을 자주 바꿔대서 그때마다 소리의 볼륨과 종류가 달라졌다.

그러고 나서 셋이서 아침밥을 먹었다. 셋 다 묵묵히 엄마가 차린 음식을 먹기만 했다. 엄마의 붕대는 새하얬다. 왠지 엄마의 팔과 붕대가 다 가짜 같았다. 하지만 저 붕대 아래에는 틀림없이 상처가 있고, 거기서 많은 피가 나던 것을 나는 봤다. 텔레비전만 계속 떠들고 있었다. 마치 우리가 가족의 의무로 떠들어야 할 몫까지 그들이 대신 떠들어주는 듯했다. 그럴 때 나는 언제나 같은 생각을 했다.

아빠는 신문을 읽고 있었다. 얼굴은 보이지 않았다. 읽기 편하게 접거나 페이지를 넘기는 소리를 듣다 보니 점점 속이 메슥거렸고 희미하게 구역감이 치밀어 올랐다. 나는 눈앞의 신문지를 움켜쥐고 찢어버리고 싶은 격렬한 충동에 휩싸였다. 입안에 있는 것을 씹으면서 구역감을 가라앉히고, 머릿속으로 몇 번이나 신문지를 생각하며 그것을 찢어발기는 장면을 상상했다. 만약 그런 짓을 하면 아빠는 어떻게 할까? 아무런 망설임도 없이 때리겠지 싶었다. 하지만 그런 건 아무래도 상관없었다. 나는 신문지를 더 이상 찢을 데가 없을 때까지 좍좍 찢어발기는 것만 상상했다. 상상이 끝나자 나는 내 접시에 있던 것을 전부 입속에 집어넣고 자리에서 일어났다. 아빠가 신문 옆으로 얼굴을 내밀어 내가 먹은 흔적을 봤다. 나는 "잘 먹었습니다"라고 말한 뒤 방으로 돌아왔다.

수학 숙제를 하다가 질리면 읽다 만 책을 읽고, 그러다 질리면 다시 숙제를 했다. 아빠가 집에 있는 것과 오늘 오랜만에 고지마를 만나는 일로 내 마음은 어딘가 불안정해서 뭘 해도 차분해지지 않았다.

그런 걷잡을 수 없는 마음으로 오전을 보내고, 오후가 되자 아빠가 나가는 소리가 들렸다. 조금 있다가 화장실에 가려고 방에서 나오자 엄마도 외출하는 참이었다. 밥을 방금 전에 먹었는데도 오늘은 일곱 시쯤 올 텐데 저녁을 그때 먹어도 되겠냐고 걱정스럽게 물었다. 나는 괜찮다고 대답한 뒤 방으로 돌아왔고, 엄마가 현관을 나가 열쇠로 문 잠그는 소리를 들은 뒤 참지 못하고 페니스를 꺼내 자위를 했다. 침대로 갈 때까지 참을 수 없어서 문 앞에 선 채 손을 움직였다. 이런 일은 처음이었다. 페니스를 평소보다 세게 움켜쥐고 움직이자 부드러운 것과 표정, 막연한 이미지가 떠오르기 시작했고, 그것이 어떤 지점에 도달해 나는 금방 사정해버렸다. 화장지를 준비하지 못해서 왼손으로 정액을 받았다. 손가락 사이로 흘러넘칠 정도의 정액을 쏟아내자 기분이 조금 안정되었지만, 손을 씻고 방으로 돌아와서 침대에 누워 책 뒷부분을 읽다 보니 다시 페니스가 금세 딱딱해졌다. 한동안 그대로 두었지만 곧 가만히 있는 것이 고통스러워졌다. 그 발기는 욱신욱신 맥박이 뛰고 고통이 뒤따를 정도였다. 초조함이든 불안이든 기대든 뭐든, 내 안에 있는 모든 에너지가 페니스로 흘러드는 느낌이었다. 그렇게 한계까지 크고 딱딱해진 페니스를 다시 움켜쥐며 나는 고지마를 생각했다.

그건 나한테 있을 수 없는 일이었다.

자위를 할 때 나는 고지마를 떠올린 적이 없었다. 떠올리고 싶은데 못 그러는 것이 아니었다. 그저 그런 건 하고 싶지도 않고 할 수도 없다는 단순한 이유였다. 나한테 그 둘은 전혀 다른 세계에 속한 것이었다.

하지만 그때 나는 스스로에게도 설명할 수 없고 가로막을 수도 없는 흐름 속에 있었다. 어째서 그때만 그렇게 되었는지 모르겠지만, 떠오르는 고지마의 이미지를 떨쳐낼 수가 없었다. 격렬하지만 무척 자연스러운 흐름으로 고지마는 내 이미지 속에 등장해 나를 향해 웃었다. 미술관 벤치에서 나는 고지마 옆에 앉아 얼굴을 가까이 대고 고지마의 입술을 빨았다. 그리고 고지마의 얼굴에 솟아난 땀을 전부 핥는 장면을 상상했다. 그것은 맛본 적 없는 감각이었다. 다음으로 나는 고지마의 교복을 벗기고 알몸으로 만들어 목욕시키는 장면을 상상했다. 정성껏 머리를 감기고, 비누로 몸의 때를 벗겨내고, 그런 다음 깨끗해진 고지마의 가슴을 손바닥으로 주무르고, 다리를 벌려 그 안으로 들어가는 것을 상상하며 손을 움직였다. 나는 고지마의 몸에서 핥을 수 있는 부분 전부를 빠짐없이 핥은 다음 다시 입술을 빨러 갔다. 그러자 그 얼굴은 언젠가 교실에서 본 여학생으로 변해 있었다. 그 여학생은 나를 보고 있지 않았다. 가지런하게 자른 앞머리 아래의 커다란 눈은 어딘가 다른 곳을 바라보았고, 나는 그 여학생 안으로 들어가는 것을 상상하며 손을 계속 움직이다가 곧바로 사정했다. 정액이 나오는 리듬과 함께 고지마의 이미지가 되돌아왔다. 쾌감이 옅어진 사정의 여운 속에서 고지마는 통통했고, 조금 난처한 듯한 다정한 얼굴로 나를 보고 있었다. 그것은 내가 무척 좋아하는 고지마였다. 그러나 마지막 정액이 나오자 방금 전까지 밝고 부드러웠던 고지마의 얼굴이 순식간에 차가워졌고, 푹꺼진 뺨에 표정이 떨어져 나간 멍한 눈으로 나를 바라보고 있었다. 그러더니 우리는 같은 편이지? 하며 웃었고, 네 눈이 좋아, 하며 또 웃었다. 내가 마지막으로 본 그 미소였다. 나는 상반신을 일으켜 벽에 기대어 가만히 앉았다. 아무 소리도 들리지 않는 조용한 토요일 오후였다. 폐에 고여 있던 무거운 숨을 토해내고 다시 침대로 쓰러졌다. 나 자신이 이루 말할 수 없이 비참했고, 무엇보다 추접하게 느껴졌다. 대체 무슨 짓을 하는 건가 싶었다. 벌렁 드러누운 가슴은 싸늘했고, 등에는 거무칙칙한 구멍이 뚫린 느낌이 계속 들었다. 나는 눈을 감고 그 기분이 지나가기를 기다렸다. 전화벨이 울리는 소리가 들렸지만 몸을 움직일 수 없었다. 정액을 제대로 닦지도 않은 채 어느새 나는 잠들어버렸다.

나는 달렸고, 신호등의 빨간 불이 좀처럼 바뀌지 않는 것을 참지 못하고 타이밍을 노려서 도로를 건너려다가 차에 부딪칠 뻔했고, 급브레이크를 밟은 듯한 남자가 차창으로 얼굴을 내

밀어 큰 소리로 고함을 쳤다. 나는 그제야 내가 달리고 있다는 사실을 깨달은 상태였다. 하지만 그런 나에게 날아드는 호통 소리도 내가 실제로 있는 장소와는 관계없는 곳에서 들려오는, 나와 상관없는 목소리로밖에 들리지 않았다.

하늘은 밝았고 구름은 어디에도 안 보였지만 바람 소리에 섞여서 천둥 치는 소리가 울렸다. 고래 공원에 도착하자 고지마가 있었다. 나는 고지마의 모습을 발견하고 멈춰 서서 몸을 굽히고 숨을 골랐다. 땀이 났고 가슴도 확실히 뻐근했지만 몸에는 달려왔다는 또렷한 감각도, 내 방에서 이곳으로 이동했다는 실감도 느껴지지 않았다. 하지만 나는 고래 공원 가장자리에 있었고, 고지마가 교복을 입고 타이어에 앉아 있는 모습이 보였다. 휴일인데 고지마는 왜 교복을 입고 있을까? 나는 숨을 몰아쉬면서 그런 생각을 하며 천천히 고지마에게 걸어갔다. 모든 것이 평소보다 더 평평하게 보여서 발을 몇 번 앞으로 내디뎌야 고지마 곁에 도착할지 알 수 없었다. 같은 곳에서 제자리걸음을 하는 느낌이었다. 그것을 몇 차례 반복하자 나는 고지마 앞에 서 있었다. "고지마" 하고 이름을 불러봤다. 고지마는 조금 시간을 둔 뒤에 뭔가 생각난 듯이 불쑥 내 얼굴을 봤다. 입을 다문 채 내 얼굴을 바라보며 여러 번 천천히 눈을 깜빡였다. 소리가 들릴 정도로 한 번 한 번이 긴 깜빡임이었다. 그리고 나서 다시 땅바닥으로 시선을 돌렸다. 나는 아직까지 거친 숨소리를 신경 쓰면서 고지마 옆에 걸터앉았다.

"내 편지 읽어줬구나" 하고 나는 말했다.

고지마는 아무 말도 없었다.

"오해를, 아니 오해가 있어서, 지난번에는."

나는 헐떡이며 고지마에게 말을 걸었다. 고지마는 물끄러미 땅바닥만 바라볼 뿐, 나를 보려 하지 않았다. 고지마 옆에서도 내 몸은 여전히 내 방에서 잠들어 있는 기분이 들었다. 손가락을 까딱거려보면 분명 움직였지만, 거기에는 무언가가 결정적으로 부족한 듯한 감각이 남아 있었다. 여러 차례 눈을 꼭 감았다가 뜨면서 이마 안쪽을 또렷하게 만들려고 해봤다. 그러나 가벼운지 무거운지조차 알 수 없는 솜 같은 것이 머릿속의 틈이란 틈에 모조리 박혀 있는 것처럼 둔하게 느껴졌다. 나는 나와 나 이외의 것 사이의 거리감이 잘 파악되지 않았다. 거기에 거리가 있는지조차 알 수 없었다. 꿈을 꾸는 것 같았다. 마치 나 자신이 내 눈이 된 듯한 느낌이었다.

나는 한참을 아무 말 없이 고지마 옆에 앉아서 고지마의 무릎을 보고 있었다. 그런 다음 그 무릎 위에서 갈라진 치마 주름 귀퉁이로 손을 뻗어봤다. 보이는 것을 제대로 만질 수 있는지 알고 싶었다. 부옇게 보이는 내 손가락이 고지마의 치마 귀퉁이에 닿았다. 그런 다음 나는 그 조금 위에 놓인 고지마의 손을 만졌다. 내 손끝은 거기에 보이는 고지마의 살색 손에 확실하게 닿았다. 차갑지도 따뜻하지도 않았지만 그것은 현실에 있는 고지마의 손이었다. 내가 만져도 고지마는 꼼짝하지 않았다. 나는 고지마의 손에 내 손바닥을 댄 채로 잠자코 있었다. 그리고 고지마의 꾀죄죄한 운동화를 바라보았다.

문득 인기척이 느껴져 고개를 들어보니 모모세의 얼굴이 있었다.

옆에는 니노미야가 있었고, 그 주위로 아는 얼굴이 여러 개 늘어서서 이쪽을 보며 히죽거리는 모습이 보였다. 순간적으로 그때의 체육관 냄새가 되살아났다. 낯익은 반 여자애들의 얼굴도 셋 섞여 있었다. 나는 영문을 알 수 없어서 그저 거기에 있는 얼굴 하나하나를 바라보았다. 전부 일곱 개의 얼굴이 있었다. 그것들을 아무리 바라보아도 어찌 된 일인지 알 수 없었다. 어째서 이곳에 있는 걸까? 나랑 고지마가 있는 곳에 왜 이들이 있는 걸까?

"계속해봐."

부하 중 하나가 웃으며 그렇게 말하더니 내 무릎을 걷어찼다. 청바지 무릎에 진흙이 묻었다. 한 여자애가 꺄악 소리를 지

르며 웃는 것이 들렸다. 나는 걸어차인 부분을 왼눈으로 물끄
러미 바라보았다. 그런 다음 왼쪽 손가락 끝으로 진흙을 만졌
다. 틀림없는 현실의 진흙이었다. 나는 방금, 걸어차인 것이다.
발로 다리를 걸어차인 것이다. 그렇게 속으로 또박또박 말해
봤다. 통증다운 통증은 없었다. 그런 다음 낮은 웃음소리가 났
고, 얼른 하라고 말하는 몇몇 목소리가 들려왔다. 고지마는 여
전히 아래를 보고 있었다.

"더러운 장면이네."

니노미야가 나에게 말했다.

"너희, 맨날 여기서 하는 거냐?"

니노미야의 말에 여자애들의 즐거워하는 목소리가 어우러
졌고, 나는 또다시 무릎을 걸어차였다. 이번에는 확실한 감촉
이 있었다.

"저 안에서? 저기?"

"너무 더러워."

여자애 하나가 말하자 다시 몇 명이 웃었다. 모모세는 니노
미야와 마찬가지로 팔짱을 끼고 조금 떨어진 곳에 서 있었다.

"우린 알고 있어, 너희 일."

한 아이가 말했다.

"안 들켰다고 생각했어?"

나는 그들이 무슨 소리를 하는지 알 수 없었다.

"이것 봐."

니노미야가 쭈그려 앉아 나에게 말했다.

눈앞으로 다가온 니노미야의 얼굴은, 분위기는 바뀌었지만 내가 잘 아는 것이었다. 아직 우리가 어렸을 때 이 얼굴에 붙어 있는 이 입에서 내 이름이 호감과 함께 발음되었던 적도 있었지. 나는 그런 걸 생각했다.

"난 실제로 본 적은 없거든. 그러니까 좀 해봐."

"뭘?" 하고 나는 물었다. 나 자신한테도 들릴락 말락 할 정도로 약한 목소리였다. 하지만 그 목소리는 니노미야의 귀에 확실히 닿았다.

"섹스 말이야."

주위에 선명한 웃음소리가 퍼졌다.

내 안에 숨이 멎을 듯한 공백이 생겼고, 니노미야가 한 말이 머릿속에서 재현되었다. 섹스, 라고 니노미야는 말했다. 일정한 리듬을 타던 내 심장 박동은 빨라지기 시작했고, 어깨에 힘이 들어가는 것이 느껴졌다. 그리고 나는 여기로 오기 전에 한 사정을 떠올렸다. 침을 삼키는 소리가 또렷하게 귓속에서 울려 퍼졌고, 혓바닥 표면이 말라서 그 위로 흘러나오는 숨이 갑자기 뜨거워진 듯했다. 왜 이들은 지금 그런 말을 나에게 하는 걸까? 우리가 여기에 있다는 사실을 어떻게 안 걸까? 이들은 대체 뭘 하고 싶은 걸까? 어째서 나의 사정과 그들이 관계있는 걸까? 나는 대체 어디를 보고 뭘 생각하면 좋을지 알 수 없었다. 조금 떨어진 곳에 모모세가 서 있었다. 모모세는 나를 보고 있지 않았다.

"하여간 대단해."

니노미야가 일어서서 웃었다.

"너희, 학교에서도 했냐? 굉장하네. 그건 굉장해."

그렇게 말하더니 감탄한 듯이 고개를 흔들었다.

"한번 보여줘 봐."

"안 했어."

나는 작은 목소리로 그렇게 대답했다.

"그런 거, 안 했어."

내가 말하자 그에 맞춰 모모세를 제외한 모두가 벼락이라도 맞은 듯이 갑자기 요란하게 웃어댔다. 뭐가 우스운 걸까. 나는 질문에 대답했을 뿐이다. 그런 것은 하지 않았다. 등에서 허리로 땀이 흘러내리는 것이 느껴졌다. 귓속에서 내 심장 소리가 커졌고, 그 소리에 맞춰 세계가 윙윙 흔들리는 듯했다. 나는 오른손을 고지마의 손에 겹친 채 어느새 꼭 쥐고 있었다. 하지만 고지마는 그에 대해 아무런 반응도 보이지 않았다.

"왜 너희가 여기에 있는 거야?"

나는 쉰 목소리로 니노미야에게 물었다.

"고지마랑 만나기로 했다고 들어서."

"너희가 편지를 쓰게 했어?"

"글쎄" 하며 니노미야는 웃었다.

"이것 봐, 우린 지금부터 볼일이 있다고. 그러니까 얼른 보여줘."

니노미야가 말하자 부하 하나가 아까와는 비교도 되지 않을 정도로 세게 내 허벅지를 걷어찼다.

"그런 거….."

나는 허벅지를 감싸 쥐며 말했다.

"안 했어."

"걔들도 아무 데서나 하잖아?"

니노미야는 태연하게 말했다.

"그 녀석들도 전혀 신경 쓰지 않지? 자, 노력하면 너도 할 수 있어. 그러니까 애 좀 써봐" 하며 웃었다.

"우리는 이제부터 다른 볼일이 있단 말이야. 그러니까 이것만 기다릴 수 없다고. 오늘 일정을 소화하기 위해서라도 얼른 해줘. 그다음 걸 하면 된다니까."

니노미야는 얼굴 전체를 써서 정말로 즐겁다는 듯한 표정으로 나를 봤다. 그 웃음을 만드는 주름에는 생생한 기쁨이 가득했다. 이건 사람의 얼굴이야, 하고 나는 생각했다. 무언가를 축복이라도 하는 듯한 색깔을 띤 입술 끝은 좌우로 쭉 올라갔고, 눈은 빛으로 젖어 있는 것처럼 보였다.

"너는… 제정신이 아니야."

내가 말하자 니노미야는 주위 아이들과 얼굴을 마주 보더니 곧 큰 소리로 웃음을 터트렸다.

"아무래도 좋으니까 얼른 해."

니노미야의 명령으로 나는 한 아이에게 어깨를 붙들려 강제로 일어섰고, 그때 고지마의 손을 놓치고 말았다. 나는 허둥지둥 고지마의 손을 다시 잡았다. 그 모습을 보고 또다시 웃음소리가 터져 나왔다.

"그러니까 하라고."

나는 고개를 저으며 타이어에 주저앉았다. 그런 다음 다시한번 힘을 줘서 고지마의 손을 잡았다. 그리고 잡은 손에 더욱 힘을 주며 눈앞에 서 있는 녀석들의 틈을 순간적으로 노려 도망치려고 했다. 하지만 금세 셔츠 등을 붙잡혀 끌려가서 넘어졌다. 넘어질 때 손을 놓지 않은 탓에 고지마도 함께 넘어지고 말았다. 나는 고지마에게 괜찮냐고 물었다. 고지마는 눈을 똑바로 뜬 채 잠시 후 상반신을 일으켰고, 나를 보지 않고서 천천히 고개를 끄덕였다. 반 아이들은 나와 고지마를 둘러싸며 내려다봤고, 우리는 그 시선 아래에서 땅바닥에 웅크려 앉아 꼼짝도 하지 못했다.

"그나저나 넌 고지마가 더럽지도 않냐? 아까부터 지독한 냄새가 나던데. 나만 느꼈어?"

"평소에도 그래."

여자애 하나가 대꾸하며 고지마의 등에 신발 밑창을 대고 문질렀다.

"아 참, 나 아까 똥 밟은 것 같은데."

"괜찮아. 원래 더러우니까."

"공해야. 쓰레기라니까, 음식물 쓰레기."

고지마는 등을 밟히듯이 떠밀리며 고개를 숙였고, 두 손을 땅바닥에 짚었다. 나는 그 여자애의 얼굴을 쳐다봤다. 그러자 그 여자애가 사팔뜨기는 어딜 보는지 모르겠으니까 아래를 보라며 웃었다.

"너희 더러워. 사팔뜨기랑 음식물 쓰레기."

나와 고지마는 그 자세 그대로 움직이지 않았다. 하늘은 여전히 밝았지만 천둥소리의 간격이 점점 짧아지고 있었다.

이건 실제로 일어나고 있는 일일까? 나는 생각했다.

이건, 실제로 일어나고 있는 일일까? 아까 나는 내 방에 있었고, 집에서 뛰쳐나와 고지마를 만나러 왔을 터다. 늘 그랬듯이 나와 약속한 고지마를 만나러 온 것이다. 나와 고지마의 세계에 어째서 이런 일이 일어나는 걸까? 누구한테 무슨 짓을 한 것도 아니고, 나도 고지마도 아무것도 하지 않은 채, 정말로 아무것도 안 하면서 모든 걸 지나가게 두고 있는데 왜 이런 일이 일어나는 걸까? 나는 그냥 고지마를 만나고 싶었고, 그래서 만나러 왔을 뿐인데 어째서 나와 고지마는 걷어차이고 짓밟히면서 여기서 웅크리고 있어야 하는 걸까?

하지만, 하고 나는 생각했다.

이건 약속도 뭣도 아니었을 것이다. 고지마는 나를 만나고 싶었던 것이 아니다. 무슨 일이 있어서 니노미야 패거리가 우리의 편지 교환을 알아챘고, 그 무리 중 누군가가 고지마에게 편지를 쓰라고 억지로 시켰을 뿐이었다. 지금 이 상황으로 고지마를 끌어들인 건 나인지도 모른다. 아니, 내가 끈질기게 편지를 보냈기 때문에 이런 일이 일어나버린 것이다.

내가 암만 그런 생각을 해봤자 머릿속에만 있는 말에는 아무 힘도 없었다. 고지마는 움직이지 않았다. 가느다란 빗줄기가 코끝에 닿은 듯한 느낌이 들었다. 나는 고개를 들어 하늘을 봤다. 비구름 같은 구름은 어디에도 없었다. 아까에 비해 밝기가 조금 덜해진 듯했고, 그 희미한 밝음은 공기에 색을 입혔다.

진짜라면 이제는 떠올리지도 않을 듯한, 언젠가 어딘가에서 본 것 같은 그런 그리운 느낌의 색이었다. 방금 전까지 다소 쌀쌀했던 공기 속에 미지근함이 띠처럼 떠돌며 우리 주위를 가득 채우려 했다. 천둥이 멀리서, 또 가까이에서 교대로 치는 소리가 계속 들려왔다.

"내가 뭐든 할 테니까 고지마는 돌려보내 줘."

나는 니노미야에게 말했다.

"부탁이야. 고지마는 나를 만날 생각이 없었어. 내가 끈질기게 편지를 보냈을 뿐이야. 내가 전부 일방적으로 한 거라고. 그러니까 고지마는 관계없어. 고지마는 나랑 제대로 이야기해본 적도 없는걸. 내가 멋대로 고지마한테…."

나는 그렇게 말하고 가슴이 메여 아무 소리도 할 수 없어졌다.

몇 번이나 침을 삼키고 숨을 멈추며 마음이 진정되기를 기다렸다가 말했다.

"내가 혼자서 한 짓이야. 그러니까…."

"거짓말하지 마. 우리가 조사한 거랑 다른데?"

부하 하나가 그렇게 말하고 웃었다.

"거짓말이 아니야. 사실이야."

"자아, 자."

팔짱을 끼고 있던 니노미야가 달래는 듯한 어조로 말했다.

"그런 거 아무래도 상관없어. 그러니까 너, 얼른 바지 벗어. 시간 없다는 말 못 알아듣겠어?"

"고지마를 돌려보내 줘."

내가 말했다.

"그럼 넌 누구랑 할래?" 하며 니노미야가 웃었다.

"…고지마를, 돌려보내 주세요. 부탁입니다."

나는 나도 모르게 이마를 땅에 대고 니노미야에게 애원하고 있었다.

"이것 봐."

니노미야는 우습다는 듯이 말했다. 그리고 신발 끝으로 내 머리를 가볍게 찼다.

"야, 난 이런 열정적인 건 딱 질색이야. 직접 벗을래? 아니면 벗겨줄까?"

나는 고개를 들고 모모세를 봤다. 안경에 묻은 검은 흙 사이로 모모세의 모습이 보였다. 나는 무릎을 꿇은 채 모모세의 이름을 불렀다.

"모모세, 너는 이런 거, 이런 짓에 아무 의미도 없다는 걸 알잖아? 이런 거, 하나 마나 똑같다는 거 넌 알잖아? 그렇지? 너는 알지? 그러니까 모모세, 제발, 모모세."

내가 외쳤고 다음 순간 니노미야가 손바닥으로 내 얼굴을 때렸다. 안경은 한쪽 귀에 걸쳐졌고, 뺨이 확 뜨거워지더니 잠시 후 입안에서 희미하게 피 맛이 번지는 것이 느껴졌다.

"시끄러워. 맘대로 떠들지 마. 옷 벗어."

나는 발을 버둥거리며 저항했지만, 부하 둘이 내 뒤에서 겨드랑이 아래로 팔을 넣고 붙들어 벨트를 풀기 시작했다. 여자애들이 웃는 소리가 들렸다. 나는 고지마에게 도망가라고 말했다.

"집에 가!"

나는 땅에 쪼그려 앉아 있는 고지마를 죽을힘을 다해 돌아보며 큰 소리로 외쳤다. 하지만 고지마는 그 자리에서 움직이지 않았다.

"뛰어가, 내 말 들어!"

나는 저항하면서 고지마를 향해 필사적으로 외쳤다. 그래도 고지마는 꼼짝하지 않았다.

청바지가 벗겨져 내려가고, 뒤집힌 채로 발을 떠났다. 윗도리도 벗기라는 니노미야의 명령에 나는 셔츠를 빼앗기고 팬티한 장뿐인 차림이 되었다.

"양말이랑 신발은 그대로 둬. 뭔가 재밌으니까."

내 모습을 지켜보던 여자애들이 니노미야가 히죽거리며 하는 말을 듣고 몸을 비비 꼬면서 웃었다. 다른 이야기를 하던 여자애도 내 모습을 보고 즐거운 목소리로 징그럽다고 말했다. 나는 옷을 되찾으려 했지만 무리 중 하나가 뭉쳐서 고래 위에 올려뒀다. 나는 거기로 갈 수 없었다.

낮아졌다 높아졌다 하는 웃음소리와 그 밖의 이야깃소리 속에서 나는 그 모습 그대로 우두커니 서 있었다. 추위나 더위 같은 건 전혀 느껴지지 않았다. 그저 아까보다 공기 색이 짙어졌다는 것을 느낄 뿐이었다.

"자, 이제 고지마도 벗겨."

니노미야가 말했다.

나는 귀를 의심했다.

"무슨 말을 하는 거야?"

내가 외쳤다. 목소리가 덜덜 떨리고 있었다.

"무슨 소리냐고."

"고지마 옷을 벗기라고 했어."

니노미야는 시치미 뗀 얼굴로 말했다. 그런 다음 나에게 다가와 귓가에 대고, 입을 크게 벌려 또박또박 확인하듯이 다시 말했다.

"고지마 옷을 벗기라고 했다고."

가슴 언저리부터 목까지 뜨거운 열이 확 솟구쳤다.

천둥이 울리더니 여전히 밝은 하늘에서 빗방울이 후드득 떨어졌다.

"비 오네."

여자애 하나가 귀찮다는 듯이 말하는 것이 들렸고, "이게 그 거지? 쥐 시집가는 날" 하자 누군가가 "그거 여우야" 하고 대답하는 소리가 들렸다. 비가 오기 시작하는데도 햇빛은 아까보다 강해진 듯했다. 구름도 없는데 어디서 내리는지 모를 비가 공기와 햇빛을 통과해 금색으로 물들어 실처럼 쏟아졌고, 잔잔한 소리를 내며 고래 등이나 타이어 표면과 마찬가지로 내 피부를 적셨다.

"네가 못 벗기겠다면 다른 애한테 시킬 거야."

니노미야가 말했다.

"비도 오니까 얼른 해."

나는 입을 다문 채 꼼짝하지 않았다.

"너 말이야, 이대로 시간을 끌고 있으면 없던 일이 될 것 같아? 어물쩍 넘어갈 수 있을 것 같냐고."

니노미야가 또 말했다.

"근데 그런 일은 없단 말이지. 난 이런 것에는 완벽주의자 야. 중간에 그만두지 않는다고. 결코 다음으로 미루지도 않지. 결과는 오늘 안에 볼 거거든. 넌 내 명령을 오늘 따르는 거야.

말해두겠는데 그것 말고 선택지는 없어."

"그런 거 안 할 거야."

내가 말했다.

"네가 안 하면 우리가 해야지."

니노미야는 그렇게 말하고 웃었다.

"게다가 네가 그런 꼴로 무슨 말을 하든 아무런 설득력이
없어."

비가 온다고 여자애들이 불평을 해서 니노미야의 부하들
과 옥신각신하는 모양이었다. "이런 거 질렸어" 하는 목소리
도 들렸다. 나는 잠자코 서 있었다. 주위의 목소리는 점점 커졌
고, 니노미야가 그쪽을 향해 갈 테면 먼저 가라고 말했다. 여자
애들은 한동안 투덜거렸지만 곧 다른 이야기를 시작하며 결국
그 자리를 떠나지 않았다.

"넌 안 한다는 거지? 그럼."

니노미야가 조금 짜증이 난 말투로 부하 하나에게 고지마를
일으켜 세우라고 말했다. 나는 거의 무의식중에 타이어 아래
에서 뒹굴고 있던, 두 손으로 움켜쥘 수 있는 돌에 손을 뻗었고
그 가장자리를 손가락 끝으로 확인한 후 집어 들었다. 무게감
이 느껴지는 묵직한 돌이었다. 나는 손에 쥔 그 돌을 물끄러미
바라봤다.

"너, 멋대로 무슨 짓을 하는 거야?"

그 모습을 보고 니노미야가 말했다. 나는 그 말에 대답하지 않은 채 윤곽이 이중으로 흐릿해진 손안의 돌을 보고 있었다.

돌의 절반은 까맣게 젖어 있어 피가 연상되었다. 까만 부분에는 뾰족한 모서리가 있었다. 나는 돌의 마른 부분을 쥐고 뾰족한 모서리를 물끄러미 바라봤다.

병원 벤치의 그 어두운 그늘 속에서 모모세가 나에게 했던 말을 떠올렸다. "왜 너는 그걸 못 해?" 왜 나는 그걸 못 할까? "해보면 상황이 바뀔지도 모르잖아." 그럴지도 모른다. "죄책감은 안 들어?" 이번에는 내가 모모세에게 묻고 있었다. "안 드는데. 전혀 안 들어." 모모세는 당연하다는 듯이 대답했다. "할 수 있는 일은 우연히 그걸 할 수 있을 뿐인 거야. 그 이상도 이하도 아니야. 의미 따윈 전혀 없어." 의미가 없다고? 모모세는 나를 향해 눈짓만으로 웃고 있었다. "봐, 옳은 것도 그른 것도 없어. 그저 각자의 입장이 있을 뿐이야. 그 입장과 해석 속으로 얼마나 타인을 끌어들일 수 있는가. 압도적으로, 찍소리 못 하게 자기 틀 속으로 끌어들일 수 있는가. 결국은 그뿐 아니야?" 난 남을 끌어들이고 싶지도 않고, 끌려 들어가고 싶지도 않아. 나는 모모세에게 외쳤다. "너, 그런 건 당연히 안 되지." 모모세는 웃었다. "나는 이 세상의 규칙에 대해 말하는 거야. 이상 같은 게 아니라. 이미 설정이 끝나서 완전히 기능하고 있는 단순한 시스템 이야기를 하는 거라고. 그러니까 손에 쥐고 있는 그 돌로, 그리고 싶으면 니노미야의 머리를 때리면 돼. 지금이라면 방심하고 있을 테니 힘껏 머리를 때리면 일단 쓰러지겠지. 그럼 그 틈에 일어나지 못할 때까지 머리를 치면 되잖아. 마음도 후련해지고 고지마도 지킬 수 있어. 그렇게 되면 주위 녀석들은 눈 깜짝할 사이에 도망갈 거야. 물론 나도 도망갈 거고. 그래도 뭐, 이 상황이라면 무슨 짓을 하든 네가 비난받지는 않을걸? 오히려 동정받지 않을까? 해보면 되잖아. 너는 왜 그걸 못 하는 거야? **왜 그걸 못 하는 건데?**"

빗줄기는 아까보다 강해졌다. 천둥도 그치지 않았다. 밝은 황토색 하늘에 이따금 둔한 빛이 스쳐갔고, 쏟아지는 빗방울은 전부 반짝반짝 빛났다. 땅바닥 군데군데에 얕은 물웅덩이가 생기기 시작했다. 나는 돌을 손에 쥐고 치켜들어 니노미야에게 덤벼드는 장면을 몇 번이나 그려봤지만 몸이 움직이지 않았다. 상상력이 부족한 걸까. 나는 돌로 내리치는 장면을 다시 한번 머릿속에서 재생했다. 하지만 잘 되지 않았다. 나는 돌을 쥔 채 숨을 내뱉었다. 모모세의 말대로 할 수 있는 일이라면 그건 할 수 있는 일이었다. 옳은 것도 그른 것도 없는, 단순히 할 수 있는 일이었다. 지금 나에게 해야 할 일이 있다면 싸우는 것이 아닌가. 이 돌을 들고 지금 니노미야에게 가야 하는 게 아닌가. 그렇게 해야 하지 않나. 내 손에는 돌이 있다. 이대로라면 아무것도 안 바뀌지 않겠는가. 너는 그걸 진절머리가 날 정도로 잘 알지 않는가. 나는 돌을 두 손으로 고쳐 쥐고 힘을 줬다.

그때 고지마가 천천히 일어서더니 내 팔을 잡았다.

나는 고지마의 얼굴을 봤다.

고지마는 아무 말 없이 내 얼굴을 바라보고 있었다. 머리카락에서는 빗방울이 뚝뚝 떨어졌고, 눈썹에서도 빗물이 빛나는 것이 보였다. 고지마는 내 팔에서 손을 살짝 뗐다. 나는 아무 말도 할 수 없었다. 나는 고지마의 얼굴을 봤다. 그리고 그때, 내가 지금까지 대체 얼마나 많은 시선을 받아왔는지 깨달았다. 피하려고 하는 시선이 있었고, 혐오의 시선이 있었고, 조소의 시선이 있었다. 나는 아주 어릴 적부터 전혀 모르는 사람들로부터 그런 시선을 받아왔고, 그것을 받아들일 수밖에 없었다. 그렇지만 아주 드물게 다정한 시선도 있었다. 내 눈이 좋다고 말해주고 바라봐준 시선이 있었다. 손을 잡고 똑바로 나를 봐주는 시선이 있었다. 나는 이때 그 사실을 깨달았다. 하지만 지금 내 눈앞에 있는 고지마의 눈에는 이제 어떤 감정도 깃들어 있지 않았다. 아무것도 보지 않는 고지마의 눈을 보고 나는 그것을 통감했다.

고지마는 천천히 걸어가 니노미야의 눈앞에 섰다.

니노미야는 한 발자국 뒷걸음질 쳤지만 아무 말도 하지 않았다. 부하들이 순간 웅성거리다가 곧 조용해졌다. 고래에 기대어 이쪽을 보던 모모세는 팔짱을 다시 끼고 턱을 당겼다.

고지마는 신발을 벗은 다음 양말을 벗고 맨발로 흙 위에 섰다. 그러고 나서 옷깃 사이에 손가락을 넣어서 넥타이를 풀더니 돌돌 말아 재킷 주머니에 넣었다. 아주 느린 동작이었다. 그 뒤 재킷을 벗어 땅바닥에 떨어트렸고, 블라우스 단추를 위에서부터 하나씩 풀어 내렸다. 다음으로 치마 후크를 풀더니 그대로 땅에 툭 떨어트렸다. 발치에 남색 원이 생겼고, 펼쳐진 치맛자락은 물웅덩이에 잠겼다. 비가 그 색깔을 곧 짙게 물들였다. 맨발에 하얀 탱크톱과 속바지 차림이 된 고지마는 남색 속바지를 벗어서 떨어트리고 하얀 속옷만 걸친 모습이 되었다. 비 때문에 천이 몸에 달라붙었고, 물방울이 여러 줄기로 무늬처럼 흘러내렸다. 아무도 입을 열지 않았다. 고지마는 탱크톱을 뒤집어 올려 팔꿈치부터 팔을 뺐고, 그다음에 목을 빼더니 그것도 땅바닥으로 떨어트렸다. 발가벗은 고지마의 상반신이 드러났다. 갈비뼈가 도드라져 보이는 작은 몸이었다. 그런 다음 고지마는 팬티를 벗고 완전한 나체가 되었다. 누구도 아무 말을 하지 않았다. 비가 오는 소리만 들렸고, 고지마는 그 속에서 있었다. 고지마가 벗어 던진 교복에도 고지마의 몸에도 금색 비가 쏟아져 내리고 있었다. 햇빛을 반사한 물웅덩이는 반짝반짝 튀어 올랐고 빗줄기는 더욱 거세졌다.

발가벗은 고지마는 등을 쭉 펴고 그대로 가만히 니노미야의 눈앞에 서 있었다.

고지마는 미소 짓고 있었다.

누구도 아무 말을 하지 않았다.

고지마는 완벽한 미소를 띤 얼굴로 천천히 발가벗은 몸을 돌려 니노미야 앞에 다시 마주 섰다. 그런 다음 두 팔을 펼치고 눈을 부릅뜨더니 입을 벌려 큰 소리로 웃었다. 낮은 곳에서 높은 곳으로 서서히 올라가는 듯한 섬뜩한 웃음소리였다. 몸속의 목소리가 웃음이 되어 모조리 빠져나오자, 고지마는 한 걸음 한 걸음 확인하는 것처럼 주위 아이들에게 서서히 걸어가 가장 왼쪽에 있던 여자애의 뺨을 오른손으로 감싸듯이 쓰다듬었다. 고지마가 뺨을 쓰다듬은 아이는 짧은 비명을 내지르며 뒤로 홱 물러나서 도망갔다. 덩달아서 나머지 여자애들도 뛰어갔다. 고지마는 미소를 띤 채 그 옆에 서 있던 남자애한테도 똑같이 손을 뻗었다. 남자애는 순간적으로 비웃는 듯한 표정을 지어보였지만 그 얼굴은 금방 무너졌고, 고지마의 손을 뿌리치려고 뒷걸음질 치다가 역시 여자애들과 마찬가지로 달아났다. 거기에 있던 아이들은 저마다 작은 괴성을 지르며 뿔뿔이 흩어졌고, 서로가 서로를 쫓아가듯이 공원 밖으로 도망쳤다. 남은 것은 니노미야와 모모세뿐이었다. 속옷과 신발만 걸친 나는 억수같이 쏟아지는 금색 비를 맞으며 두 손으로 돌을 쥔 채 그 광경 속에 그저 우두커니 서 있을 수밖에 없었다.

거기에 있는 것은 내가 본 적 없는 고지마였다.

교실에서 내 발치에 넘어졌을 때 봤던 미소와는 비교도 되지 않는 정체불명의 **강함**이 깃든 얼굴로 고지마가 거기에 서 있었다.

나는 그야말로 믿을 수 없는 기분이었다. 고지마는 알몸으로 격렬한 비를 맞으며 소리 내어 웃고 있었다. 고지마는 니노미야를 향해 팔을 뻗고 손을 벌려 계속 웃었다. 이건 아주 의미 있는 일이야, 하고 말하는 고지마의 목소리가 들리는 듯했다. 내가 무척 좋아했던 고지마의 목소리다. 나는 고지마에게 네 목소리는 6B 연필심처럼 멋지다고 편지에 썼던 것을 떠올렸다. 고지마는 나를 보며 웃고 있었다. 저기 고지마, 이런 일에 정말 의미가 있어? 나는 고지마에게 물었다. 물론이지. 우리는 복종하고 있는 게 아니야. 받아들이고 있는 거지. 그리고 우리는 올바른 게 뭔지 잘 알아. 여기에는 확실한 의지가 있는 걸. 이 애들은 아직 여러 가지를 모르고 있을 뿐이야. 전에도 이 이야기를 했지? 언젠가 분명히 알게 될 때가 올 거라고. 그렇게 말하고 고지마는 웃었다. 그리운 미소였다. 있잖아, 약함에는 의미가 있어. 분명한 의미가 있다니까. 나는 잠자코 고지마의 목소리에 귀를 기울였다. 하지만 말이야. 고지마가 말했다. 약함에 의미가 있다면 강함에도 의미가 있는 거야. 그것도 약한 녀석이 자신의 약함을 정당화하기 위해 만들어낸 수준 낮은 의미 말고. 나는 고지마의 얼굴을 봤다. 그러자 그 얼굴은 모모세로 변했다. 모모세는 웃으며 나에게 말했다. 뭔가에 의미가 있다면 모든 것에 의미가 있고, 없다면 전부 없어. 그러니까 말했잖아, 결국 똑같다고. 너나 나나 자기 편할 대로 세상을 해석할 뿐이라고. 그 조합일 뿐이라고. 이런 단순한 이야기도 또 없잖아. 그러니까 힘을 기르는 수밖에 없어. 상대의 사고방식과 규칙과 가치관을 통째로 집어삼켜서 찍소리 못 하게 만들 압도적인 힘 말이야. 나는 그런 힘 따위 원치 않는다고 외쳤다. 나는 끌려 들어가고 싶지도 않고, 끌어들이고 싶지도 않아. 그런 말 하면 안 돼. 고지마가 부드럽게 말했다. 우리는 옳은 게 뭔지 알잖아. 이 고통과 괴로움은 반드시 보상받는다는 걸 제대로 증명해내야 해. 이건 더 이상 우리만의 문제가 아니라고 내가 너한테 말했지? 그래서 너한테는 그 눈이 있고 나한테는 표시가 있는 거야. 그래서 우리가 만난 거야. 일어난 일에는 반드시 의미가 있으니까. 고통과 슬픔은 극복해낼 의미가 있으니까. 고지마는 그렇게 말하며 웃었다. 그러니까 그 의미로 모두를 끌어들여야 해. 모모세의 낮은 목소리가 들렸다. 나는 퍼뜩 놀라며 고지마를 봤다. 얼굴은 그대로 고지마인데 목소리만 모모세로 변해 있었다. 그런 다음 고지마의 목소리가 들리나 했더니 모모세의 얼굴이 나타났고, 이건 이상이 아니고 진실이야, 하고 말했다. 상상력도 뭣도 필요 없는, 그저 이곳에 존재하는 사실이야. 그러더니 웃음소리가 울려 퍼졌다. 그 소리는 모모세의 목소리와 점점 더 구분되지 않게 되어 함께 울렸고, 표정도 겹쳐서 분간이 가지 않았다. 나는 눈을 감고 몇 번이나 머리를 흔들었다.

눈을 떠도 고지마는 여전히 웃고 있었다.

니노미야는 눈을 부릅뜨고 고지마를 보면서도 아무 말도 하지 않았다. 고지마는 오른손으로 니노미야의 뺨을 쓰다듬었다. 니노미야의 몸이 굳는 것이 멀리서도 보였다. 고지마는 미소를 지으며 그 손을 들어 올려 천천히 머리를 쓰다듬었다. 니노미야는 본 적 없는 표정을 지었고 뺨이 순식간에 붉게 물들었다. 얼굴은 얼룩덜룩 빨개졌다. 니노미야는 주먹을 꼭 쥔 채 그 자리에서 꼼짝하지 못하는 듯했다. 고지마는 니노미야의 머리를 한참 쓰다듬은 뒤 몽유병 환자 같은, 그러나 단단한 걸음걸이로 모모세에게 걸어갔다.

고지마가 모모세에게 손을 뻗으려 할 때, 갑자기 정신이 돌아온 듯한 니노미야가 달려와 뒤에서 머리카락을 움켜쥐고 고지마를 쓰러트렸다. 알몸인 고지마가 물웅덩이에 내동댕이쳐졌다. 물방울이 튀어 올랐고 등이 부딪치는 둔탁한 소리가 났다. 나는 쥐고 있던 돌을 내던지고 고지마에게 달려갔다. 니노미야는 시뻘건 얼굴로 나와 고지마를 내려다봤다. 모모세는 팔짱을 풀고 제 입술을 만지며 고지마를 바라봤고, 반달 모양이 된 눈으로 기쁜 듯이 웃었다.

"뭐 하는 거야?"

공원 밖에서 큰 소리가 나서 퍼뜩 놀라 뒤돌아봤다. 우산을 쓰고 다른 손에 비닐봉지를 든 중년 여성이 고개를 쑥 내밀어 이쪽을 살피고 있는 것이 보였다. 니노미야가 모모세의 팔을 툭 친 뒤 먼저 뛰어갔고, 그런 다음 모모세가 반대 방향으로 달렸다.

"아니, 너희 대체 뭐 하는 거야?"

그렇게 말하며 여자가 공원 안으로 걸어오는 모습이 보였다. 나는 발가벗은 채로 웃으며 벌렁 쓰러져서 꼼짝도 안 하는 고지마의 어깨를 안아 일으켰고, 비에 푹 젖어버린 교복 뭉치를 끌어당겨 그 몸을 덮었다. 빗발은 약해졌다. 햇빛은 한층 강해져서 고지마의 피부가 뽀얗게 빛나 보였다. 고지마는 나에게 기대어 웃으면서 울고 있었다. 나를 향해 웃는 그 두 눈에 가득 차오른 눈물이 진흙과 비에 섞여 흘러내렸다. 아팠지, 하고 나는 말했다. 고지마, 아팠지, 아팠지, 그 말만 되풀이했다. 내 눈에서도 눈물이 툭툭 떨어졌다. "잠깐, 너 발가벗고 있잖아? 이 애도 알몸이네. 뭐 하는 거야?" 하는 당황한 목소리가 들렸고, 비닐봉지가 스치는 소리가 나더니 "여기 있어봐" 하고서 내 어깨를 흔들었다. 하지만 나는 아무 대답도 하지 않았다. 나는 고지마, 하고 몇 번이나 고지마의 이름을 부르며 어깨를 어루만졌다. 고지마는 아무 말 없이 웃으며 계속 울었다. 나는 고지마의 목을 껴안았다. 내 눈에서는 끊임없이 눈물이 넘쳐흘렀고, 그것은 고지마의 얼굴에 방울방울 떨어져서 고지마의 눈물과 함께 비에 섞여 사라져갔다. 그것은 슬픔 때문에 흐른 눈물이 아니었다. 아마도 그건, 우리가 이렇게 갈 곳도 없이 하나의 세상에서 살아갈 수밖에 없다는 사실에 대한 눈물이었다. 여기 말고는 우리가 선택할 수 있는 세상이 어디에도 없다는 사실에 대한 눈물이었다. 여기에 있는 모든 것에 대한, 여기에 있는 이 전부에 대한 눈물이었다. 나는 고지마의 이름을 계속 불렀다. 얼마 뒤 사람들이 왔다. 담요를 걸치고 어른들에게 안겨서 사라질 때까지 고지마도 나를 보고 있었다. 그것이 내가 본 고지마의 마지막 모습이었다.

고지마는 단 하나뿐인 내 소중한 친구였다.

9

　나와 엄마는 밥을 먹을 때처럼 마주 보고 의자에 앉아 있었
다. 둘 다 한동안 아무 말도 하지 않았다. 엄마는 나를 위해 차
를 우리고, 그런 다음 문득 생각난 듯이 자기 것을 우리러 일어
나고, 텅 빈 찻잔을 들여다보고는 다시 내 차를 우리러 가기를
여러 번 반복했다.

　고래 공원 일이 있고 나서 이틀이 지났다.

　나는 그동안 학교를 쉬었다. 선생님과 반 아이들의 부모가
찾아와서 소란스러웠다. 엄마는 그들을 집에 들이지 않았고,
자기가 학교에 가서 말하겠다며 모두 돌려보냈다. 나는 방에
서 나오지 않았다.

　"밥 말인데."

　엄마가 말했다.

"텔레비전 보면 방에서 안 나오는 아이를 위해 문 앞에 두고 그러잖아? 수험 공부 때문이면 책상까지 갖다주고. 하지만 그것 말고는 대부분 문 앞에 두더라. 얼마 뒤에 빈 그릇이 나오면 들고 부엌으로 돌아가고 말이야. 난 이번에 그걸 처음 해봤네. 뭔가 나쁘지 않더라."

그렇게 말하며 엄마는 난처한 듯이 웃었다.

"뭐라고 해야 할지 모르겠지만."

"응."

"먹어줘서 기뻤다는 뜻이야."

"응."

"이제부터 학교에 다녀올 건데, 그전에 너랑 이야기하고 싶어서."

"응."

"이런 건 다들 본인한테 유리하게 다른 말을 하니까."

"응."

"하지만 난 네 이야기만 들을 거야."

"응."

"뭐든 말해줘. 그렇지만 말하기 싫은 건 안 말해도 돼."

나는 학교에서 괴롭힘당하는 것을 이야기했다.

요 1년 사이에 일어난 일, 그리고 그전에 나에게 일어났던 일을 이야기했다. 그 일들을 이야기하려면 아주 긴 시간이 필요할 거라고 생각했는데, 실제로 해봤더니 의외로 금방 끝났다. 이것도, 저것도, 그 기분도, 그 감각도, 몇 가지 단어로 형태가 변해서 이야기를 마치자 정말로 마치 요 몇 분 사이에 일어난 일처럼 여겨졌다. 엄마는 턱을 괴고 가끔 고개를 끄덕이며 묵묵히 내 이야기를 들었다.

"내 생각을 말하자면⋯."

오랜 침묵 끝에 엄마는 손안의 찻잔을 빙글빙글 돌리며 말했다.

"⋯학교 같은 건 안 가도 돼. 하지만 고등학교는 여기랑 다른 곳이니까, 가고 싶으면 진학할 방법을 둘이서 생각해보자."

"응."

나는 대답했다.

"꼭 가야만 한다는 법은 없으니까."

엄마는 그렇게 말하며 웃었다.

그리고 "안 가도 돼" 하고 다시 한 번 반복해서 말했다.

"응."

"그런 짓에 어울려줄 필요 없으니까. 좋은 방법을 생각해보자. 뭐든 있으니까. 생각해보면 뭐든 있을 테니까."

엄마는 그렇게 말하고 웃었다.

그런 다음 나는 눈 이야기를 했다.

내가 어떻게 해야 할지 모르겠다는 것, 고지마와의 약속, 고쳐질지 어떨지 모르겠지만 수술을 하면 그들에게 굴복하는 게 될지도 모른다고 생각하는 것, 내 눈이 나 자신이고 이 눈이 나를 나답게 만들고 있다고 고지마가 거듭 말해준 것, 그 말이 얼마나 나를 지탱해줬는지, 얼마나 나에게 특별했는지를 천천히 이야기했다. 엄마는 잠자코 들었다. 그러고 나서 조금 망설였지만 나는 내 친어머니에 대해서도 이야기했다.

친어머니가 사시였다는 것, 사진을 한 장 가지고 있다는 것.

엄마는 묵묵히 식탁 위에 놓인 자신의 손끝을 바라보며 얼마간 가만히 있었다. 그런 다음 찻잔을 들고 차를 우리러 일어섰다. 주전자에 물을 받는 소리가 들렸고, 가스레인지를 켜는 소리가 들렸고, 잠시 후 물이 끓는 소리가 들렸다. 나와 엄마는 뭔가 중대한 의미라도 있는 것처럼 아주 오랫동안 아무 말 없이 그 소리를 듣고 있었다.

"네 친어머니와 나는 아는 사이였어. 그래서 눈에 대해서도 알고 있었지."

엄마가 말했다.

"친구였던 거야?"

내가 물었다.

"아냐, 조금 아는 정도였어."

엄마는 선 채로 이야기하기 시작했다.

"네가 친어머니를 기억하지 못해도, 너랑 눈이 같다는 건 사진을 보면 알 테니 너도 알고 있을 거라고 생각했어. 그래서 전에 네가 눈 수술 이야기를 꺼냈을 때 곧바로 잘 대답하지 못했던 거야. 네가 친어머니를 생각하는 마음과 관계가 있다면 나는 아무 말 못 하겠구나 싶었고, 또 사시라도 그건 그것대로 자연스럽다고 느끼는 마음도 있었어."

나도, 엄마도 한동안 입을 다문 채 아무 말도 하지 않았다.

"하지만 말이야."

엄마는 내 얼굴을 보고 말했다.

"수술하렴."

나는 엄마의 얼굴을 봤다.

"본인이 정할 일이지만, 수술하라고 말하고 싶어."

그렇게 말하고 엄마는 웃었다.

"눈은 그냥 눈일 뿐이야. 그런 걸로 소중한 게 사라지거나 손상되지 않아. 남을 거면 뭘 하든 남고, 안 남을 거면 뭘 하든 안 남으니까."

"응."

나는 대답했다.

"입원을 해야 할까?"

엄마가 앉으면서 물었다.

"내 나이라면 길어봤자 하루만 입원하면 된대."

"왠지 맥 빠지네."

엄마가 웃었다.

"모처럼이니까 뭔가 어마어마하게 하고 싶잖아? 쾅쾅, 하고."

"그런가?" 하며 나는 웃었다. 엄마도 웃었다.

"수술비도 마련해야지."

엄마가 힘줘서 말했다.

"기왕이면 일본 최고의 명의한테 수술받게 해주고 싶네. 그런 사람, 어디에 있는 걸까?"

"햇병아리 의사가 하는 수술이라던데."

내가 말했다.

"그런 거니?"

"누구나 할 수 있는 수술이랄까, 그런 느낌이었어."

"하지만 그거랑 드는 비용은 별개잖아. 눈 수술이니까."

엄마는 미간을 찌푸리며 말했다.

"얼마나 들까?"

"그게 말이야."

내가 말했다.

"만 오천 엔이래."

"고작 만 오천 엔?"

엄마가 놀라서 되물었다.

✻

"여어, 왔구나."

의사는 나를 보더니 얼굴 근처까지 손을 들고 흔들며 빙긋
웃었다. 나와 엄마는 고개를 숙여 인사했다. 맑게 갠 오후였다.
병원 로비는 여전히 사람들로 넘쳐났고, 여전히 병원 냄새라
고밖에 표현할 길이 없는 냄새가 가득했다. 엄마는 잘 부탁드
린다며 연신 머리를 깊게 숙였다. 엄마가 수술에 대해 이것저
것 질문하려고 하기에 집도하는 건 이 선생님이 아니라고 귓
가에 대고 살짝 알려줬다.

"앗, 그랬군요."

엄마는 부끄럽다는 듯이 말했고, 죄송하다면서 다시 머리를

숙였다. 의사는 "아뇨, 괜찮습니다" 하며 웃었다.

"사시 수술은 어릴 때 하는 편이 좋은 모양이니까요. 지금
타이밍이 괜찮을 거예요."

의사는 웃는 얼굴로 그렇게 말했고 우리는 그 말에 고개를
끄덕였다.

"제 친구지만 좋은 의사예요. 그 친구가 또 거짓말처럼 사시
전문이지 뭡니까. 꽤 먼 곳에서도 그 친구를 찾아와서 수술받
는 환자가 많아요."

"그나저나 감사합니다. 바쁜 선생님을 소개해주셔서요."

엄마는 다시 고개를 숙였다. 의사는 신경 쓰지 마시라며 웃
었고 잠시 잡담을 나누었다. 스피커에서는 누군가의 이름이
끊임없이 불렸다. 보호자들의 이야깃소리가 들렸고, 간호사가
노인의 손을 잡고 우리 곁을 천천히 지나갔다. 우리는 그 모습
을 무심하게 보고 있었다. 얼마 뒤 내 이름이 불려서 엄마가 입
원과 수술 수속을 하러 접수처에 갔다. 나는 엄마한테 바깥에
서 기다리겠다고 말했다.

"오늘은 진료 안 하세요?"

나는 걸으며 의사에게 물었다.

"수요일 오후는 없단다."

의사는 기지개를 켜면서 하품 섞인 목소리로 대답했다.

"너, 결국 국부 마취를 하기로 했던가?"

"아뇨, 전신 마취하기로 했어요."

"겁쟁이구나?"

의사는 그렇게 말하며 웃었다.

"그야 무서우니까요" 하며 나도 웃었다.

"뭐, 그렇겠지" 하며 의사는 다시 하품을 했다.

"그런데 오늘은 따뜻하네. 어제까지만 해도 그렇게 추웠는데 말이야."

12월의 공기는 하얗게 맑았고, 오후의 시간이 느긋하게 흐르는 가운데 우리는 벤치에 앉아 사람들이 오가는 모습을 바라보았다. 귀를 기울이면 다양한 소리가 들렸다. 자전거 벨이 울리는 소리, 아이가 우는 소리, 어느 먼 곳에서 공사를 하는 소리가 들렸고 바로 옆에서 새가 우는 소리도 들렸다. 그리고 아무리 약해도 바람은 늘 불었고, 그 소리는 끊임없이 거기 있는 사물들의 틈으로 파고들어 모든 것을 연신 흔들었다.

"왜 수술을 하는지 저도 모르겠어요."

나는 무의식중에 그렇게 말했다. 입에서 말이 멋대로 튀어나온 느낌이었다.

"이게 맞는 건지 잘 모르겠어요."

의사는 응, 하고 짧게 대답했다. 그런 다음 둘 다 침묵했다.

"저는 뭘 위해 수술하는 걸까요?"

나는 혼잣말처럼 중얼거렸다.

"뭘 위해서도 아니지 않아?"

잠시 후 의사가 말했다.

"사시라면 사시가 아닌 눈이 되어보고 싶다고 생각하는 건 딱히 나쁜 일이 아니야."

나는 잠자코 있었다.

"사람은 가만히 있어도 변하는 법이고, 그 증거로 네 코도 그렇게 부어 있었는데 지금은 완전히 가라앉았잖아. 눈 수술도 그중 하나라고 생각하면 되지 않을까?"

의사는 벤치 등받이에 기대 두 손을 뻗고 목을 빙빙 돌렸다.

"너는 아직 아주 젊고, 앞으로 몇십 년이나 살아갈 거야. 수술이 성공하면 새 눈에 순식간에 익숙해질 거고. 그러면 곧 본인이 사시였다는 사실조차 기억 못 할걸."

그렇게 말하며 의사는 웃었다.

"그럴까요?" 하고 내가 물었다.

"저는 그걸 잊을까요?"

"잊을 거야" 하며 의사가 또 웃었다.

"잊었다는 걸 깨닫지 못할 만큼 완벽하게 잊을 거야."

의사는 그렇게 말하더니 자신의 코를 손가락으로 어루만지며 미소 지었다.

"뭐, 난 이걸 잊지 않았지만 말이야."

우리는 함께 웃음을 터트렸다.

✿

소독약 냄새가 났고, 병실의 하얀 침대가 희미하게 보였고, 그보다 조금 늦게 손발의 감각이 돌아오기 시작했다. 수술이 끝나고 마취에서 깨어났다는 것을 알았다. "좀 어떠니?"라는 목소리가 들려서 얼굴을 돌리자 엄마가 걱정스러운 표정으로 나를 보고 있었다. 손으로 만져보니 오른쪽 눈에 큰 안대가 씌워져 있었고, 여러 장 겹친 거즈 아래에서 안구가 데굴데굴 움직이는 것이 느껴졌다. 수술은 오른쪽 눈만 했다. 경련은 조금 있었지만 많이 아프지는 않았다.

"오늘은 여기서 자고 내일 퇴원할 거야."

엄마가 말했다. 머리가 아직 몽롱했다. 나는 침대에 누운 채 고개를 끄덕였다.

잠시 후 안과 의사가 와서 통증이 있냐고 물었다. 나는 없다고 대답하고 다시 안대 위로 오른쪽 눈을 누르듯이 만져봤다. 의사는 앞으로의 예정에 대해 이런저런 설명을 해줬다. 마취에 대한 것, 수술은 성공했다는 것, 안약을 넣는 횟수와 얼마 뒤 재활 훈련을 시작한다는 것. 그러고 나서 안구 근육을 단련해야 하니 당분간은 통원하라고 말했다. 나는 멍한 머리를 움직여 대답했다. 그리고 어느새 다시 잠들어버렸다.

다음 날 점심을 먹기 전에 엄마가 데리러 왔다. 퇴원 수속이 끝나기를 기다렸다가 함께 병원을 나왔다. 구름 한 점 없는 새파란 하늘이 끝없이 펼쳐진 맑은 날이었다. 여태까지도 왼쪽 눈밖에 쓰지 않았으니 기본적으로는 아무것도 변한 게 없을 텐데, 오른쪽 눈에 안대를 한 탓인지 왠지 모르게 걷기 불편한 느낌이었다. 나도 엄마도 아무 말이 없었다. 도중에 엄마가 병원에 의료보험증을 두고 왔다는 것을 깨닫고 가지러 다녀오겠다고 했다. 나는 여기서 기다리겠다고 말했다.

내가 서 있는 곳은 가로수 길 한가운데였다.

나는 두 눈을 감은 채 오른쪽 눈에서 안대를 풀었다. 그런 다음 안경을 쓰고 천천히 눈을 떴다.

그것은 내가 상상도 하지 못했던 광경이었다.

12월의 차가운 공기 속에서 몇천 개, 몇만 개의 나뭇잎이 모조리 촉촉한 금색으로 빛났고, 마치 잎사귀 하나하나가 저마다 빛을 발하며 내 안으로 끊임없이 흘러들어오는 듯했다. 나는 숨을 멈추고 그 흐름에 몸을 맡길 수밖에 없었다. 1초가 다음 1초에 도달할 때까지의 거리가 어떤 커다란 존재의 손에 의해 살그머니 늘어나 있는 것을 느꼈다. 숨을 내쉬는 것도, 눈을 깜빡이는 것도 잊은 채 나는 새까맣고 선명한 나무껍질 속으로 파고들어 그 감촉을 몸의 가장 부드러운 부분으로 느낄 수 있었다. 황금빛을 내뿜는 나뭇잎 사이로 흔들리는 빛의 입자를 하나하나 손가락 끝으로 집어서 그 안으로 들어갈 수도 있었다. 정오였다. 그러나 태양은 이제 보이지 않았다. 모든 것이 그 자체만으로 눈부시게 빛나고 있었다. 나는 눈앞의 광경을 믿을 수 없어서 입을 벌린 채 몇 번이나 고개를 흔들었다. 땅바닥에 무릎을 대고 나뭇잎 한 장을 집어 들어 바라봤다. 그 잎에는 여태까지 내가 몰랐던 무게가 있었다. 내가 몰랐던 차가움이 있었고, 윤곽이 있었다. 내 두 눈에서는 하염없이 눈물이 흘러내렸고, 그 눈물에 번져 눈앞에 드러난 세상은 나타나면서 몇 번이나 다시 태어나는 것 같았다.

모든 것이 아름다웠다. 여태까지 셀 수 없이 지나간 이 가로수 길 끝에서, 나는 처음으로 하얗게 빛나는 저편을 본 것이다. 나는 그것을 알았다. 내 눈에서는 눈물이 계속 흘렀고, 그 안에서 세상은 처음으로 상像을 맺었다. 세상에 처음으로 깊이가 생겼다. 세상에는 저편이 있었다. 나는 눈을 크게 떴다. 혼신의 힘을 다해 눈을 크게 떴다. 거기에 비치는 모든 것이 아름다웠다. 나는 울면서 그 아름다움 속에 우두커니 서 있었고, 동시에 어디에도 서 있지 않았다. 눈물은 소리를 내며 흘러넘쳤다. 눈에 비치는 모든 것이 아름다웠다. 하지만 그것은 보통의 아름다움이었다. 누구에게 전할 수도, 누구에게 알아달라고 할 수도 없는 보통의 아름다움이었다.